チョコレート密度

崎谷はるひ

14596

角川ルビー文庫

目次

口絵・本文イラスト／ねこ田米蔵

人生は楽しいことばかりじゃないよと、したり顔で語るのは、ふつう大人だと思うだろう。けれどじつのところ、厭世観《えんせいかん》にまみれているのは十代の連中が多い気がする。乾《かわ》いて、苦い顔を早く身につけて、いずれ出ていかなければいけない世の中とやらに対し『絶望する準備』をして、いまが終わりかと待っている。

ただし、そんなふうにあきらめるのは中途半端《ちゅうとはんぱ》に賢《かしこ》い連中だろう。もっと賢いやつらは、世の中を自分の手で動かそうとする意志が強く、胆力《たんりょく》もある。表面上は涼《すず》しい顔でも、内心はものすごくぎらぎらしていて、なんにつけパワフルでポジティブだ。

そして、絶望するのも悲観するのも重くて苦手、かといって元気に夢を追いかけることもできない、いま目の前の青春を貪《むさぼ》って、そのままなんとか歳を取れないかなあと、甘すぎな考えに浸《ひた》っている人種もいる。

負け組でもないけど勝ち組でもない、このままいっちゃったら、もしかしていつか負けちゃうのかなと思いつつ、努力するのは億劫《おっくう》、要するにひとことでいえば、怠惰《たいだ》。悩《なや》むことさえ面《めん》倒《どう》くさくて、だらりだらりとその日をすごす。

それが自分だ、と城山晃司《しろやまこうじ》はちゃんと自覚している。自分を知っているということは、わりとそんなにおばかさんじゃないのかな？　なんて思う程度の話だが、彼はたしかにすごく頭が悪いというほどでも、すごく賢いというほどでもなかった。

鮮烈《せんれつ》なばかになりきるには、邪魔《じゃま》な程度にはプライドもある。つまりはまあ、どこにでもいるような大学生である城山が目を覚ますと、すでに時刻は午後を大きくまわっていた。

「あ、やべ……またサボっちった」

ぼやいた言葉を聞く者は誰《だれ》もない。ここは城山がひとりで暮らすマンションで、昨晩の夜遊びではお持ち帰りした相手もなかったからだ。

カーテンを少し開けると冬の空は常に薄曇《うすぐも》りのような模様で、もともとあまり日当たりの良くないこの部屋では、時計を見なければいまが午前なのか午後なのかすらも判然としない。

寝起《ねお》きの習慣である、常温の水を飲みながら携帯《けいたい》をチェックしてみると、ゼミ仲間の友人から『おまえやばいよ』という件名のメールが舞《ま》いこんでいた。

『週明けまでにレジュメあげてこなかったら、もう二度と来なくていいって。どうすんの』

「……どーすんのも、こーすんのも」

すでに落としかけている単位に気合いが入りようもない。この面倒くさがりが問題だとわかっているが、昨晩の酒が抜《ぬ》けていない身体《からだ》はだるくて、とろとろとシーツのうえになついてしまう。どうも気が乗らない……とため息をついていた城山は「ん？」と小首をかしげた。

（ゼミに出る日で、今日は週末。ってことは……）

なにか大事な約束を、忘れていた気がする。つらつらと考え、ふたたび携帯の時刻表示に目を落とした城山は、さあっと青ざめた。

「やっべえ！　バイト！　テッとヒバナ！」

叫《さけ》んで飛び起きた城山は、寝間着《ねまき》代わりのTシャツ一枚を頭抜きで脱《ぬ》ぎ、昨晩脱ぎ散らかしていたままのユーズドタイプのジーンズによろけながら足を突《つ》っこんだ。洗面所に飛びこみ顔を洗って歯を磨《みが》くのに三分。もらいもののソニック式電動歯ブラシは、二分でプラークをこそげ落としてくれるので、大変助かる。

ひととして最低限のケアをすませて部屋に戻《もど》る。トップスはどうするかなどとコーディネイトしている場合ではなく、部屋干しで放置していたカットソーに適当な上着をあわせ、いささか寝癖《ねぐせ》のついた長めの髪《かみ》は、ニットキャップに押しこんだ。

いってきます、と誰もいない部屋に叫ぶのは、昔からの習慣だ。高校生のときからひとり暮らしをしている城山は、じつはちょっとだけひとりごとが多い。自分でも恥《は》ずかしいなと思っているけれど、そもそもひとりでいるからひとりごと、誰も聞いていないからべつにいいのだ。

マンションのエントランスを飛び出して、駐車場《ちゅうしゃじょう》へ。城山のバイクは、高校生のとき好きだった漫画《まんが》の主人公が乗っていたやつと同じモノだ。なにごとにもスタイルから入るタイプで、スタイル以外なにもない自分を城山は自覚しているが、それなりに大事にしている愛車だ。

バイクで走って、十分の距離《きょり》。隣《となり》の区の住宅街の一角、二階建ての一軒家《いっけんや》の玄関《げんかん》で、インターホンのチャイムボタンを連打した。

「城山です！　こんにちは、遅《おそ》くなりました！」

わうんばうん、と二匹《ひき》の犬の声が聞こえた。続いて、インターホンからは強烈《きょうれつ》に甘い重低音が、少しのノイズを交えて届く。

『……遅い』

とたんぶつっという音とともに、インターホンの通話が切れた。ややあって、玄関の扉《とびら》が開き、相手の顔を見る前に城山は頭をさげた。

「すみません！　寝坊《ねぼう》しました！」

不機嫌《ふきげん》そうな気配に、ざっと首筋が冷える。城山はデートであれゼミのレポート提出であれ、約束の時間を五分オーバーしただけで、こんなに冷や汗《あせ》が出たことなどない。

「いい度胸だ。ばか正直に言うかそれを」

「だ、だって……」

前に本当に事情があっての遅刻《ちこく》をしたら、目の前の男に『言い訳するな』と切って捨てられた。ついでにごまかしもきらいだと、雇《やと》い主は城山の血が凍《こお》るような声で言ってもいた。

（怖《こえ》ぇよお……っ）

一八〇センチ近くある城山よりも十センチほど背が高く、おまけにいまは玄関のたたきぶんの段差があるため、見下ろされると威圧感《いあつかん》は半端ではない。

びくびくしながらずっと頭をさげていたら、ニットキャップをかぶった頭頂部を叩《たた》かれる。

「いつまで玄関先でそうやってんだ。早く来い。テツもヒバナも待ちくたびれてる」

ふっと息をついた相手に呆《あき》れられたかと上目になると、迫力《はくりょく》のある低音に笑いが交じった。

「す、すみませ……」

「ばか。あいつらは楽しみにしてんだ。……こらテツ、ヒバナ。まだだ、ステイ」

わふわふ、という声とともに、部屋の奥にいた二匹がドアの近くでちょこんと座っているのが見えた。飼い主の命令に動けないけれど、ウェルシュコーギーのつやつやできらきらの目を見ると、いまのいままでへこんでいた城山の顔が、えへらと崩《くず》れる。

「あー、二週間ぶりー……かわいいなあ」

「そう思うなら、今度は遅刻すんな」

「すみません、風見《かざみ》さん」

もう一度深々頭をさげると、必要以上に謝られるのもきらいな雇い主、風見聖人《まさと》はふっと口の端《はし》だけで笑った。ニヒルな笑《え》みがよく似合うこの男は、三十三歳とまだ若いながら、この一軒家の持ち主である。

すらりとした長身に、きつい印象の整った顔。長めの前髪《まえがみ》を揺《ゆ》らす仕種《しぐさ》と、左上にはほくろがある唇《くちびる》が、強烈な艶《つや》を醸《かも》し出している。とくに飾《かざ》り気のないシャツとワークパンツという格好ながら、おそろしく絵になるのは本人のスタイルがいいからだろう。

城山もそこそこいい男だと言われるが、あと十数年経《た》って風見と同い年になっても、こういう男の色気が溢《あふ》れるタイプになれるかどうかは疑問だ。

「今日から工場に山ごもりする。帰りはまた三日後だ」

「はい、わかりました。いつものとおりにします」

仕事開始の合図に、鍵《かぎ》を預かる。風見の仕事は、いわゆる鍛金《たんきん》の造形作家だ。鉄を使った舞《ぶ》台《たい》装置やオブジェ、モニュメント制作などをしている。美大などには通ったことはなく、鍛造《たんぞう》職人のところに出入りし、なかば独学で技術を磨いて『ものづくり』に没頭《ぼっとう》するうちに、気づいたらそれで食っていた、というのが本人談。

城山のアルバイト内容は、風見の飼い犬であるテツとヒバナの世話係だ。都下にある山奥のアトリエ――と言うと、気取った言い方をするなと風見は怒《おこ》るので、城山は彼にならい、いつも『工場』ということにしている――で制作作業に入ると、彼の愛犬はどうしてもほったらかしになる。そのため、留守居とエサ係が必要というわけだった。

「……あの、いいっすか？」

「カム」

そわそわしながら城山がコーギーを見ると、風見は犬のほうに向けてコマンドを発した。ダッシュで飛んでくる二匹はまだ一歳ちょっとながら、ふわふわのそれにまとめてアタックされるとさすがに転びそうになる。

「あーごめんなごめんな、待たせたなー」

リードをくわえたまま、わんわんわふわふとなついてくる、犬たちのかわいさには腰《こし》が抜けそうだ。ぎゅっと抱《だ》きしめて笑い崩れていると、長い脚《あし》の持ち主が荷物を抱《かか》えて歩き出す。

「あっ、いってらっしゃい」

言葉での答えはなく、流し目ひとつ。ぺこりと頭をさげながら、二匹にリードをつけて城山も玄関を出る。自分の訪問イコールお散歩タイム、と捉《とら》えている賢《かしこ》い犬たちをこれ以上待たせたくはなかったし、一応のお見送りをしようと思ったからだ。

門扉《もんぴ》を閉めると、4WDの車が駐車場から出て行くのが見えた。もう一度ぺこっと頭をさげたら、ほんの軽く手をあげてくれた風見がハンドルを切り、なめらかな走りで去っていく。

真っ黒な車が小さくなるのを見送って、ようやく城山は息をつく。あの雇い主は大変に厳しい。いいかげんなことをするやつはきらいだと初手から言い渡《わた》されていたので、今回の遅刻は本当に身の縮む思いだった。

「おー、緊張《きんちょう》した。……あ、レジュメでもやっか。どうせ時間あるし」

散歩が終わってエサを与《あた》えたら、そのあとの時間は案外自由になる。そもそもあわてていたせいで、持ってくるべき着替《きが》えさえ忘れた。城山がどうするかなと考えたのは一瞬《いっしゅん》、散歩ついでに取りに行けばいいとすぐに思いつく。遅刻さえしなければ、こんなに大あわてして飛んでくる必要もないくらい、城山のマンションと風見の家は近いのだ。

そもそもこのバイトを頼《たの》まれた最たる理由が、比較的《ひかくてき》家が近所で融通《ゆうずう》が利《き》くということだ。いまではそれが、大変幸運なことだったと城山は思っている。月に数回の不定期なこのアルバイトをはじめて、もう二ヶ月くらいにはなっただろうか。テツもヒバナもいい子たちで、城山にも初手からなついてくれたため、苦労はない。

「テツ、ヒバナ、行くぞー」

城山はなんとなく気恥《きは》ずかしくて、あのクールな雇い主のようにコマンドは使えない。だが賢い二匹の犬は、日本語でも充分《じゅうぶん》こちらの意を汲《く》んでくれる。リードを引くと、嬉《うれ》しそうにちょこちょこと歩き出した。

（かわいいよなあ。愛情信じて疑わない感じ）

この愛らしい姿を見ていると、無邪気《むじゃき》になついてくれた後輩《こうはい》、宇佐見《うさみ》のことを思い出す。あれは完全に犬系だ。寂《さび》しがりで、かまって遊んで、と目で語るかわいい子とは、ちょっとだけつまみ食いのように寝《ね》てしまったことがある。

そういえば彼の家はこの近所だった。それこそ一度、散歩の途中《とちゅう》で出くわしたこともある。

（あのときたしか、剣道部《けんどうぶ》のやつと一緒《いっしょ》だったたっけかな？）

制服姿のふたり連れを見たのは、このバイトをはじめたばかりのころだったか。コートの下に彼らがまとった、城山はもう一年前に着なくなった学生服の詰《つ》め襟《えり》が、なんだかひどくなつかしい気がしたものだった。

できればあまり会いたくないなとかすかに眉《まゆ》が寄る。宇佐見がきらいなわけではなく、むしろ逆だ。先輩《せんぱい》、先輩と慕《した》ってくれたかわいい彼に、いまの無目的でいる自分を見せたくない。

とはいえ、当時からたいして輝《かがや》いていたわけでもないのは知っているけれど。

「この歳で犬の散歩だけが楽しみってのも、せつねえ話だよなあ」

とはいえこの三ヶ月、二匹のおかげで、充分楽しい時間をすごせているのは事実だ。ふんふんと鼻を鳴らして歩くコーギーのリードを城山はぎゅっと握《にぎ》りなおし、笑みを浮《う》かべる。

鼻の頭が冷たい。そろそろ春も近づいたけれども、まだ花が咲《さ》くには遠い。それでも、風見と出会った日よりはだいぶやわらいだのだろうと、曇《くも》り空を見あげて城山は思った。

＊　＊　＊

城山が少し奇妙《きみよう》なこのアルバイトを持ちかけられたのは、昨年のことだ。暦のうえではぎりぎり秋と言える時季だったが、その日はやたらと寒い日で、大学に行くかどうしようかをおおいに迷った。本当はそのまま暖房《だんぼう》の利いた部屋のなかでごろごろしていたかったのだが、しかしレポート期限と年内に行われる試験のことを思い、いやいやながら家を出た。

そして、だるい身体《からだ》を引きずって大学に訪《おとず》れていた城山の背に、明るい声がかけられた。

「城山ぁ。工藤《くどう》教授が血管キレそうになってんぞ。この間のゼミ、またすっぽかしたって？」

「うげえ。なんで上村《かみむら》がそんなん知ってんのよ」

いやな顔をして城山が振《ふ》り向く。派手な金髪《きんぱつ》がトレードマークの上村は、一年前期のとき基《き》礎《そ》課程がかぶった同期だが、後期になったいまは履修《りしゅう》コースがわかれている。

「おまえと知りあいなのばれてるからだろ。とっつかまって、来週絶対来いって伝言された」

「伝言ありがとさん……」

上村はなにしろ目立つルックスの男であるうえ、見た目に反して成績は優秀《ゆうしゅう》だ。おかげで関係のない教授連中からもいろんな意味で覚えがめでたかった。おそらくは城山と、どこぞでつるんでいるさままでも見られていたのだろう。

「必修ゼミくらいまともに出なさいよ、おまえ。やばいっしょ、いまから単位落としたら」

「わかってっけどさ」

軽く小突《こづ》かれて、たははと城山は笑ってみせる。

城山は、レベル的にも知名度としても、そんなによくもないがそんなに悪くもないという、私立大学の学生だ。学部は経済学部、経済学科。城山の大学では一年後期から基礎ゼミがはじまる。基礎、とはついても前期でのそれとは違《ちが》い『基礎演習』のことで、大教室での講義のようにただ授業を聞いていればいいというものではないのだ。

前期基礎科目の単位取得はなんとかクリアしたけれど、正直いって夏休み明けからは遊びすぎたため、単位がやばい気がする。

「失敗したな……情報コース、ゆるゼミだって話だったのに」

ため息をついて、選択《せんたく》ミスを呪《のろ》っても遅《おそ》い。遊び仲間の先輩から、情報コースの教授はオタク気質《きしつ》で自分の研究に夢中のため、出欠よりもメールでのレポート提出さえしておけばＯＫだと聞いていたのだが、それはあくまで昨年までのことだったようだ。

学生を放り投げてまでせっせと研究に精を出していた教授は、その甲斐《かい》あってなんとかいう論文が認められたらしく、学会などで忙《いそが》しくなり、とてもまともにゼミなど開いている場合ではなくなった。

おかげでコースの受け持ちがべつの教授にチェンジしてしまったのだが、これがディベート大好きのうえに、出席ならびに授業態度には、めちゃくちゃ厳しいタイプだったのだ。

初手からなめてかかっていた城山は真っ青になったが、遊びぐせはあらたまらなかった。おかげで何度も遅刻《ちこく》したり休んだりで、いままでにも相当数の警告を食《く》らっている。

「下調べを怠《おこた》った自分が悪いんだろ。だらっとしてんじゃねえよ」

上村のごもっともな意見に、城山は苦笑いを浮かべた。

「まあね。単位、落とすと痛いしなあ」

もうちょっとまじめにやらないといけないのかな。ぼやきつつもあらためる気配のない城山に、上村は肩《かた》をすくめている。彼のようにバイタリティ溢《あふ》れる男には、城山のルーズさはいまひとつ理解できないのだろう。

（俺もこのままでいいとは、思ってないんだけどねえ）

成人も近いというのに、高校生のころとなにも変わらない。ほどほど遊んでなんでも器用にこなしてきたつもりでも、なにかに夢中になれるようなものもなく、目的もない。

そこそこの大学でそこそこ器用にやりつつ、毎日がつまらない。

（大学生ってもっと、楽になると思ってたのに）

高校時代はもう少し楽しかったのにな、とふと思う。いまの何者でもない自分よりはもう少し、大人のふりができていた気がする。

あの全能感はなんだったんだか、と思いながらも怠惰《たいだ》に過ごす日々に倦《う》んでいる。なにかもっと楽しいことはないかな、とぼんやりなにかを待つだけの自分がつまらなくて、贅沢《ぜいたく》な悩《なや》みですり減る時間がもったいない。

無自覚のため息をついていると、その横顔をじっと見ていた上村が、なにかを思い出したかのように「あっ」と声をあげた。

「なあ、城山。おまえさ、犬好き？　前に、小さいころ飼ってたとか言ってなかったっけ」

「へ？　好きだけど。あ、でもいまは引き取れねえよ？　マンション、ペット不可」

両手で×を作って答えると彼は笑う。

「引き取り手、探しているわけじゃないよ。ところで今日、行く？」

「行くけど……？」

問われて、城山はうなずく。上村の顔を見るのはもっぱら、キャンパス内より、お互《たが》いに常連になっているクラブ『ワン・アイド・マリア』でのことだった。城山にとっては仲のいい遊び仲間でもある上村はクラブでも不定期にDJをやっているが、大学に通うかたわらバンドも組んでいて、アシッド系からファンクまでなんでもこなすプロミュージシャンでもあった。そのせいか、社交性と顔の広さはすさまじい。クラブに通うにしても、ただ遊んでいるだけの城山とは違い、仕事の一環《いっかん》でもあるためか、人脈も数倍はある男だ。

ワン・アイド・マリアは、本来二十歳未満お断りのクラブだが、上村はスタッフ扱《あつか》いということで目こぼしされている。その恩恵《おんけい》にあずかっている城山もしかり、というわけだった。

「ああそれで、城山ってさ、たしか住んでるの、中野だか杉並《すぎなみ》のほうだったよな」

「あーうん、そうよ。それが？」

あちこちに飛んで要領を得ないような質問に、かすかにいらだってくる。城山は短気ではないけれど、まわりくどく試《ため》されるような事態はあまり好きではないのだ。

上村は頭がよくて顔がよくて才能があって、性格もあっさり、話もおもしろい。できすぎだというくらいなのに嫌味《いやみ》にならないのも、やっぱりこの男が人間として上等だからなんだろうと、城山は素直《すなお》な感嘆《かんたん》をもって上村とつきあっている。

しかしその上村の唯一《ゆいいつ》の欠点は、話にもったいをつけることだ。楽しいことだとか、おもしろいことについて、妙《みょう》に話を先延ばしにする悪癖《あくへき》がある。

「あのさ上村、用件はなんなんだ？　俺、ばかだからはっきり言ってくれないとわかんねえ」

一応は場を穏便《おんびん》にすませたい気持ちもある。苦笑《くしょう》をにじませつつ、目を尖《とが》らせた城山を「まあ待て」と目で制した上村は携帯《けいたい》の画面を見せた。

「あのさ、ここって、おまえの家からどんくらいかかる？」

そこに記述されていた住所は、城山の住まいから行こうと思えば徒歩でも行ける場所だった。

「高円寺？　つうか近所じゃん。たぶんここなら、俺の行ってた高校にも近いんじゃないか」

「あ、やっぱり。じゃあさ、すっごい簡単で、でも面倒《めんどう》なバイトあるんだけどやらない？」

「なにそれ？　意味わかんねんだけど」

やっぱり話がまわりくどい。城山はうっすらと笑って返しつつも、『簡単で面倒』という奇妙な上村の物言いには、どこか興味をそそられた。

そのころの城山は、ひどく退屈《たいくつ》していたからだ。

高校時代から遊び歩いていたせいなのか、いいかげん夜遊びには飽《あ》きはじめていた。夜ごと似たようなハコに出かけ、適当に飲んで、適当に踊《おど》って、適当にナンパする。むろん、学問に打ち込めるほどまじめな学生ではない。高校時代とは違い、自分自身の責任が大きな大学というシステムも、こつを摑《つか》んでしまえば器用にやりこなせてしまうことに気づいたら、とたんにやる気が失《う》せてしまった。

日常もつまらないが、恋愛《れんあい》についてもそうだ。なんとなくつきあったり別れたり、そうじゃなくても寝《ね》たり寝なかったりしているけれど、本命なんかいた例《ため》しがない。

世間一般《いっぱん》のレベルとしていえば、わりと長身、美形と言われるほうだろう。ただしそれすら中途半端《ちゅうとはんぱ》。たぶんそこそこモテるけれども、この程度の男はいくらでもいる。

大学生にもなって、自分はこれでいいのかなあ、とぼんやりとした不安にかられ、すげ替《か》えのきく自分というものが、寂《さび》しいような、情けないような気がするのに、それでも生活も自分も変えるタイミングやきっかけがわからなかった。

慣れないころにはひとつひとつ刺激的《しげきてき》だったものが、ひどく単調に思えてやるせない。そのくせ、変な焦《あせ》りだけは腹の奥にあるようで、少しも満たされない。

なにか、なんでもいいから刺激になるモノがほしい。そういう気分でいるときに、目の前に提示された話は、なぜだか興味を惹《ひ》くものだった。

「とりあえず、話してくれ。なにがどう、簡単で面倒なわけよ」

上村をうながすと、派手な風体《ふうてい》のわりに人好きのする笑みを浮《う》かべ、話し出した。

「まず、簡単の部分な。バイト内容。『犬を二匹《ひき》、毎日散歩させること。エサの世話と毛繕《けづくろ》いを、数日間泊《と》まりこみでこなすこと』そんだけ」

毛繕いといっても、遊んでかまうついでのブラッシング程度でいい。本格的なシャンプーや手入れなどはトリマーに頼《たの》むからいらない。ただしたとえば、散歩の途中《とちゅう》でひどく汚《よご》れたときくらいは清潔にしてほしい、という条件は、楽すぎて逆にうさんくさかった。

「はあ……まじでそんだけ？　てか、それでいくらよ」

「こんだけ」

片手を広げて見せた男に、城山は一瞬《いっしゅん》意味を摑みあぐねた。いくつかの単位が頭をよぎり、まずはいちばん現実的な数字をあげてみる。

「……時給五百円とか言う？」

「ちげえよ、日当五千円」

「うっそ！　まじで？」

たったそれだけの仕事で五千円という日当は、たぶん相当にわりがいい。しかしそれだけにうさんくさくないか、と城山は顔をしかめた。

「それさあ、じつはべつのオプションついてるとか、ねえだろうなあ？　ほかに雑用あるとか」

「あ、ないない。まじめに、それは保証する。金額高いのは、この泊まりこみがネックなんだって。丸一日拘束《こうそく》することを考えると、けっして高い日当じゃないじゃん？」

上村の説明に、一応の納得《なっとく》はいく。だがそれにしてもと城山は首をひねった。

「でもなあ、犬預けるだけなら、誰《だれ》か知りあいに頼むとか、ペットホテルとかあんじゃん？　それじゃまずいの？」

「いや、それがさあ、一回預けたら、ストレスでひと晩でハゲちゃったんだと。一戸建て庭付きで飼ってるもんで、狭《せま》いケージに押しこめられるのが耐《た》えられなかったらしい。ひとんち連れてっても吠《ほ》えまくるから、家から出せねんだって」

「そりゃまたデリケートな……そんなんで、知らない人間がいるのは平気なのか？」

そんな繊細《せんさい》な犬の面倒など、いくら犬を飼った経験があるとはいえむずかしいのでは。眉《まゆ》をひそめたまま、城山が及び腰《ごし》になると、「いやいやいや」と男は手を振《ふ》ってみせる。

「人見知りってわけじゃないんだ。とにかく家にいたいらしい、動物って環境《かんきょう》の変化に敏感《びんかん》だからさ。家にさえいれば、犬種もコーギーで賢《かしこ》いから、ほっといてもそんなに大変じゃないし」

ちなみにプロのペットシッターに関してはどうなのだと問えば、事前予約や打ち合わせ等の手続きがひどく面倒らしい。飼い主、ペット、シッターの『三者面談』ののち、相性《あいしょう》を見極《みきわ》めてからの依頼《いらい》という手順があり、相性が悪ければまたべつのシッター。むろん、相性のいいシッターが毎度空いているわけでもない。

「とにかく仕事不規則で忙《いそが》しいひとだからさ、『今日の今日、預けたい』ってなったときに動けないのが困るから、個人的に頼める留守番役が欲しいんだって」

しかし、上村の説明に、ますます責任は重くないかと城山は顔をしかめる。

「でもさあ、留守番っつうのもどうよ。他人だろ？　そんなほいほい、預けていいわけか？」

「だから人選任されてんだよ、俺が。城山だったらだいじょうぶだろ?」

どのへんがだいじょうぶなのかよくわからない。目顔で問いかけると、相手は指を折りながら言った。

「まず、今回のバイトの条件。その一、犬好きなこと。こりゃまああたりまえだけど、ただし、うるさいと困るから度を超《こ》した犬マニアはパス。その二、比較的《ひかくてき》近所にいること。これは遠方からだとそうそう頼めないかららしい。その三、あんまりがっついてない、余裕《よゆう》のある人間であること」

「一と二はともかく、三はなんなんだ?」

がっつくとかなんとか関係あるのか。問うと、上村は「あるよ」と言った。

「留守番頼むんだから、金に困ってたり手癖《てくせ》悪いと困るから。まあ、変なタイプだと犬の面接でだいたいはねられるらしいけどな」

「犬の面接ってなんだよ、そんなのあんのかよ」

「あるある。やっぱ敏感よ、悪人には」

上村のしたり顔に城山は苦笑したが、案外まじめな話らしかった。以前にもべつの相手にこのアルバイトを頼もうとしたことがあるそうなのだが、二匹いるというコーギーが激しく拒否《きょひ》し、のちにその男が窃盗《せっとう》と薬物常習で逮捕《たいほ》されたことがわかったという逸話《いつわ》に、城山は「眉唾《まゆつば》だなあ」となおも笑って問いかけた。

「まあたしかに、やることだけは簡単そうだ。けどさあ、俺でいいの？」

「条件満たしてんだろ？　あ、そうそう、まだあった。その四、時間の融通《ゆうずう》がきくこと。おまえ暇《ひま》でしょ？」

「いや、大抵《たいてい》のやつが満たすと思うんですけど、その条件……近所はまあ、さておき」

雑ぜ返す城山の言葉を聞かぬふりで、上村はにやっと笑ってこう言った。

「そんでもって、その五。……そこそこまじめで、小心者であること」

「はー⁉　なにそれ、小心者って俺がかよ、ちょーむっかつく」

「俺に怒《おこ》るなよ、相手が言ったんだって」

「なにその物言い、誰だよそいつ！　つうか、その小心者認定《にんてい》したのは上村じゃねえかよ」

「小心者ってのは、用心深いってことにもなるだろ。神経こまやか、って受けとめろよ」

詭弁《きべん》にはごまかされないぞと城山が目を眇《すが》めると、上村はまじめな顔で言った。

「あのな、これはさっきの仕事内容にも関《かか》わるんだけど、留守番が必要な理由。家のなかには飼い主さんの仕事柄《しごとがら》、犬が触《さわ》ったりすると危険なものがあるんで、ひとにはいてほしいんだって。で、そういうあぶないことに気がつく、細かさというか、そういうのがいるわけ」

「……だったら最初から、そう言えばいいだろ。それにそれ、小心者じゃなくて目端《めはし》が利《き》くっていうんじゃないのか」

むすっと反論すると、まあまあ、と苦笑いした彼は城山の肩《かた》を叩《たた》いてくる。

「そこは流して。っていうか、これくらいで怒ってたら、つとまらないんだから」

「どういうことだよ？」

「さきに言ったろ、『面倒《めんどう》』の部分。飼い主さんがね、そういう物言いの多いヒトなの」

あえてそのまま伝えたのは、反応を試《ため》した部分もあると告げられ、城山は怪訝《けげん》になる。

「っつか、誰なのよ？　そいつ。どういうヒト？」

「まあそれもおまえに振った理由のひとつじゃあるの。おまえ、『マリア』好きでしょ？」

「ああ、うん。あそこいいよな。渋《しぶ》くてちょっとダークで、でも行きすぎてなくて」

脳裏《のうり》に浮かんだのは、馴染《なじ》みになった店のフロア。

城山が『ワン・アイド・マリア』を気に入っている理由は、内装のいささかゴシックな雰囲《ふんい》気《き》にある。店の前には巨大《きょだい》な聖母像があるのだが、それと同じデザインを鉄でアレンジし、全体のオブジェもイメージをあわせて作られている。店外の清潔そうなマリアとは違《ちが》い、店内のそれらは溶接《ようせつ》あともなまなましく、金属の色そのままであるくせに、ひどくエロティックだ。

テーブルや椅子《いす》、照明器具に関してもどこか、デザインはいびつでアンバランス。鉄や真鍮《しんちゅう》という金属を使っているのに、曲線を多用したラインは有機的な印象だ。

乱暴なくくりで言えば、デザインの傾向《けいこう》は過剰装飾《かじょうそうしょく》が特徴《とくちょう》のアールヌーヴォー末期のそれに近いだろう。ただそれよりもっと無骨で、優美さは排除《はいじょ》されている。その代わりにいまにも動き出しそうな躍動感《やくどうかん》がある。

「六本木店のほうより本店が好きかな、俺。なんか落ち着くし」

同じクラブの系列の支店はべつの人間が内装を担当したらしく、もう少しシンプルな、ある意味よくある造りだ。スタイリッシュと言えなくもないが、どこにでもある空気はいまひとつ興味をそそられなかったのだ。素直《すなお》にそう口にすると、上村は知っているとうなずいた。

「って聞いてたから紹介《しょうかい》すんの。あのな、犬の飼い主――颪見聖人っつうんだけど、あの内装手がけたヒトなんだよな。オブジェからなにから、全部ひとりで造ったんだって」

「え、まじで？」

意外な言葉に、城山は目を瞠《みは》った。ふだんはきつそうにつり上がっている目が、子どもっぽくまるくなる。

「まじで。あとこの間のイベントで流れてた映像の素材も、あのひとの造ったセットで撮《と》ったやつ。舞台《ぶたい》美術とかもたまに手がけてるし、その筋じゃ有名人よ」

「うっわ、すげえじゃん、アーティストじゃん」

感嘆《かんたん》をあらわにする興奮気味の城山に、上村は「あのな」とかぶりを振った。

「おまえあのひとの前で、ミーハーな態度とるなよ。怒られるから。あと言葉遣《ことばづか》いも注意。ワカゾー言葉とかうかつに使うと睨《にら》まれるから」

「へえ。まあ、そのへんは気をつけるけど」

うつくしくなまめかしいモノたちを作った人間は、どうやらいささか気むずかしいらしい。

顔をしかめて注意する上村に対し神妙《しんみょう》にうなずきつつ、城山はそわそわしてしまった。

「んでどうする？　やる？　やるなら今日にでも、紹介の面通しすっけど」

「やるやる。いつでもＯＫ」

一も二もなく城山は飛びついた。なんだか久しぶりにわくわくするような気分だ。

バイトで留守番ということは、当人と接触《せっしょく》する機会など、ほとんどないとは思うし、べつに城山自身がそうしたアート関係に興味があるわけではない。

ただ、上村の口調からいっても風見というその雇《やと》い主はかなり偏屈《へんくつ》な気がする。

城山は気むずかしい相手は基本的に好きではないが、ひねた性格自体は案外きらいではない。発想がふつうと違う気がして、興味深いからだ。

上村にしてもそうで、一見はひとのよさそうな笑《え》みの向こうが案外屈折《くっせつ》しているのも知っている。けれどそういう変わったタイプであるほうが、城山にとって楽しいのだ。

このところ、なににつけ刺激《しげき》は少なかった。遊び場所も顔ぶれも定着してきてしまって、ルーチンをこなすような日常を壊《こわ》したいと思いながら、自分ではなにもできずにいた。

（簡単で面倒、か）

そんな物言いをする相手は、いったいどんな男で、自分になにをもたらしてくれるだろう。

城山はただ、なにかおもしろいことが起きる予感に胸を膨《ふく》らませていた。

にぎやかでうるさい音楽のかかるスペースの一角。つい先刻までブースで皿をまわしていた上村が声をあげる。「おう」と苦笑いで答えると、彼は汗《あせ》に湿《しめ》ったせいで色の濃《こ》くなった金髪《きんぱつ》を掻《か》きつつ、時間どおりに現れた城山を手招いた。

城山が『ワン・アイド・マリア』に呼び出されることになったのはその夜のことだった。善は急げとばかりに、上村が風見を紹介すると言ったのだ。

「わりぃな、待たせて」

「や、それはいいけど……なんでこんなとこでバイトのご紹介なわけ？　ふつうは家に行くなりするもんじゃないのか。それに、俺めっちゃくちゃ遊びモードなんですけど」

クラブに行くのにあたり、さすがにスーツともいかず、まるっきりふだんのままの格好だ。

本当にこれでいいのかと首をかしげつつ城山が問うと、「いいの、いいの」と上村は手を振《ふ》る。

「かしこまったことときらいなヒトだからさ。それにどうせ犬の世話だぜ？　気取った格好したって意味ねえっつうの」

「まーそりゃそうなんだけど」

本当にいいのかね、と苦笑《くしよう》しつつ、通い慣れた店を見まわした。肌《はだ》を心地《ここち》よく震《ふる》わせる、フ

「こっち、城山！」

レンチポップをアレンジしたドラムンベースはおそらく上村の選曲だろう。城山個人としてはオルタナティブを好むけれども、こういうしゃれた甘めの音楽も悪くはないと感じるのは、やはり退屈しているせいだろうか。エッジのきつい、速いビート音を耳にするだけで闇雲《やみくも》に興奮できた時期はそう遠いものでもないのに、最近どうにも乾《かわ》いている。

軽くリズムを取りながら歩く城山に、店内のあちこちから視線が向けられた。

熱っぽく甘いそれにちらりと目を向けると、冬場だというのに肌の見せかたを心得た女の子がルージュに光る唇《くちびる》を笑ませている。なかには見知った顔もいた。ふだんなら軽く手でも振り返して、夜のさきへとつながる会話に興じるところだけれども、この日の城山はにっこり笑うだけで、軽い会釈にとどめていたが、そのうちのひとりから声をかけられた。

「晃司、ひさしぶり」

「お、ひさしぶり。元気だった？　ミハル」

きゃしゃですっきりとした体形のミハルはユニセックスな印象ながら、しっかり男だ。思わせぶりに肩に手をかけられ、これからどう、と囁《ささや》かれたけれど、何度か、気が向いたときにベッドを共にしたことがある彼に「残念」と城山は笑ってみせた。

「ちょっと今日はまじめな話でお呼びだしかかってんの。今度ね」

「なんだ残念」

母親が北欧《ほくおう》の人間だとかいうミハルは、見ためもぱっと華《はな》やかだが、海外を拠点《きょてん》にモデルもやっているらしく、仕種《しぐさ》も誘《さそ》いも優雅《ゆうが》できれいだ。けっこうな有名人でもあるらしいけれど、城山はそのファーストネームと身体《からだ》のことしか知らない。見た感じは気の強そうな美人なのに、軽くMっ気があって、強引《ごういん》に挿入《そうにゅう》されるのが好きだと言って、入れたまま尻《しり》をぶってと頼《たの》まれたのにはちょっと燃えた。

「残念って、この間俺をふったのそっちだろ？」

コケティッシュに口を尖《とが》らせてみせるミハルに、城山は苦笑まじりの言葉で返す。少し以前、ふたりでイイコトしましょうかと交渉《こうしょう》している間にちょっとだけ酒を取りにいったら、この色っぽい彼はやたら背の高い色男をまんまと引っかけ、消えてしまったのだ。

「だって、晃司があんまり乗り気じゃないみたいだったからさ」

「あっさり鞍替《くらが》えしておいてよく言うよ」

「そんなの、あっちもおんなじだったもん。連れもいたみたいだけど、ぼくのほうがよかったらしいし」

つんとすまして言うミハルの傲慢《ごうまん》な美貌《びぼう》に、城山は苦笑するしかない。たしかに、あの目立つ男は店に入ってくるときには女性を連れていたはずだったが、気づけばミハルの腰《こし》を抱《だ》いていたのだ。

——ごめんね晃司、またね、バイバイ。

悪びれず笑ったミハルの声に、ひどく怠惰《たいだ》な感じのする男が振り向いた。そしてふっと唇を歪《ゆが》め、声に出さずに『悪いな』と告げられたけれど、圧倒《あっとう》的な迫力負けに、腹も立たなかったのを覚えている。

わりとヘテロよりのバイである、抱く専門の城山とは違《ちが》い、ミハルは生粋《きっすい》のゲイだ。いい男を見極《みきわ》める目は二十数年の人生で磨《みが》き抜《ぬ》かれていて、そういうあけすけさはきらいじゃない。そのときも、『また上玉捕《つか》まえたな』と感心したくらいだった。

「でも、失敗したかな」

「なんで？」

「ぼくとは相性《あいしょう》悪かったんだよね。えらそうなやつ、きらいだもん。晃司のほうが丁寧《ていねい》でスキ」

プレイが痛い感じなのは好きだけれど、それ以外の会話では甘やかされたいのだろうか。複雑なミハルの好みに、城山は失笑を禁じ得ない。

「はは……そりゃどうも。また時間あったら、遊んでね」

「OK。約束ね」

あまり深入りはしたくないなと思っていると、またねの合図にキスを求められた。何度か肌を重ねた彼と挨拶《あいさつ》代わりに唇を重ね、軽くハグして別れると、上村がうろんな顔になっていた。

「おまえ、どうなの。いまのは」

「なんだよ。いまさらこの店でゲイ禁止でもねえだろ」

「まあ、そりゃそうだけどさ……」

城山がにやっと笑って見せたのは、この『ワン・アイド・マリア』のコンセプトを知るからだ。店の入り口にある巨大《きょだい》オブジェのマリアは、右の目を片手で覆《おお》い、もうひとつの目もまた閉じている。要するにこの店では誰《だれ》もが目をつぶる、という意味の店名で、オブジェなのだそうだ。マリアをモチーフにしているのは、それが清らかさの象徴《しょうちょう》であるから、らしい。

ゲイナイトも催《もよお》されるし、ときには奥まった部屋で合意の乱交まがいのパーティーも行われていたりする。ただし、ドラッグと違法賭博《いほうとばく》はむろん御法度《ごはっと》。つまりは法に触《ふ》れない程度のお遊びならばなんでもあり、というのがこの店の決まりだ。

ただしそこまで知るのはディープな常連のみで、IDチェックを厳重に行ったうえでの話だ。

そしてミハルも城山も、幾度《いくど》かその遊びに顔を出したことがある。どろりとしたデザインのオブジェに囲まれてするセックスは、異空間に誘われたようですごくよかった。

「あのさ、城山。俺はそういうことには口出ししたくねえのよ。皿まわせてりゃいいんで、あんまりディープなとこ、見せんといてー」

「なんでいきなり方言なの、おまえ」

モラリストの上村は、この店のセンスには惚《ほ》れこんでいるけれど、そういう面だけはいまいち乗りきれないらしい。あくまでステージスタッフに徹《てっ》している彼は、城山のにやにやした笑いに、ため息をついて首をひねった。

「ともかく……今日はナンパなしで頼むよ？」

「わかってるっつうの。俺が声かけたわけじゃないでしょうが」

あちらこちらへと城山が如才《じよさい》なく向ける「またね」の挨拶の多さに、呆《あき》れていた上村も微苦《びく》笑《しよう》を浮《う》かべるしかないらしい。

「どうだかねー。おまえほんとに、ほどほどにして本命作れよ？」

城山は、来るモノ拒《こば》まずなんとやら、を地でいくタイプだ。かわいい子なら男も女も関係なし、おいしくいただいてきれいにバイバイ。とはいえ二股《ふたまた》のようにややこしい真似《まね》はしない。修羅場《しゆらば》はきらいだし面倒《めんどう》もごめんだからだ。男友達に対しても筋を通すので、あまり非難されることはないけれど、そろそろ落ち着けばと周囲からは苦笑されている。最たるものが、隣《となり》にいる、いまいちばん仲のいい友人だ。

「モテ男気取ってるより、本気のひとりに絞《しぼ》るほうが俺はかっこいいと思うんだけどね」

「なんすか、それ自分誉《ほ》め？　上村クン」

「ってわけじゃねえよ。ただ、おまえみたくふらふら遊んでると、いつかどっかで刺《さ》されそうで怖《こわ》いわけよ」

ため息をついて城山の顔を見あげてくる上村は、見場のわりにまじめなタイプだ。高校時代からつきあっている彼女と長いこと円満な関係を結んでいて、ふらふらとよそ見をしたりもしない。一途《いちず》なオトコなのよと茶化す程度には空気が読めるので、城山ともうまくやっているが、たまには小言も言いたいのだろう。

「トモダチとしましてはあんま、そういうの歓迎《かんげい》できねえし」

「あは、心配しなくても俺が遊んでんじゃないから。遊ばれてるだけ」

さらりと告げると、上村は肩《かた》をすくめた。どっちも一緒だと言いたいのだろう。

「それにまあ、相手も似たような人種だし。それに、俺そんなに入れこまれるタイプじゃねえもん。トラブルとか起きっこねえって」

情けなく眉《まゆ》をさげて笑うのは、本当の話だからだ。それこそ先日、ミハルがあっさりとべつの男に乗り換《か》えていったように、双方《そうほう》バランスのとれた軽さでだけつきあっているのだ。

ふるもふらないもない、お互《たが》いさまのドライなつきあい。それ以上を踏《ふ》みこんだりするのは、面倒だし重たい。そういう城山のポリシーに、やはりわからんと上村は眉をひそめた。

「まあいいや、今日はそんな話より、風見さんだ」

「……あ、うん」

なにごとにもさらっとした上村らしく、話はぱっと切り替《か》わる。なんとなく緊張《きんちょう》して城山はこくりと息を呑《の》んだ。

正直、バイトの話が出たのは今日の今日だったので、いまひとつ心構えができていない。

少しばかりひきつった顔に気づいたのだろう、上村は一応の注意をうながしてきた。

「いいか、とにかくあのひとの前で『アーティストですね、すごーい』とかそういう発言、すんなよ。もんのすっげえ、ミーハーなのいやがるから」

「わかってるっつうの。で、どこにいんの？」

「奥のほう。VIPルームでも使いますかって訊《き》いたんだけど、んな仰々《ぎょうぎょう》しいのはやめろってさ。そのへんで酒飲んでるよ」

とにかくもったいをつけたことがきらいなのだと再三言い聞かされ、いささか不安が募《つの》る。

一般的にありがちなことだと思うけれど、自分が才能とかいうものに縁遠《えんどお》い城山は、いささかアート系の人種にたいしての憧憬《しょうけい》と畏怖《いふ》を持っている。ことに、風見の造ったものに囲まれている空間ではなおのこと、胸がざわついた。

「お、いた。あのひと」

どれ、と指で示されたさきにいる男の姿に、城山はかすかに首をかしげる。

ひとめで上質とわかるシャツを纏《まと》った男の背中は広く、絞りこむような腰までのラインがしなやかな獣《けもの》を彷彿《ほうふつ》とさせる。嫌味《いやみ》なくらいの長い脚《あし》をブラックレザーに包み、軽く交差させているのが絵になった。おそらく、上村を待つ間に声をかけられでもしたのだろう。ノースリーブのセーターを纏った女の腕《うで》を肩にかけ、しかしあからさまに気のない態度で、煙草《たばこ》を挟《はさ》んだ指でロックグラスを揺《ゆ》らしていた。

「……なんかあの色男、見たことあんだけど」

「ちょくちょく店にも来てっから、見かけたことあったかもな」

そうだろうか、と城山はさらに怪訝《けげん》な顔になる。バックスタイルだけでもおそろしく目立つ男だ。こんな強烈《きょうれつ》なタイプならば、さすがに覚えていると思うのだが、どうも記憶《きおく》がはっきりしない。

「とりあえず、紹介《しょうかい》するから。……おーい、風見さん！」

大音量の音楽に負けないようにと、上村がよくとおる声を振りあげ手を振《ふ》った。すると、奥まった位置にあるカウンターで煙草をふかしていた男が、ゆっくりと振り向く。

上村の声に対し、顎《あご》をしゃくるのみという、ある種尊大な会釈《えしゃく》でもって『来い』と示した男の顔には、見覚えがあった。

（あ）

はっと、城山はその場に立ちすくんだ。だが上村は隣の気配には気づかないのか、妙《みょう》に危険な気配の強い男へとにこやかに近づいていく。

「ども、急に呼び出してすみません」

「べつにいい、頼《たの》んでたのはこっちだからな」

男は、あっさりと肩をすくめた動作で絡《から》んでいた女の腕をほどいた。すげない仕種《しぐさ》も、いっそ憎《にく》らしいくらいにさまになっている。不服そうに唇《くちびる》を尖《とが》らせた女が「ちょっと、ねえ」と拗《す》ねた声を発するのに、一瞥《いちべつ》さえくれる様子もないのはいっそあっぱれだった。

「で、そいつか？」

「ええ、こっちが大学の……あれ？　城山、なにしてんの」

来いよ、と手招かれてはっとなった城山は、あわてて歩を進めた。顔だけはなんとか平静を装いつつも、なんとなく気まずさが隠《かく》せない。

（うわー、まじかよ）

城山が、ぽかんとなったのは、その男がそれこそミハルを抱《だ》いて消えた、あの色男だったからだ。しかし、風見のほうはまったく覚えてもいないようで、ちらりと上村から城山へと目線を動かしてみせても、なんの反応もない。

（おまけに、隣にいる女、あのときの彼女じゃん）

あの夜、風見はこの女性をほったらかしてミハルと消えていった。大人同士の遊びについて、城山としてはとくに口を出すところでもないが、雇《やと》い主の恋《こい》のさや当てに巻きこまれるのは勘《かん》弁《べん》してほしい。

とりあえずここはなかったことにするのが賢明《けんめい》だろう。城山はできるだけ愛想《あいそ》よく見えるよう、にこやかに笑ってみせた。

「どうも、はじめまして。上村の紹介でうかがいました、城山晃司です」

「……ああ」

快活に挨拶《あいさつ》した城山に対し、男は慇懃《いんぎん》に会釈するだけだった。ふだんの城山ならば、感じが悪いなあとむっとするところだったが、気むずかしい芸術家なのだと聞いていたぶん、さして不快ではない。怯《ひる》まず、昔から好感度だけは高いと言われていた笑《え》みを崩《くず》さずににこと笑っていると、切れ長の迫力ある目がじっとこちらを見た。

(うお、こわ——……)

風見は、ずいぶんと背が高かった。城山より目線がかなり上になるため、おそらくは一八〇センチ台の後半くらいだろう。無造作に伸《の》びた髪《かみ》に硬質《こうしつ》な印象の顔立ち。だが端整《たんせい》だとか二枚目だとか言うより少し、あくの強い印象があるのは、その鋭《するど》すぎる目つきのせいだ。大人の濃厚《のうこう》な色気をまき散らす風見は作品のイメージとあっているような、いないような、不思議な印象がある。

睨《にら》まれているわけでもないのだろうが、その目に見据《みす》えられると一瞬《いっしゅん》だけ身がすくむ。なにしろミハルに天秤《てんびん》にかけられ、負け組と勝ち組に分かれた夜はそう遠くない。城山としてはとくにプライドが傷つくような経験でもないが、相手が勝手に上位に立った気分になるのは少しだけおもしろくないなと思った。

(ほんとは覚えてたら、やだなあ)

思わず顎を引いた城山に、風見はほくろのある唇を歪《ゆが》めてふっと笑った。そして、この男は笑っても少しも印象がやわらがないのだな、と思った。

「えと、なんでしょうか?」

「いや。見た目で思ったより、まともな口のききかたするもんだなと思っただけだ」

「は……」

平坦《へいたん》な口調ながら、揶揄《やゆ》が交じっているのはわかった。さすがに、かちんと来るけれど、いちいちここで顔に出すほど城山も子どもではないつもりだ。

「……まあ一応のTPOくらいは、わきまえてるつもり、ですけど。まだ学生なので、いたらないところはあるかもしれません」

できるだけさらっと躱《かわ》し、さらに笑みを深めた。脇《わき》ではらはらしていた上村にも、目顔で平気だと言ってやる。その態度に、おもしろそうに風見は目を細め、口を開いた。

「いつから来られる」

「え？　なにが……ですか」

唐突《とうとつ》な言葉に首をかしげると、風見は呆《あき》れたような顔を隠さなかった。

「なにがじゃない。上村から話はいってるんだろう、いつから来られるか、訊いてるんだ。それとも上村、説明はまだか？」

「えっ、いえ！　今日のところは一応の顔つなぎだと思ってたんで、すみません」

城山はいささか焦《あせ》りつつ、手を振ってみせた。矛先《ほこさき》が上村にいくのはいくらなんでも申し訳ない。

（つーか、このひと圧倒的《あっとうてき》に説明とかきらいなんだな）

そして短気でえらそうで怖《こわ》そうだ。基本が平和主義――要するに日和見《ひよりみ》の城山は、あんまり逆らったり機嫌《きげん》を損《そこ》ねたくないなと思いつつ、相手の気に入るような返事をすぐに考えた。

「その前に、俺でいいんでしょうか？　一応、条件に関してはは上村からうかがってますけど、時間帯だとかそういう細かいことはまだなので、訊かせてもらえると返事もしやすいです」

城山の答えに、風見はじっとこちらを見ているだけだった。なにか間違《まちが》えたかな、と少し不安になりながらも、動物の勝ち負けさながらに目を逸《そ》らさずにいると、もう一度風見が笑った。

今度は少し、あたたかみのある微笑《ほほえ》みだった。

「おまえ、歳はいくつだ」

「上村と同じですが」

「こいつの歳なんか知らん」

あっさり言ってのける風見に「ひでえなあ」と上村が笑い混じりに口を尖らせる。

「俺も城山も、十九歳っすよ」

「あ、俺の誕生日、四月十八日だから。プレゼントは年中受付中よ？」

茶々を入れると、聞いてねえよと上村は笑った。

「ていうか、それこそ俺に歳なんか訊いたことないでしょが、風見さん」

「仕事ができりゃ、そんなもん関係ないだろ。ああ、この間のインスタのミックス、かなりいい感じだったたって弥刀《みと》が誉《ほ》めてた」

ぐっとくだけた口調になる風見の少しざらっとした感じのハスキーボイスは、男が聴《き》いても色っぽかった。そして、上村は風見に認められているのだなと感じると、少し羨《うらや》ましかった。

「まじっすか？　うれっしー！　そういえばこの間のクリップに出たオブジェ、風見さんのやつですよね」

「観《み》たのか」

「そりゃもう、観ますよ、クールでした」

城山には意味のわからない会話だったけれど、おそらく仕事の絡みなのだろうと見当はついた。いささか置いてきぼりの感は否《いな》めないが、会話の邪魔《じゃま》をしないようにするのは得意だ。

そして、風見のような堂々とした大人にも認められ、誇《ほこ》れるようなものを持っている上村と、ただ怠惰《たいだ》に過ごすばかりの自身との差に少しだけ、息苦しさを覚える。

（いいなあ、楽しそうで）

ふだんそつのない上村にしても、才能のある大人の男に、ある種対等に扱《あつか》われるのはやはり誇らしいのだろう。嬉《うれ》しげにその顔がほころんでいて、だから城山はつい、注意されたことも忘れてこんなことを言ってしまった。

「いいっすね、アーティスト同士、通じるものがあるっぽくて」

それは純粋《じゅんすい》に発した言葉だったのだが、風見の眉間《みけん》がいきなり険しくなる。ばか、と上村に肘《ひじ》でつつかれて、はっと城山が口を押さえても遅《おそ》かった。

「アーティストだとか、そんなださい呼び方、二度とするな」

「あ、すんません……気をつけます」

ぴしゃりと言われていささか鼻白むけれど、注意を忘れていた自分が悪いだろう。素直《すなお》に頭をさげると、風見はふっと息をついた。

「ま、いい。今週の木曜、空いてるか」

「えと……あ、空いてます」

その日はとくに予定もなかったはずだ。頭のなかでスケジュールを確認《かくにん》すると、風見は名刺《めいし》を取りだした。名前と連絡《れんらく》先だけの、肩書《かたが》きもなにもないそっけない名刺だが、紙は少し変わった風合いの和紙ふうのもので、書体もしゃれていた。

「木曜の夕方六時に、そこまで来い。あと、名刺のアドレスに、必ず連絡がつくナンバーとアドレス、あと、向こう一ヶ月のスケジュールを、今晩中によこせ」

「あ、はい。わかりました」

名刺など受けとったこともないが、なんとなく両手で受けとる城山に、一方的に言うだけ言って、風見はもたれていたスツールから身体を起こした。

「えっと、お帰りですか？」

「用はすんだからな」

ということは、面接はこれで終わりなのか。なんとなく釈然《しゃくぜん》としないまま、城山がかすかに眉《まゆ》をさげると「なんだ」と尊大な声で問われる。

「いや、えっと、俺で決まりでいいんでしょうか？」

大事な愛犬を預けるバイトとなれば、もうちょっとひととなりをたしかめるなり、会話して探《さぐ》るなりするものじゃなかろうか。首をかしげると、風見はため息をつく。

「いまの流れでわからないなら、一から十まで懇切丁寧《こんせつていねい》に、俺が説明するべきか？」

「あ、いえ、だいじょうぶ、です……」

あきらかに説明不足なのは相手のほうだし、べつに悪いことをしているわけでもないのに、身がすくむのは風見の迫力に負けているせいだ。圧倒的に強い相手に逆らったり刃向《はむ》かったりするほど、城山は根性《こんじょう》が据わっていない。

「そこまでのばかじゃなくて幸いだ。……ああひとつ言い忘れたな、バイト代はそのときの終了時《しゅうりょうじ》にとっぱらいでいく」

「あの……すみません、とっぱらいってなんですか」

「その日払《ひばら》いって意味だ。で、ほかにはもう、いいんだな？」

今度こそ呆れたようにじろりと睨まれたが、言語を知らぬものはしかたがないだろう。いいです、と小さな声で返すと、すっと風見が距離《きょり》をつめてくる。

目の前に立たれると、やはり威圧感《いあっかん》のある男だと思った。ひとと比べてもかなり長身の城山は、めったなことでは見下ろされるという経験がない。風見と相対するたびに、なんとなく感じる屈辱感《くつじょくかん》は、この身長差のせいかと分析《ぶんせき》していると、長い前髪を揺《ゆ》らした男が耳打ちでもするように唇《くちびる》を近づけてくる。

(あ、ほくろ)

至近距離で見た薄《うす》く形のいいそれには、やはり艶《つや》っぽいほくろがある。笑《え》みの形に歪《ゆが》んだそれをぼんやり見ていると、風見がくすりと笑う。

「……ミハルに関してはひと晩遊んだだけだ。兄弟になっちまったが、そこはバイトとは関係ないってことで頼《たの》む」

にやりと笑う目の鋭《するど》さに、城山は完全に吞《の》まれた。そして、やはり覚えていたのかという驚愕《きょうがく》とともに、吹《ふ》きこまれた声の淫靡《いんび》な響《ひび》きに、一瞬《いっしゅん》だけぞくりとなる。

小さく肩《かた》が震《ふる》え、それをおもしろそうに見た風見は、今度こそ長い脚《あし》に見合った歩幅《ほはば》で本当に去っていく。呆然《ぼうぜん》としたままの城山の耳に、不機嫌そうな高い声が届いた。

「ちょっと聖人、もう帰るの?」

ふてくされた様子で風見の腕《うで》を摑《つか》んだのは、さきほど自分たちが声をかける前に彼にしなだれかかっていた女だった。だが、相手の熱心さとは裏腹に、風見はどこまでもそっけない。

「見りゃわかる話をいちいちするな」

そりゃないだろう、とふだんの城山ならば内心で突《つ》っこみのひとつも入れるところだ。だがこのときには、耳元をかすめていった不穏《ふおん》な言葉に気を取られ、世慣れた男女のやりとりなど、注意を払《はら》う余裕《よゆう》もなかった。

(なんだ、いまの。ミハルがどうしたって?)

もしやあれは牽制《けんせい》だろうか。とはいえミハルについては、城山こそたいして深い仲でもない。いったいなんのつもりで、あんなことを言い置いていったのかわからず、しばし呆然としていた城山は、隣《となり》でにやついている友人の肩をがしっと掴む。

「……上村」

「なにー?」

「まじ怖《こえ》ぇよ、なんだよ、あのひと! びびった!」

ただひとつ、いまわかっているのは、風見という男が強烈《きょうれつ》なセックスアピールを持っていること、そしてその牡《おす》としての強さに、城山が圧倒的《あっとうてき》な負けを感じたことだった。

囁《ささや》かれただけで本当に背筋が冷たくなった。あんな怖い男ははじめてだと城山が青くなっていると、上村は不思議そうに首をかしげた。

「なんで? 風見さん、ちょー機嫌《きげん》よかったじゃん。気にいられたみたいで、よかったな」

「うそ、あれで……?」

いったいどこがだと城山は顔をしかめるけれど、上村の言葉に嘘《うそ》はないようだ。

「いや、だってあのひと気に入らなかったら、口もきかねえから、まじで」

「……おまえさあ、そんな難物だったら、さきに言えよ。びびったじゃん」

「ん? だって城山、そういうとこ、そつはないっしょ。言ったじゃん、人選任されてるって」

だいじょうぶだいじょうぶ、とからから笑う友人に、信頼《しんらい》されているのはありがたい。しかし、なんだかだまされた気分だと、城山はため息をついた。

（なんだかもう、ほんとにだいじょうぶかなあ）

おいしいバイトだと思ったし、ああいうオブジェを作る人間は刺激的《しげきてき》だろうと思って、ちょっとミーハーにお近づきになりたかったのは否めない。

風見という男との新しい出会いには、なにかおもしろいことがあるかもしれない。そんなふうに城山は、期待した。そして、ある意味ではその期待は、まったくもって裏切られることはなかったと思う。

ただし、城山の予想を大きく超《こ》える、あまりにも刺激的すぎるそれは、言うなれば、カカオ九十九パーセントのチョコレートのようなものだっただろう。

いざ口にするまでは形やにおいにごまかされ、もっと口当たりのいい甘いお菓子《かし》を想像していたのに、食べたら舌が痺《しび》れそうなほど、深くて濃《こ》くて――二度と忘れられなくなる。

（手に負えるのか、これ？）

少しの不安を覚えつつ、それでもまだ、胸の奥はざわついている。強烈で忘れがたくなるような男との出会いが自分のなにを変えるかも知らないまま、囁いた声の残響《ざんきょう》だけがやけに、城山の耳の奥に残っていた。

＊　＊　＊

「わー、待て、テッ！　こらヒバナもっ……ぎゃあ！」

風見家の浴室で、城山の絶叫《ぜっきょう》が響き渡《わた》る。ぶるる、と全身を震わせて水滴《すいてき》を派手に飛ばしたテッは、待てという声も聞かずにドアの向こうへと躍《おど》り出た。

「くそ。あとで掃除《そうじ》すんの俺なんだぞ」

いまだシャンプー中のヒバナを押さえていた城山は、尻尾《しっぽ》を振《ふ》って走るテッを追うこともできず、がっくりとうなだれる。

風見がひとりで暮らしているこの一軒家《いっけんや》には庭もあり、家自体も贅沢《ぜいたく》な間取りだった。つまりは廊下《ろうか》もそれなりの長さがあるわけで、やんちゃ盛りのテッは我がもの顔でいつもそこらを駆《か》けまわっている。廊下はさぞかしびしょびしょだろう。拭《ふ》き掃除の手間と労力を思うだけで疲労感《ひろうかん》が募《つの》った。

「ったくもお、おまえらなんでそう、元気なんだよ。さんざん歩いただろうが」

さきほど散歩から帰ってきたのだが、足の短いコーギーはもともと胴体《どうたい》が汚《よご》れやすい。おまけに雨あがりのせいか道々、水たまりやぬかるみがあり、二匹《ひき》ともかなりひどいありさまになっていた。そのため、いっちょう丸洗いといくかと城山もがんばってみたのだが、二匹同時はハードルが高かったようだ。

案外おとなしいヒバナにくらべて、元気のいいテツには毎度手を焼かされている。散歩のときもけっこうな力でぐんぐんリードを引っぱってくれるので、遠距離《えんきょり》を小走りする城山はいささかグロッキーだ。

「おまえは言うこときいてくれよ、ヒバナ?」

「わふ」

ぼやきつつ城山がヒバナを洗っていると、聞きわけのいいヒバナが返事のような声を漏《も》らした。よしよし、と誉《ほ》めてやりながら、だいぶ犬たちの相手をするのも手慣れてきたぞと自分で悦《えっ》にいる。

城山のアルバイトがはじまって、ようやく一ヶ月がすぎた。その間に犬を預かった回数は四回、犬の面接もなくいきなり決定したアルバイトは、いまのところ順調だ。

「どうなることかと思ったけど、おまえらいい子でよかったよ」

笑いながら話しかけると、ヒバナはわかったような顔で「わふん」と吠《ほ》えた。

城山はかつて犬を飼っていたとはいえ、小学生のとき、ほんの数年間だけしか世話をした経験はない。アルバイトなどつとまるのかと少し不安に思っていたのだけれど、聞きわけもよく賢《かしこ》い犬種のコーギーは、二匹ともかわいらしく、城山はひと目で彼らを気に入った。

兄弟で同い年らしい二匹は顔もよく似ている。尻尾がふさふさ大きい、元気なほうがテツ、テツに比べるとおとなしく、尻尾がすらりとしているほうがヒバナと教えられたが、いまでは顔を見ただけでちゃんと見分けがつけられる。

素直《すなお》で裏表のない動物と接するのは、ひどく楽しい。風見からの電話があると、夜遊びの誘《さそ》いもキャンセルしてアルバイトに励《はげ》む城山は、こんなに自分が動物好きであったとは知らなかったと自分で驚《おどろ》いた。

――なに、城山、すんごいまじめにやっちゃって。

紹介《しょうかい》した上村までもが、目を瞠《みは》るありさまだったが、それは城山自身も同意だ。だがこの家は、なぜか意外なほどに居心地《いごこち》がいいのだ。

風見は家のなかのインテリアなどを気にするタイプでもないらしく、そこかしこにこの家の主《あるじ》が造ったとおぼしきオブジェがあるけれど、飾《かざ》ってあるというよりは置き場がなくて放ってあるような印象が強い。

家のなかは全体に清潔だし、機能的に整理はされている。だがところどころ読みかけの雑誌を適当に放ってあったり、上着のジャケットがソファに放置されていたりと、男のひとり暮らしらしく雑然としているのが、城山は気にいっていた。モデルハウスのような印象の家は、神経質な家主の性格がにじんでいるようで、好きではないのだ。

（なんかここんち、落ち着くんだよな）

ひとり暮らしが長いせいで、静かな家のなかにいるのはさして苦にならない。自分のマンションにいるときより、近くにころころと遊んでいる二匹がいるので、むしろ楽しい。

おまけに風見は、このかわいい犬たちの世話以外はいっさいしなくてもいいというのだ。留守を預かる間も、家のなかでも好きにしていていい。掃除やなにかは、犬たちがよほど汚したときには頼《たの》みたいが、それ以外は義務でもない。つまりは、犬に振り回されるうえでの体力的な部分をのぞけば、かなり楽で実入りのいいアルバイトだった。

「最初は、こつわかんなくっておまえらに振り回されたけどなあ。散歩のルートがしっちゃかめっちゃかだったり……」

ヒバナをせっせと洗いたて、泡《あわ》を流しながら呟《つぶや》くひとりごと。シャワーを浴びせられて閉口している犬の返事はない。それでも片目を開けて「なにか？」と問うように首をかしげてみせるヒバナの頭を撫《な》で、城山はくすくすと笑ってみせた。


あれは、このバイトをはじめた最初の日のことだ。

その日はよく晴れていて、散歩のあとに犬を洗う手間もなかった。おかげでかなり時間があまり、これで一日五千円は申し訳ないのではなかろうかと、いくらおいしいバイトとはいえ気が引けた城山は、数日間の仕事を終えて戻《もど》ってきた風見に提案してみたこともあるが、帰ってきた言葉がふるっていたのだ。

「風見さん、掃除だとかなにか、雑用があるならついでにでもやりますけど」

風見は城山の言葉に対し、べつにいらない、と答えた。

「必要な仕事はやってもらってるし、金額もそれに対して設定してある。それ以上を頼むとなると、料金外のことになる。よけいなことはしなくていい」

「よけいなこと、って」

「ヘンに世話を焼かれて、媚《こ》びられても鬱陶《うっとう》しい」

傲慢《ごうまん》ないいざまだと思ったが、腹が立つよりも納得《なっとく》した。

ここまで色男で才能豊かであれば、たしかに鬱陶しいほど言い寄ってくる人間はいるのだろう。仕事内容はむろんのこと、この家を見るだけでも金銭的に余裕《よゆう》があるのはいうまでもないし、そうしたステイタスに恋《こい》をする手合いはいくらでもいるものだ。

だから城山は、苦笑《くしょう》して肩《かた》をすくめるにとどめておいた。雇《やと》い主のポリシーに口を出すほど、分をわきまえない性格ではない。

「するなって言われたことはしませんよ。ひとさまの家だし」

風見がそれでいいというのなら、それでよかろう。城山としてはそうしてこの話題を終え、家路につこうとしたのだが、「待て」と風見に止められた。

「……おまえ、あのへん掃除したか？」

「あ、ええ。ちょっと埃《ほこり》っぽいところだけ……テッが走り回ったんで」

必要以上の片づけはしなかったが、犬と追いかけっこをしたせいか、なんとなく埃がたった気がしたのだ。留守居の間の食事は、風見との約束どおり基本デリバリーを頼んだ。茶を沸《わ》かす程度には台所を借りもしたが、それらもきっちり、もとのとおりにしてあるはずだ。

「ふうん。あとかたづけはできるんだな」

どこか意外そうな声に、城山のほうこそ意味がわからなかった。その程度の気もきかない手合いにアルバイトを頼むほど、この男は大雑把《おおざっぱ》なのだろうか。

（……大雑把かもしれない）

なにしろ初対面でいきなり採用だ。アーティストはやはりちょっと変わっているのだろうとおのれを納得させていると、揶揄《やゆ》の笑《え》みを浮《う》かべた風見が非常に失礼なことを言った。

「まあ、前も言ったとおり、犬の世話以外は好きに使え。ただ、女を連れこむような真似《まね》はするなよ」

さすがにそこまで言われると、かちんと来る。眉《まゆ》を寄せた城山は、ため息まじりに小さく反論した。

「……俺、そこまで非常識じゃありません。仕事だと思って受けてるから。そんな真似するほどばかじゃないです」

すっと真顔になった城山に、風見のほうが目を瞠った。

「作品とかもちゃんと触《さわ》ってないですし、上村に紹介された以上、あいつの顔潰《つぶ》すような真似はしません」

「……ふうん？」

　風見のきつい目が、おもしろそうに細められた。生意気な、と笑われたのがわかって、城山は少しばつが悪くなる。

「俺のファンだとか上村が言ってやがったからな。もっとミーハーに来るかと思ったが」

「たしかに、ファンって言えばファンですよ。けど、プライベートでぎゃあぎゃあ言うほどわきまえない人間じゃないつもりです」

　まじめに尊敬しているという態度を隠《かく》さない、しかしとくに熱っぽく振《ふ》る舞《ま》いもしない城山の態度は、風見からすると少し意外だったようだ。

「案外、いいうちの子なんだな、おまえ。クラブで見かけたときは、もっとダラダラした学生かと思ったが」

「俺は風見さんから見ればばかっぽくて軽い学生かもしんないけど、バイトはバイトでちゃんとしますよ」

　誉めたのか皮肉なのかわからない言いざまをされ、城山は非常に複雑になった。

「それに……べつに、いいうち、とかじゃないです。ただ、個人的に、ひとの家で邪魔《じゃま》にならないようにしたいだけで」

　語尾《ごび》が重く濁《にご》った気がして、自分ではっとした。こんなことまで言う必要はなにもない。伏《ふ》せていた目をあげて、おもしろそうにこちらを眺《なが》めている風見に、少し強気に言い放った。

「とりあえず、今後いっさい触るなっていうなら、掃除《そうじ》もしませんけど？」

「いや、いい。この調子で次も頼む」

皮肉を混ぜたのはわかっているだろうに、風見はやはり喉奥《のどおく》で笑うだけだ。城山ごときの睨《にら》みなど、痛くも痒《かゆ》くもないらしい。

にやにやと笑ったあげくに、やはりばかにしているのかというような発言をしてのけた。

「晃司は邪魔にならなそうだな。犬っぽいところが気に入った」

「こ……じ、って」

「名前、それだろ。違《ちが》うのか」

「いやまあ、そうですけど」

いきなりファーストネームで呼び捨てにされ、呆気《あっけ》にとられる。おかげで、犬っぽいなどという微妙《びみょう》に失礼な気のする発言について、城山は言及《げんきゅう》しそこねた。

「じゃ、また連絡《れんらく》する」

あげくそんなひとことで退出をうながされた、それがバイト初回の顚末《てんまつ》だった。

ひねくれた物言いをした男は、後日本当に、この不定期なバイトを続けてくれと頼んできた。

あんな対応でよかったんだろうかと首をひねった城山に、上村から電話があった。

『おもしろいやつ紹介《しょうかい》してくれてありがとうだってよ。俺はじめて風見さんに礼言われちゃったよ。おまえいったい、なにしたの？』

そんなことこっちが聞きたいと、城山は首をかしげて答え、それからも犬の面倒《めんどう》を見続けているというわけだ。

（あのひとは、いちいちひとこと多いよな）

あれで風見は、嫌味《いやみ》のつもりはないらしいから驚《おどろ》く。

つらつらと思い出していた城山の耳に、玄関先《げんかんさき》で吠《ほ》えるテツの激しい声が聞こえてきた。

「おーい、どうしたー？　誰《だれ》か来たか？」

基本的にテツもヒバナも無駄吠《むだぼ》えをしない、しつけの行き届いた犬だ。それだけに気になって、バスタオルでくるんだヒバナを抱《かか》えた城山は玄関《げんかん》に向かう。来客の様子もなく、はて、と首をかしげつつも、玄関マットのうえでおとなしいのをいいことに、タオルをかぶせてやった。

「ったくもう、風邪《かぜ》引くぞテツ。まだ寒いんだからな」

言いながら、犬を風呂《ふろ》に入れるためにまくった袖《そで》とハーフパンツから寒気を覚える。彼らを乾《かわ》かしたら自分もシャワーを借りようと城山が震《ふる》えていると、車の近づいてくる音が聞こえた。

とたん、テツもヒバナもわんわんと勢いよく吠えはじめ、城山は首をかしげる。

「……あれ？」

このエンジン音には覚えがある。しかしまさか——と思っていると、車はたしかにこの家の駐車場《ちゆうしやじよう》へと入っていった。玄関で踏んばる犬たちのおかげでこの場を離《はな》れるわけにもいかず、戸惑《とまど》っている城山の前で、玄関の鍵《かぎ》がまわされた。

案の定、むっつりとしたままの顔を出した家主は、珍妙《ちんみよう》な格好の城山を見て目を瞠《みは》る。

「こんなとこでなにやってんだ、おまえ」

「あー、おかえりなさい。どうしたんですか？　今日、戻《もど》りの予定じゃないですよね」

言いながら、城山はあわてて立ちあがった。ぺこりと頭をさげると、風見はしげしげとその姿を上から下まで眺める。

「ちょっと用ができたんで、戻ってきたんだが。……また、いい格好だな。なんだその頭」

「え、頭？……あっ！」

風見の言葉に、城山ははっと髪《かみ》に手をやる。

ジーンズにシャツ、革《かわ》のジャケットというラフながら決まった格好をしている風見に対し、城山はテツの大暴れのせいで、シャツはびっしょり濡《ぬ》れているし、髪の毛もしかりだ。おまけに作業の邪魔なので、コンコルドクリップの髪留めで前髪を留めていた。それも、だいぶ以前、家に泊《と》めた女の子が忘れていったやつを便利だからと使っていたので、いかにも女の子っぽい花の形の飾《かざ》りがついた、デコラティブなものだった。

（うわ、俺、だっせえ）

よりによって、こんな見苦しい格好を見られたのはなんとも恥《は》ずかしい。あわてて髪留めをはずそうとすると、湿《しめ》った髪に絡《から》まって取れにくい。強引《ごういん》に引っぱると、ばちんという音をたてて留め金が壊《こわ》れ、爪《つめ》のさきを強く弾《はじ》いた。

「すみません、すげえ、みっともな……いでっ」

痛みに叫《さけ》ぶ城山の手から落ちたそれは、風見の手のなかに吸いこまれるようにキャッチされた。数本の髪が絡まったままの髪留めを手に、呆《あき》れた顔で風見が言う。

「なにやってんだ。ばかか。髪の毛抜けてるぞ。無理すっから壊れたじゃねえか」

「え、あ、安ものだし。ひとの忘れもの、そのまま使ってたんで、べつにいいです」

「なんだ、彼女のか？　似合わないことなかったけどな」

バネの部分がいかれ、すかすかとくちばしのように動くものを手にした風見に揶揄され、城山は情けない顔で笑ってみせた。最初のころ、女を連れこむなと言ったそれとはまるで違《ちが》う気やすい口調に、どうにも居心地《いごこち》が悪くなる。

「勘弁《かんべん》してくださいよ……そんなんじゃないですって」

あたふたするさまをふっと笑われ、ますます城山は身の置きどころがない。赤くなっていると、もう一度「ばか」と言って風見が軽く頭を叩《たた》いてくる。

「作業中なんだろ、べつに格好にかまうことない。それより、おまえも風呂入ってあったまれ。見てるだけで寒い」

「え、あ、そうですけど。まだテツもヒバナも生乾《なまがわ》きで」

言われて見下ろした自分のシャツは、肌《はだ》にべったり貼《は》りつくほどに湿っていて、たしかに寒そうだ。しかし足下《あしもと》には、まだタオルドライ止まりの犬が二匹《ひき》。放置するわけにはいかないと城山が言うけれど、風見はあっさりしたものだ。

「だから、乾かすだけだろ。あとは俺がやる。こんな冬場に、濡れたシャツ一枚じゃ風邪ひくだろうが」

じっと見つめられ、城山はなんとなくうつむいた。前にかかんで、風見の目から隠れたくなるのは、ただみっともない自分を見られたくないだけではない。強すぎる眼光に丸裸《まるはだか》にされた気分がして、それが恥ずかしいのだ。

「でも、それは、俺の仕事だし」

「あのな、おまえの仕事は俺の留守中の犬の世話、だ。俺がいるんだから、べつにいいだろう」

思いもよらず気遣《きづか》われ、いささか失礼ながら城山は目を丸くした。その顔を見るなり、風見は皮肉っぽく眉《まゆ》をあげてみせる。

「だいいち、これで風邪でもひかれて、あとの日程来てもらえなくなるほうが困る。いいからさっさと風呂入ってこい」

「あー、そうですね、はい。スミマセン。じゃあ、お願いします」

ごまかすように、しおらしく頭をさげると笑われる。調子が狂《くる》うなあ、と城山は思った。どうもこの雇《やと》い主と顔を合わせるたびおたおたとしてしまうのは、まだ風見に対して身がまえる気持ちが抜《ぬ》けないせいだ。

(俺、こういうキャラじゃねーんだけど……)

誰に対しても案外、人見知りなぞしないタイプの城山なのだが、風見に対してだけはどうにも借りてきたネコのようになってしまう。初対面時のインパクトが抜けていないのと、一ヶ月も経《た》つわりに、初回を除けば風見と喋《しゃべ》った時間がろくにないせいもあるのだろう。

(べつに、そこまで怖《こわ》いひとじゃねえのは、わかってんだけど、びびるんだよな)

アルバイトはほぼ週一のペースで頼《たの》まれているけれど、雇い主と会話した回数も、その程度しかない。それも犬と鍵の受け渡《わた》し時に、必要事項《じこう》を話すだけという、端的《たんてき》なものばかりだ。

そもそも城山の仕事は、風見が東京都下の山奥にある工場にこもる際の『留守居を預かる』わけだから、雇い主とはほぼ会話する機会などない。おかげで、この妙《みょう》に迫力《はくりょく》のある大人の男に対して、城山はいつまでも慣れることができなかった。

浴室に戻る途中《とちゅう》でちらりと眺《なが》めた居間は、案の定テツのまき散らした水滴《すいてき》でそこかしこが濡れている。

「風見さん。俺、こっちあとで掃除はしますからー」

放っておけずにひと声かけると、ドライヤーを使っている風見の声が「わかった」と答えた。

これもまた、初日に比べて変わったことのひとつだ。城山がテリトリーを荒《あ》らさないと判断したせいか、風見は本当に家のなかのことを好きにさせてくれている。それだけでも、彼が自分を受け入れてくれたことは理解できているのだが。

（なんだかなあ。最初が最初だけに、調子狂うっていうか）

どうも落ち着かないのは、このところ、風見の態度がずいぶんと軟化《なんか》してきているのも要因のひとつだ。やたら皮肉な物言いをしたかと思えば、親切だったり気やすかったり、どういう距離《きょり》で接すればいいのか、いまひとつ摑《つか》めない。

湿ったシャツを肌から剝《は》がし、熱いシャワーを浴びると痛いほどだった。この家で風呂を借りるのももうだいぶ慣れたなと思いつつ、手早く流して居間へ向かうと、ふかふかになったテツとヒバナが飼い主の手からエサをもらっている姿があった。

髪を拭《ぬぐ》いながらぼんやりとその光景を眺めていると、こちらに目を向けないまま風見は言う。

「暇《ひま》ならそのへん、座っておけ」

「いやでもそういうわけには……あっ、床掃除《そうじ》」

「もう拭《ふ》いた」

そっけない口調で言われ、そうですか、と城山は困った顔になった。

「あの。今日の日当、なしか、さっ引いてもいいですよ？」

苦笑《くしょう》してそう告げると、風見はそっけない顔のまま「それとこれはべつだ」と言った。

ADLUT

「拘束料《こうそくりょう》もコミの金額だからな。実働の部分は、さっきの丸洗いでチャラってとこだろう」

「……んじゃあ、遠慮《えんりょ》なくそうさせてもらいます」

あまり言い張るのもいやらしいかと思って素直《すなお》にうなずくと、風見が口元だけで笑う。視線はドッグフードを貪《むさぼ》るテツとヒバナに向けられたままで、会話の間に一度も絡まない。

(居場所ねえなあ)

所在ない気分のまま、濡れ髪《がみ》にタオルを引っかけてうろうろしていると、「鬱陶《うっとう》しい」とひとこと吐《は》き捨てられたので、しかたなくソファに腰《こし》を落とした。

テツとヒバナは、おとなしくエサを食べている。そのかたわらに膝《ひざ》をついた風見は、ときおり飼い主の機嫌《きげん》をうかがうように目をあわせてくる犬の頭を撫《な》でたり、食事に集中しろと目で語ったりしている。だがそれが愛情たっぷりの態度かと言われると、どうも違《ちが》う。

(……ふつう、動物と一緒《いっしょ》にいると、やさしそうに見えるもんなんだけど)

むろん風見のことだ、ペットに対して『かわいいでちゅねー』などと幼児言葉になってしまう溺愛《できあい》タイプとは思わないが、もう少しはやさしい顔のひとつもするかと思っていた。

だが、あんなかわいい犬がいるというのに、風見の印象は少しもやわらがないのだ。むしろ風見は完全に上位の生き物で、テツとヒバナは城山に対するやんちゃさなどなりをひそめてしまい、彼に服従しきっている感じだった。

正直いえば、この光景は城山にとって少し不思議なものだった。そもそも、バイトをはじめてから飼い主と城山が同じ空間にいるのはこれがはじめてだ。

まず風見の印象から想像して、犬を飼うというのがどうも腑《ふ》に落ちない。また、もしも選ぶとしてもドーベルマンだとか、ああいう大型の犬種にして、完全な外飼いにしそうな気がしたのだ。

「なに見てんだ？　さっきから」

「あっ、いや……」

なんでもないと言いかけると、ちらりとあの強い視線が城山を捉《とら》える。言いかけてやめるな、という顔をされたので、惑《まど》いつつもおずおずと口を開いた。

「や、えーと、なんで風見さん、犬飼ってんだろうなと思いまして」

「ああ、似合わないだろう」

もごもごと告げると、ずばりと返された。おもしろそうに笑っているので気分を損《そこ》ねたのではないようだが、城山はどうしていいかわからない。

「いや似合う似合わないの話じゃなく。えっと、だって、しょっちゅう家空けるじゃないですか？　だから俺みたいなのが必要なのはわかるんですけど、そもそも風見さんみたいなタイプだと、そういう面倒《めんどう》なのきらいそうだなあと思って」

「面倒だし、きらいだな」

あっさりうなずかれて、ますます意味がわからなくなる。無意識のまま眉をひそめて首をかしげているると、風見はじゃれついてくる犬を撫でながら言った。

「捨て犬拾っちまったから、しかたなくだ」

「えっ、だってコーギーでしょう？　高いんじゃないんですか、これ。何万もするでしょう」

城山もさして詳《くわ》しくはないが、コーギーは人気の犬種だし、血統書つきは交配にもけっこう手間がかかると聞いている。驚《おどろ》いて声をあげると、風見は少しだけ苦い顔になった。

「何万どころか、うえは十万単位で価値があるらしい。けど、それを売りに出す側が捨てちまえば、どうにもなんねえだろうな」

「えっと……どういうことですか？」

城山の怪訝《けげん》な声には応《こた》えないまま、風見はテツのまるい尻をぽんと叩《たた》いた。

「こいつら、尻尾《しっぽ》ついてんだろ？　獣医《じゅうい》に連れてったらペンブローク種ってやつらしいが、ふつうは小さいころに、ここをぶったぎるらしい」

「あ、そういえば……」

ペンブローク種のコーギーはペットショップで購入《こうにゅう》するとすでに断尾されていることが多いが、テツとヒバナのぷりんとしたお尻には、ちゃんと尻尾がついている。

「牧畜犬《ぼくちくけん》だった犬種だからな、牛だのに踏《ふ》まれないようにって尻尾を切る習慣が、愛玩《あいがん》動物になっても残ってるらしいが。べつに必要がないから、俺はそのままにしといた」

なるほど、と城山はうなずくが、まださきの質問の答えになっていない。じっと言葉を待っていると、風見はため息まじりに言った。

「拾ったっつっただろ。それが仕事場の近くだった」

「あ、はい」

風見はこの二匹を自身の工場付近で拾ったそうだ。テッとヒバナ——つまりは鉄と火花。愛犬たちの名前の由来は、そこから来ているものらしい。

「あっさりうなずくな。考えてみろ。わざわざ、あんなところまで捨てに来るやつってのは、相当な事情がある」

あっと城山は声をあげた。工場は都下の山のなかだ。風見の自宅からも二時間近くの移動距離があると聞いている。

「じゃ、それって……」

まさかと城山が顔をしかめると、風見もおもしろくもない顔で吐き捨てる。

「正確に言えば、捨てられてたのはこいつらだけじゃない。十数匹はいたっぽいな。けど俺が拾えたのはこいつらだけだった。あとはみんな、飢《う》えて死んでた」

「ひでえ……なんだそれ」

「一緒に、ペットショップの看板らしいもんも捨ててあったんで、それで調べたら倒産《とうさん》した店で。処分に困って、ゴミごと廃棄《はいき》したんだろう。テッとヒバナは、捨てられたあとに生まれたみたいで、俺が拾ったときには死んだ母犬の、もう出ねえおっぱい必死に吸ってた」

風見の語った凄惨《せいさん》な光景に、青ざめた城山はもう声も出ない。気配に敏感《びんかん》なテツとヒバナは、食事を中断して城山のもとへと近寄り、ぐっとボトムの膝を握《にぎ》りしめる城山の拳《こぶし》を舐《な》めてくる。ビロードのようななめらかな舌の感触《かんしょく》に、城山は二匹まとめて犬の頭を抱《かか》えこんだ。

「そいつ、捕《つか》まえたりできないんですか？」

「とりあえず、通報したけどな。店主は夜逃《よに》げしちまったらしくて、捕まらなかった。で、そのままにしてると保健所行きになるかもしれないっつうんで、引き取った。とはいえ面倒は完全に見られるわけでもない。上村にバイトを探させたのは、そういうわけだ」

やりきれない、と城山がため息をつくと、風見はくすりと笑った。

「しかし、いままでに何人か頼《たの》みはしたが、そんなことまで聞いてきたのはおまえだけだな」

「そうなんですか？」

「ああ……頼もうかと思ったペットシッターの面接時には、しょうがねえから話はしたが。あんまり可哀想《かわいそう》可哀想って言うもんで、鬱陶しかった」

「鬱陶しいって、そりゃ、そういう仕事のひとなんでしょうから」

いかにも億劫《おっくう》そうな言いざまがいかにも風見らしくて、思わず苦笑する。だが風見はあっさりとしたものだ。

「可哀想ってより、運がいいだろうよ。たった二匹だけ生き残って健康だし、べつに俺はこいつらを哀《あわ》れだとは思ってない。飼った以上は責任も持つし、自分でできなきゃ誰《だれ》か雇《やと》えばいい話だろ……って言ったらシッターのやつには面倒見られないくせに飼うなとか説教食《く》らって、結局頼まなかった」

大きな世話だと吐き捨てるのがおかしく、城山は上村の口にした条件を思い出していた。

（なるほどね。だから過度の犬マニアはパス、か）

動物愛護の観点から見れば、たしかに風見の言いざまは少し冷たく聞こえるのだろう。だが、風見は風見なりにできる範囲《はんい》で、やれることをやろうとしたのだろうと城山にはわかった。

「でも、面倒ってわりには、コマンドとか、ちゃんと覚えてるじゃないですか」

「そりゃ獣医にしつけろってうるさく言われたせいだ。だめ犬に育てちまっていちいち言ってきかせるよりは、命令覚えたほうが簡潔にすむ」

その考え方も風見らしいと思った。あとの手間を考えたときに『面倒だから』、できる努力もするし、覚えられるものなら身につける。だらだらと面倒を先送りにする自分とはえらい違《ちが》いだと、城山の顔には小さな自嘲《じちょう》が浮《う》かんだ。

「いいんじゃないですか。ちゃんと俺に給料払《はら》って、自分でできないところは補おうとしてるんですし。俺もこいつら可哀想とは思いません」

つやつやの毛並みや肉付きを見れば、大事にされているのはひと目でわかる。耳のうしろを掻《か》いてやると素直に頭をさげるのは、人間を警戒《けいかい》していない証拠《しょうこ》だ。

「俺は、風見さんみたいに、感情だけじゃなくてちゃんと責任とるひと、好きですよ」

ふわふわの犬を抱《だ》きしめていたせいか、そんな言葉がつるっとこぼれた。

自分で言っておいてはっとしたのは、なんだか声のトーンが変に甘くなったせいだ。同時に、風見がいつぞやか、ミハルと寝《ね》たことがあるのを思い出した。

(つうか、好きってなによ)

城山もそうだが、恋愛《れんあい》に対してノーボーダーな人種の前でうかつなことを言うのは微妙《びみょう》なのではないか。城山はあわてて、声をうわずらせる。

「あ、いや、えーっと、好きっつっても変な意味じゃなく、ですね」

「なに焦《あせ》ってんだ。そのほうが変だろう」

「……はあ、そう、ですね」

ふだんであればさらりとやりすごせるはずなのに、妙《みょう》に焦ってしまった自分が恥《は》ずかしい。

案の定、風見には呆《あき》れたように笑われて、はあ、と城山は情けなく顎《あご》をさげた。とたん、まだ湿《しめ》った前髪《まえがみ》が束になったままぱらぱらと落ちてくる。赤くなりそうな顔を隠《かく》すにはちょうどいいだろうかと思っていると、ぬっと大きな手が目の前に現れた。

「えっ、え?」

「え、じゃねえよ。早いとこ頭乾《かわ》かして、ほら」

驚いてあとずさると、風見の長い指はさきほど壊《こわ》れたはずの髪留めをつまんでいた。金具がはじけて分解していたそれは、すっかり元通りの状態になっている。

「あ……直してくれたんですか、すみません」

「ものの一分もかかりゃしねえよ、こんなもん」

受けとって気づいたが、ソファ前のテーブルにはラジオペンチと針金が転がっている。よく見ると、蝶番《ちょうつがい》の部分には小さな疵《きず》がついていた。

「でかいのだけじゃなくって、小さいのも得意なんだ」

まじまじと見つめて呟《つぶや》くと、風見はあの独特の、喉の奥で転がすような笑いを漏《も》らす。

「あのな、金属でもの造るにはミリ単位であわせなきゃどうしようもないんだ。大雑把《おおざっぱ》に鉄板殴《なぐ》ればいいって話じゃない」

板状の金属から球体を作るときなどは、まず立体図の図面を作って展開図を作成することもある。その際にミリ単位でのずれがあると隙間《すきま》ができたり、思う形にならないのだという。

「そうか。パーツとかもいちいち測ったりするんだ……。大変そう」

面倒くさがりの自分にはとても無理だ。城山がなるほどとうなずきつつも嘆息《たんそく》すると、風見は苦笑《くしょう》した。

「ばか、全部が全部じゃねえよ。ある程度、緻密《ちみつ》にやるときの話だ。それ以外はいちいちノギスだのでちまちまやってらんねえだろ。手で覚えんだよ」

「手で覚える……って？」

「手の感覚で、サイズを覚え込むんだ。手に取れる範囲のもんなら、大きさ当てられる」

「うっそ、まじで？　すげえじゃん」

思わず言葉遣《づか》いが崩《くず》れ、あわてて口をふさぐと風見はにやっと笑った。

「嘘《うそ》じゃねえよ、それ、貸してみな」

いったんは城山に戻ったコンコルドクリップを渡す。風見は親指と人差し指で先端《せんたん》を挟《はさ》み、軽く握ってしばし考えこむと、メジャーと一緒《いっしょ》に城山にそれを差し出し、こともなげに言った。

「一三七・二ミリ。測ってみろ」

「ほんとだ。うわ、すっげー……」

長さを測るとそのとおりだった。感心してぽかんと口を開けていると、いきなり顎を摑《つか》まれてぎょっとする。まじまじと唇《くちびる》を見つめられ、城山は硬直《こうちょく》した。

「な、なんれふか？」

ぐっと下唇に親指をあてられ、もっと開いてみろとうながされる。なにがなんだかわからないまま、大きくて硬《かた》い指に捕《と》らわれた城山は口腔《こうこう》の奥まで覗《のぞ》きこまれ、ものすごく恥ずかしい気持ちになった。

「おまえの唇の直径は、三十六ミリってとこだな。小せえ口だ」

「あご、いひゃいんれふけろ……？」

風見の度量衡《どりょうこう》の単位はミリが基本らしい。だがそれがいったいどうした、と首をかしげていると、なんとも思わせぶりに笑った風見は、問いに答えることなく手を離《はな》す。強引に限界まで開かされた口の端《はし》がひりついて、城山がそこをさすっていると、背を向けた風見はまた意外なことを言った。

「メシ作ってやるから、つきあえ」

「……なんですか、急に」

「デリバリーもんばっか食ってるから、唇が荒《あ》れるんだよ。口内炎《こうないえん》できてんぞ、おまえ。野菜食え、野菜」

「え？　まじで？」

言われてみると、唇の端が乾いて切れそうになっていた。たしかにここ数日、口のなかも少し違和感《いわかん》があるなと思っていたところだ。

「作るって、風見さんが、ですよね」

「ほかにいるかよ。ああ、少しは手伝えよ」

なんだかやっぱりよくわからない男だが、どうやら気遣ってくれているのだろうと城山は悟《さと》った。

「あのでも、風見さん、仕事いいんですか」

「打ち合わせのはずだったんだが、おまえが風呂《ふろ》入ってる間に、相手の連絡《れんらく》待ちになった。メシ食う時間くらいはある。ついでに言うと俺の料理は大雑把で、ひとりぶんちまちま作るのは面倒くさい。ってわけで、食ってけ」

そこまで言われてしまうと、お相伴《しょうばん》に与《あずか》るとしか返事のしようがない。早く来いと言われ、生乾《なまがわ》きだった髪をもう一度タオルでざっと拭《ぬぐ》うと、さきほど修理してもらった髪留めで適当に押さえた。

「あのー、俺、料理できないんですけど」

「皮剝《む》いて切るくらいできんだろ」

ほれ、と包丁を渡され、城山はもたもたとした手つきでジャガイモの皮を剝いた。ものすごく分厚く剝けてしまうそれに、風見は呆れた顔を隠さない。

「へただな。おまえそりゃ、感動ものに不器用だぞ」

「だから、最初からそう言ってるじゃないですか」

ひとをくさすだけあって、風見の手にした野菜はつるりときれいに剝かれている。それもまた腹立たしくはあるが、それでも『やっぱり手伝いはいらない』と言い出さない風見に少しだけくすぐったいような気分になっていると、彼は彼で笑っている。

「晃司は、よくわかんねえな」

「……それ、そのまま返したいんですけど。それに俺、わかりにくいキャラとか言われたことないですよ？　ばかっぽいし見たまんま、ばかですしー」

へろっと笑って言ったそれは、冗談《じょうだん》のつもりだった。だが、戻《もど》ってきた声の意外な真剣《しんけん》さに、城山は言葉をなくす。

「俺はばかなんだとか、頭悪いからとか自分で言えば免罪符《めんざいふ》になると思うなよ」

ざくっと胸の奥に、痛いなにかを突《つ》き刺《さ》された気がする。うっすらと微笑《ほほえ》んでいるのに、風見の言葉も視線もひどく厳しい。

「そうやって思考停止してたらそのときは、楽だろう。けどそれで全部の責任から逃《に》げられるもんじゃない。おまえが自分で自分を『ばかだ』と言ったらその瞬間《しゅんかん》から、おまえは他人にとってもばかな存在に成り下がる。社会ってのは案外平等にできてるからな、怠惰《たいだ》なやつには怠惰な結果しか伴《ともな》わないし、それ相応の扱《あつか》いしか受けないんだ」

「……お説教は、いりませんよ」

「説教じゃねえよ。俺はおまえになにか教えようなんて、これっぽっちも思っちゃないからな」

こんな怖《こわ》い男は、いままで出会ったことがない。やわらかくなったかと思えば厳しいし、次の瞬間には予想外の言動でこちらの心を揺《ゆ》さぶってくる。

城山のことなんかそれこそ、これっぽっちも対等な人間だと思ってもいないのがわかる。そしてそれは事実、そのとおりだから、城山はなにも言えなくなる。

「ただ、俺が気にくわないから、自分で自分をばかだとか言うのはよせっつってんだ」

「……なんですか、それ」

きついことをいきなり言われて、少なからず落ちこんだ。そのくせ風見がこちらを、べつに突き放したり、見下したりしているわけでもないから、どうしていいのかわからなくなるのだ。

「できねえかもって言いながら、やらせりゃなんとかしようとするし、見た目そんなくせに、妙《みょう》に素直《すなお》だ。そういうやつは、ばかだとか卑屈《ひくつ》になる必要はねえだろ」

「そのわりには、俺、あんたに、ばかとか不器用とか、いろいろ言われた気がしますけど？」

「俺が言うぶんにはべつにいいだろ。事実そうだと思ったしな」

「ひっでー……」

なにがどういいというのか。あまりのきっぱりした言いざまにいっそ感心して、城山はジャガイモをなんとかひとつ不格好な形に剝き終えると、ため息をついた。

「風見さんって、敵多そうですよねえ」

「他人の評価は知らねえな。ぐちゃぐちゃひとのことを分析《ぶんせき》するようなやつの言葉に興味ない」

「そう来ますか！」

もういっそあっぱれな俺さまぶりに、城山は声をあげて笑うしかなくなる。おかげで手がすべり、ふたつめのジャガイモを剝く手は狂《くる》って、結果さらに不格好なシロモノになった野菜と、薄皮《うすかわ》を切った城山の指が残された。

そしてやっぱり風見はそんな城山を見て、「ばかだ」と皮肉に笑った。唇を歪《ゆが》めると、あのほくろも一緒に動く。あたりまえのことながら、この男の唇かやけに艶《つや》めいて見えるのは、この小さな黒点のせいなのだろうな、と城山はぼんやり思った。

「おまえ、家の手伝いもしたことねえのか？」

「いや……男子厨房《ちゅうぼう》に入らずって家訓が」

「なんだ、そりゃ。捨てろ、そんなカビくせえ家訓」

なにがツボにはまったのだか、風見は噴《ふ》きだした。大笑いとまではいかないけれども、案外よく笑う男だったんだなと思う。なにより上機嫌《じょうきげん》な気配が伝わり、たとえその原因が、自分が笑いものにされるのであっても、変に居心地《いごこち》はよかった。

「……ほんとに俺、誰《だれ》かと一緒に台所なんか立ったこと、ないんですって」

「じゃあ今後は立つようにするんだな」

少しだけ昔を思い出して湿《しめ》りがちになった声を、情緒《じょうちょ》のない即答《そくとう》が切り捨てる。

風見のその惑《まど》いのなさが、自分にとってもっとも心地いいのだと気づいて、城山はくすぐったいような気分を味わっていた。

理由はわからないまま、なぜだかそれが少し、怖かった。

＊　＊　＊

年は明け、季節はまたたく間に春へと移ろった。花見も新入生の入学式も一段落し、春先の浮《う》かれ気分が日常を侵食《しんしょく》していたのはわずかばかり。

あっという間に、いつもどおりの、なんら変わらない学生生活がやってきた。考えるだけで頭の痛くなる春の履修《りしゅう》登録も近づき、つまらない、と城山はため息をつく。

日々は表面上、穏《おだ》やかにすぎていく。持てあます倦怠感《けんたいかん》は久しぶりのもので、うんざりした気分のままの城山は、ゼミを終えて帰ろうとするところを、友人に捕《つか》まえられた。

「なあ城山、今度の合コンどうすんの」

「あー……わかんね、バイト次第《しだい》ではパス。日程まだわかんねえんだ」

以前であれば一も二もなく参加して、ばか騒《さわ》ぎを繰《く》り広げていただろう城山の返事に、誘《さそ》いをかけてきた友人は目を丸くした。

「どしたの最近、講義には顔出すわ、つきあいは悪いわ。そんな忙《いそが》しいバイトなん？　なんか楽勝っつってたじゃんか」

「んや、楽は楽なんだけど、拘束《こうそく》時間長いのよ。お留守番だから、俺」

さらりと笑って返しつつ、本当のところはアルバイトが理由ではない。春先は気分的に落ちこみがちで、あまり集団でのイベントごとに顔を出したい気分ではないのだ。

風見に頼《たの》まれたアルバイトは、不定期に続行中だ。あのアルバイトをはじめてからというもの、めっきり品行方正な生活を送っていた城山は、自分でも、らしくないなと思ってはいた。

だが、くだらないばか騒ぎをするよりは、テツやヒバナとすごすほうがよほどなごむのだ。

おまけにアルバイト中、いくら犬と遊んでいればいいと言われても、ひとりの家でやることがないとなれば時間は持てあます。おかげで空いた時間は大学の課題やレポートを片づけるのに費やされ、ここしばらくは、すっかり勤勉な学生のようにすごしていた。

しかしそれも、春休みに入るまでのことだった。

「たまにはこっちにつきあえよ。おまえ最近、顔見ないからっつってあちこちで訊《き》かれんだよ。あいつ、どうしてんだって」

「ふうん……いいじゃん、べつに。俺どうせ数あわせだし」

誘ってくれる言葉には純粋《じゅんすい》な好意も含《ふく》まれてはいるだろう。けれどそのときの城山には、いささか鬱陶《うっとう》しい気がした。毒を含んだようなめずらしい声音《こわね》に、相手が引いているのに気づく。

「なんか、機嫌《きげん》悪くね？」

「んー、そお？　べつにいつもどおりだけど。そう聞こえたら、ごめんな」

やんわりとあいまいに笑って、否定も肯定《こうてい》もしない。そこで相手は本気で、城山が不機嫌らしいと察したようだった。

「まあ、じゃあ、都合ついたらメールでもくれよ」

あっさり切りあげていくのは、ある意味賢《かしこ》いのだろう。他人事にいちいち踏《ふ》み入ったりせず、上手に距離《きょり》を置くやりかたは城山も身につけているし、慣れたことだ。だがこの日はひどく苛《いら》立《だ》ったので、めいっぱいの笑顔《えがお》で「またな」と返す。

「おまえ、なに。その凶悪な笑い顔」

近くでやりとりを見ていたらしい上村が、ため息まじりに近づきつつ告げた言葉に、城山はさらに笑みを深めた。

「俺の微笑み、上村くんにはお気に召《め》さない？」

「召さないね。おまえの全開の笑みって、なんか気持ち悪い顔だもん」

「えー？　プリンス・スマイル、って言われたこともあんのになあ」

「なにがプリンスだ、ばか。笑顔で他人威嚇《いかく》しやがって。バイトはこのところご無沙汰《ぶさた》だろ？　それに最近じゃ、マリアにもろくに顔出してないだろ」

　上村が苦手だなと思うのはこんなときだ。城山の心的バリケードを、ほかの誰よりもしっかり肌《はだ》で感じとるくせに、それがどうしたと突き崩《くず》してくる。

「なんかあったか？　休みの間に」

「なんもないよ」

　返事をするタイミングが早すぎて、その言葉が本当ではないと気づかれた。だが、完全な嘘《うそ》というわけでもないのだと城山は苦笑《くしょう》する。

「上村、なに心配してんの？　まじで、これといってなにもないって。風見さんにはここんとこ、実作業に入らないからしばらくはバイトいらないって言われてるし」

「まあ、それは俺も聞いてるけど……思ったより仲良くしてるみたいだしなあ。聞いたぜ、この間の富士芸術賞のとき、メシ連れてってもらったんだって？」

「あーうん、まあね」

相変わらずろくな会話はないまでも、徐々《じょじょ》に風見とはうち解けた感じになっている。ごくたまには手料理を食べさせてもらえることもあったし、一度などは上村が言ったとおり、昨年末に舞台《ぶたい》美術に関しての芸術賞をもらった風見が、気まぐれのように『ボーナス』と称《しょう》して食事に連れていってくれた。最高級の黒毛和牛や伊勢《いせ》エビを目の前の鉄板で焼いてもらったあれは、城山の人生でも三本指に入るくらいに美味だった。

「いいなあ、おまえすっかりお気に入りだよな。俺とか、知りあってもう三年は経《た》つけど、一《いっ》緒《しょ》にメシなんか食ったことねえよ」

「そうなのか？」

「というか、ぶっちゃけ仕事相手のひとりみたいな感覚なんだけど。あのひとそもそも、ひとつるまねえから。打ち上げとかでも、顔だけ出してさっさと帰るぜ」

上村の意外な言葉に、ならば自分は少し特別なのだろうかと城山は嬉《うれ》しいと同時に不思議だ。あのむずかしそうな風見に気にいられているという上村の言葉には、誇《ほこ》らしさと疑わしさが混じりあった、複雑な気分になった。

――怠惰《たいだ》なやつには怠惰な結果しか伴《ともな》わないし、それ相応の扱《あつか》いしか受けないんだ。

やさしさを見せたかと思えば、いきなり心のなかに切りこんでくるようなところが風見にはある。それから、言い訳を絶対に許さない。そのくせ、自分基準で『よし』としたものについては、鷹揚《おうよう》に流してしまうところがあるから、よくわからないのだ。

「……けど相変わらず、怖《こえ》ぇよ？」

「もうそりゃデフォだ、あきらめろ」

俺は慣れたと笑う上村に、城山もあいまいな表情をする。なんにつけ、他人にきらわれることは、自覚もするけれど軟弱《なんじゃく》な城山にはひどくこたえるし、端《はた》から見てお気に入りだと言われるのなら、そうなのだろう——と深く考えることをやめた。

しかし本当は、春休みに入ったあたりで風見からはお呼びの声もかからなくなった。仕事の構想を練ったり打ち合わせをすることが多く、彼が工場にこもることがないかららしい。

ある意味、飼い犬にとっては喜ばしい事態なのだろうが、おかげでなんとなく、休みの間中は、生活にはりがなかった。そしてそれは、いまも変わらない。

無意識のまま大きくため息をつくと、めざとい上村は眉《まゆ》をひそめて問いかけてきた。

「どしたのよ、いったい。なんかあったか？」

「んや、ここんとこ、アニマルセラピーの恩恵《おんけい》にあずかってなくて」

力なく笑うと、上村の鋭《するど》い目が睨《にら》むように城山を見つめた。その程度のことでかと強く問いかけてくる視線に負けて、城山は不承不承口を開く。

「ちょっとね、失敗したわけよ、逆ナンされて」

アルバイトもなく、大学もない長期休み。暇《ひま》を持てあましてひさしぶりに遊びに出たさきで、城山はいささか痛い経験をしてしまった。げんなりとして告げると、友人は眉をひそめる。

「失敗って……まさか」

「言っておくけど俺、セイフセックスはとっても心がけているので、そっちの心配はないよ?」

青ざめた上村に、病気でも妊娠《にんしん》でもないと前置きをすると、外見のわりにきまじめな彼はほっと息をついた。

「じゃ、なんだったのよ」

「んん? 相手人妻だったんだわ。……知らなかったんだけどね」

呟《つぶや》くように漏《も》らすと、上村はさきほどに劣《おと》らず顔をしかめてみせた。おそらく、旦那《だんな》にばれての修羅場《しゅらば》とか、最悪の事態を懸念《けねん》しているのだろう。

「だいじょうぶなのかよ、それ」

「まあ、いまんとこ問題は表面化してない。てか、これは俺の個人的モラルの話」

にこりと笑って告げると、意外そうな顔を見せる。男も女も入れ食い状態の城山を知っている上村にしてみると、この発言は驚《おどろ》きだったようだ。

「なんか激しく節操なしだと思われてるみたいだけど、俺、二股《ふたまた》と不倫《ふりん》だけはきらいよ? つうか、あとくされない相手以外、やなんだ」

「ああ、そういえばそんなこと言ってたっけな」

口にするだけで脱力感《だつりょくかん》が襲《おそ》ってくる。しみじみと、あの邪気《じゃき》のない犬たちに会いたいと思う。

アルバイトの声がかからず、落ちこむようなことでもないのに滅《め》入《い》るのは、その失敗のせいだ。

いつも軽薄《けいはく》なくらいに笑っている城山の憂《うれ》い顔に、上村は複雑な表情を浮《う》かべた。

「城山さあ。てっきり、その後の修羅場がいやで避《さ》けてるのかと思ってたけど……」

なにかあるのかと上村が問いかけてくるのは視線でのみだった。言葉をそこで切ったのは、城山が浮かべた拒絶《きょぜつ》の笑みを読みとったからだろう。

「……だから、笑顔で威嚇すんなって。訊かれたくねえ話なら、詮索《せんさく》しない」

「ん。ごめん」

「ただ心配はするからな、勝手に」

さらっとそんなことを言ってしまえるから、上村にはかなわないのだ。自分などになぜ、こんないいやつがともだちとして情をかけてくれるのか、不思議なくらいだと城山は思う。

「ああん。だから上村くんだいちゅき、愛してる。ちゅーしちゃう」

「げっ、やめろ、うぜえ！　俺の唇《くちびる》は優《ゆ》美《み》ちゃんのものだっ」

ふざけてキスを迫《せま》る城山の顔を押し戻《もど》す上村のうんざりした顔に、城山はやっと屈託《くったく》のない笑みを浮かべた。

(悪いな、言いたくないんだよ)

ふだんから軽く明るく、ひとづきあいもあっさりこなすと思われている城山のなかに根づく、トラウマのようなもの。それを打ち明けられないのは、上村を信用していないからではない。くだらないことにいつまでもこだわるなと、呆《あき》れられるのがいやなのだ。

「あー、テッとヒバナに会いてえ……」

「おまえ、そこまで犬好きだったの？」

スキンシップをいやがる上村に無理やり抱《だ》きついた形で呟くと、呆れたような友人の声がした。こっくりとうなずきながらも、なぜか城山の脳裏《のうり》に浮かぶのは、皮肉っぽく自信たっぷりの、あの男の顔だった。

＊　　＊　　＊

無機質な内装、あまり訪《おとず》れたことのない店のコンクリート打ちっ放しの空間には、苦手な和製トランスが大音量で流れている。ただ闇雲《やみくも》に興奮するにはふさわしい、いかにもなリズムをできるだけ身体《からだ》から追い払《はら》えるよう、アルコールを急ピッチで摂取《せっしゅ》していく。

（上村が聞いたら怒《いか》り狂《くる》いそう）

こうした音楽はトランスという名のとおり、快楽神経を刺激《しげき》するためだけの音階をデジタルで計算して制作したのだと、かつて城山は耳にしたことがあった。実際には陶酔《とうすい》するためだけの音楽、という意味の『トランス』が拡大解釈されたのだとも聞くが、いずれも本当かどうかはよく知らない。また、十把一絡《じっぱひとから》げにトランス・テクノと言ったところで、ジャンル内ジャンルも幅広《はばひろ》く、専門でもない城山にはどれがどれだかよくわからない。

一度、上村にご教授願ったらゴアにアシッド、ダッチトランスなど名称《めいしょう》だけで十いくつもの分類が出てきて、聞いているだけで頭が混乱してしまった。

その道のマニアや専門家に説明を求める際にありがちな失敗だが、微《び》にいり細をうがち、枝葉末節までを専門用語を駆使《くし》して熱く語ってくれるもので、問うたほうは訊《き》く前よりも話がちんぷんかんぷんになるのだ。おまけに語り手のポリシーをまじえての私見や分析《ぶんせき》までを滔々《とうとう》とやられたもので、説明される以前よりもわけがわからなくなった。

おかげさまで、城山はいまだに、テクノってなあに、だ。城山にわかるのは、これは自分にはあわない音だ、これは好きだなと思う、その感覚だけだ。

そういう意味では今夜は完全にはずれだった。VJのセンスもいまひとつで、今日は最悪だなとぼんやり考えた城山の耳に、ひっそりとした甘い声が吹《ふ》きこまれた。

「晃司、つまんなそうな顔だね」

「ん？　そんなことはないけど」

「じゃあ、ひさしぶりなのに不景気な顔しないでくれる？　なんだかぼくがつまらないって言われてるみたいだ」

つんと口を尖《とが》らせるポーズも、ミハルならば似合う。コケティッシュな仕種《しぐさ》に苦笑《くしょう》を浮かべた城山は、細い肩《かた》を抱いて機嫌《きげん》を取った。

「ごめん、そういうんじゃないよ。ちょっと久々だから、酔《よ》いがまわってるだけ」

鬱々《うつうつ》としたまま時間を持てあます夜に耐《た》えかねたのは、三日後には誕生日が来ることに気づいたからだ。それも、バイクの免許更新《めんきょこうしん》を忘れそうになっていて、たまたまその通知はがきを見て思い出したという、情けないきっかけだった。

そろそろ二十歳だと祝ってくれるような相手もいないことに気づくと、なんだか無性《むしょう》に寂《さび》しくなった。それでふらりと訪れた渋谷《しぶや》のクラブで、偶然《ぐうぜん》ミハルと出くわした、というわけだ。

イベントもないので、だらだらと店の隅《すみ》で音にまみれながら飲んでいたのだが、浮かない顔を隠《かく》しきれていなかったらしい。

「久々って、たしかにここのところ見なかったよね。忙《いそが》しかったの？」

「……春先まではね。バイトしてたから」

ミハルと会うのは、風見に引き合わされた日以来で、数ヶ月ぶりの偶然だった。

四月が半ばをすぎても、相変わらず風見からのアルバイトの誘《さそ》いはかからないままだった。週に一度は必ずお呼びがかかっていたというのに、すでに二ヶ月ほど間が空いてしまっている。

もしかするとべつの誰《だれ》かが見つかったのだろうかと思いつつ、なぜこんなにいつまでも気になるのか、城山は自分でもわかっていない。たかが犬の散歩ができないだけで、こうまで鬱々となる自分はかなりへこんでいるらしい。

ため息をついて手元にあったグラスを呷《あお》ると、ミハルが少し心配そうな声を出した。

「バイトならいいけど……ちょっとトラブったって噂《うわさ》聞いたけど、それほんと？　マリアに来ないのも、関係ある？」

「……なんで知ってんの？」

ぎょっとして目を瞠《みは》ると、ミハルは秀麗《しゅうれい》な顔を苦く歪《ゆが》めていた。

「んー、晃司が引っかかった相手、ちょっと面倒《めんどう》なタイプだったみたいでね」

「面倒って？」

「まあ、要するに遊ぶにしてはルールが守れないっていうか。誰彼《だれかれ》かまわず、自分のセックス相手の話をしゃべっちゃう悪癖《あくへき》があるみたいだよ」

「うそ、まじで？　最悪……」

ミハルのいやそうな声に、城山は頭を抱《かか》えた。

その指からこぼれる髪《かみ》をひと房《ふさ》つまみ、頬《ほお》をくすぐるような仕種をしながら、ミハルはやさしい声を出す。

「晃司、エッチしたあと人妻ってわかったら、真っ青になったんだって？」

「んなことまで、話まわってんのかよ……最悪だなほんと」

呻《うめ》いて、城山は目の前のカウンターテーブルに突《つ》っ伏《ぷ》した。

暇《ひま》になってからもなんとなく、ワン・アイド・マリアには行っていなかった。それはあの店で、問題の人妻にナンパされたせいでもある。よりによって最大のお気に入りの店に、いやな思い出ができてしまったことにも城山は滅入っていた。

感覚にあわない、ギャル好みのださい音楽をかけまくるクラブでいらいらする羽目になっているのも、すべてあの夜のあやまちのせいだと思うと、なんだかやっていられない。

「変な女なんかに引っかかるからだよ」

おばかさん、と頬を撫《な》でるミハルは、苦笑しつつも真剣《しんけん》な目をしていた。

「なにがどうして、そんなことになったの？　いつも、ちゃんと気をつけてたじゃない」

「……たまってたから？」

「なんで疑問系なの。ていうか、遊びたいなら、遊んであげるのに」

はじめてミハルと会ったとき――それはとりもなおさず彼とはじめて寝《ね》た夜のことだったが、城山は『フリーだよな？』と確認《かくにん》をとっていた。その際、妙《みょう》に鋭《するど》いミハルには、なにがあるのかと追及《ついきゅう》されたのだ。

――だって、本命いたら悪いじゃん？

一度、かわいがっていた後輩《こうはい》のお初をいただいてしまった際、思い人らしい名前を必死に呼んでいた。それが可哀想《かわいそう》で、できるだけ避《さ》けているのだという城山の言い訳を、しかしミハルは信じなかった。

——嘘《うそ》つかないの。べつにほかに誰もいないんだから、ぼくに言ってごらん。こういう時間は、ママになってあげてもいいよ。

遊び上手でやさしいミハルは、そう言って天使のような顔に笑《え》みを浮《う》かべた。なんだかふっと、彼にならば打ち明けてもいいかと思って、城山は誰にも言ったことのない自分の事情を口にしていた。

「遊んでほしくても、ミハルいなかったじゃんか。寂しかったんですー」

「ほんとに、甘えるふりだけ上手だねえ、晃司は」

頭を引き寄せられ、ほっそりした手で髪を撫でられる。やわらかい手つきにふっと息をついて、城山は素直《すなお》に細い肩にもたれた。

「前にも言っただろ。ママになってあげるよ、甘えてみなさい」

「おっぱいのないママなんてヤダ……」

「そこは我慢《がまん》しなさいよ、図々《ずうずう》しいな」

ふざけて胸を触《さわ》ると、ミハルは手の甲《こう》をつねってくる。

「セックスしなくたって、ぼくは晃司がお気に入りなんだから。……たまには、たまってるもの、吐《は》き出しな」

ふだんは甘い口調を少し荒《あら》っぽくして、きれいな目で睨《にら》んでくる。蠱惑《こわく》ではなく慈愛《じあい》を孕《はら》んだ視線に負けて、城山はうなだれたまま呟《つぶや》いた。

「やったあとさ。けろっと『やばい、旦那《だんな》からメール』って言われて、吐くかと思っちゃった」

「……そう。可哀想にね」

「俺、ちゃんとフリーかって確認したのにさ。嘘つかれた……アサミさんに」

「そんなビッチ、殴《なぐ》ってやればよかったのに」

女のひとは殴れないよと呟くと、やさしい子、とミハルが頬にキスをしてくれる。親愛のそれを贈《おく》られて、城山はますます情けなくなった。

逆ナンパされて寝た相手が、人妻だと発覚し、こんなにまでいやな気分になっているのは理由がある。それは城山が高校時代からひとり暮らしをしているのと、同じ要因からなのだ。

ストレートに言ってしまえば、城山は父の後妻と折り合いが悪い。というのも彼女は、父が母との離婚《りこん》前から関係を持っていた相手であったからだ。

それが発覚したのは、城山が中学にあがったころ。よりによって愛人を家に連れこんでセックスしている現場に踏《ふ》みこんだのが城山で、まだ幼かった城山は衝撃《しょうげき》と嫌悪《けんお》を味わった。

そのときにわかったことだったが、父はもう何年も彼女との関係を続け、母に離婚を迫《せま》っていた。それでも首を縦に振《ふ》らない妻に業《ごう》を煮《に》やし、強攻策《きょうこうさく》として現場を見せつけてやろうとしたらしいのだが、さきに発見したのがまだ十三歳のひとり息子《むすこ》だったというのが最悪だった。

父も狙《ねら》ったわけではなかったらしいが、その日、城山は風邪《かぜ》を引いて学校を休んでいた。寝《しん》室《しつ》から変な声がして、熱があるままドアを開けばあまりになまなましい男女の交合シーンを見せつけられ、その場で吐いた。

呆然《ぼうぜん》とする城山のあとから入ってきた母の金切り声はいまだに耳に残っている。おまけに、そうして素《す》っ裸《ぱだか》のまま居直った父の発言が、城山のなかに大きな疵《きず》を作っている。

――俺はこいつを愛してるんだ。

あんな見苦しくて汚《きたな》いものが愛なのだろうかと、吐《と》瀉物《しゃぶつ》まみれの自分を放って修羅場《しゅらば》を繰《く》り広げる親に対し、しらけきったまま城山は思った。

十代のなかばから、自分もたいがいな遊びかたをした。それでも自由恋愛《れんあい》だと言い張りながら、本気の相手を作りたくないのは、間違《まちが》いなくその影響《えいきょう》も大きいのだろう。あんなものが愛なら、城山はひとつも欲しくない。

その後、多額の慰謝料《いしゃりょう》をふんだくって母は実家に帰っていった。城山を引き取るとは言われなかった。母は父を憎《にく》みきっていて、あんな男の血が半分でも入っている城山を見るのもおぞましいのだそうだ。

父は父で、年下の女だけに夢中だった。彼女がちゃんと奥さんになりたいと言うから堂々と正妻に迎《むか》えて家にあげた。居場所のないひとり息子の心境など、慮《おもんぱか》りもしなかった。

なさぬ仲どころではない女と一緒《いっしょ》に暮らす生活は耐《た》えがたかった。少年から青年へと成長していく城山に、女が色目を使ってくるのもいやで逃《に》げまわり、夜遊びを覚えたのはその時期だった。また、セックスに嫌悪感を覚えるのも怖《こわ》くて、急いで童貞《どうてい》も捨てた。どうってことないな、と感じることで心底ほっとして、誰彼かまわずやりまくった時期もあった。

風見は誉《ほ》めてくれたけれど、他人の家にいて、相手の邪魔《じゃま》にならないよう振る舞《ま》えるのは、実家にいてさえそうだったからだ。あの女は城山が自分になびかないとなると、一から十まで口を出し、城山を罵《ののし》った。むろん料理など作ってもらったこともない。とはいえ、それは母がいたころからもそうだった。母は、実家からお気に入りの家政婦ごと嫁《とつ》いできた、筋金入りのお嬢様育《じょうさまそだ》ちだったからだ。

そんな生活に嫌気《いやけ》が差して、高校進学と同時にマンションを買ってもらった。多少は気まずさもあるのだろう、父親は城山に異様なまでに甘く、言えばなんでもほいほいと聞き、金だけは湯水のように与《あた》えてくれている。

ひとりになって、城山は心底ほっとした。反抗《はんこう》する相手が、少なくとも目の前にはいないとで、これで本当にぐれたばか息子にだけはならなくてすむ気がしたからだ。たとえ、胸の奥にぽっかりと空いた穴が残されていても。

「いつまで、トラウマ抱えてんだって話だよなあ……」

自嘲《じちょう》する城山の胸の奥にある痛みを唯一《ゆいいつ》知っているミハルは、真摯《しんし》な顔でかぶりを振った。

「原体験は引きずるよ、そういうのは自分に許してあげなさい。この程度で、なんて思うとよけいにつらい」

自分と年齢はさして変わらないはずなのに、ミハルはうんと大人のような言葉を発した。彼もまた、胸のどこかに深い闇《やみ》のようなものを抱えているのだと、その言葉に気づかされる。薄《うす》っぺらい同情だけでは触《ふ》れない深淵《しんえん》に、ミハルの言葉がちゃんと届くからだ。

そしてまた、抱《だ》いたときのミハルが尻《しり》をぶってくれと言ったとき、快楽に飛んだ彼が漏《も》らした言葉を覚えている。

——パパ、ごめんなさい、ごめんなさい。

うわごとじみたそれは痛々しくて、終わったあとにだいじょうぶかと問いかけた。これのせいで何人も引いたのだと笑うミハルは、『晃司はやさしいね』とキスをして、事情を話そうとはしなかった。けれど、以来ふたりは身体《からだ》の関係をまじえたともだちになったのだ。

「弱ってる晃司は、かわいいね。……抱いてあげようか？」

「あはは……ありがと」

徹底的《てっていてき》に甘やかす、『ママモード』のミハルがやさしければやさしいほどに、気持ちは塞《ふさ》いだ。薄茶色《うすちゃいろ》の澄《す》んだ目が、どこまでも許しを与えてくれるけれど、自分がもっとも忌《い》むはずの関係を持ってしまったせいか、こんな形で許されたくないのだと城山は思った。

（犬に会いたいなあ）

ふかふかもこもこしたあれをかまって、癒《いや》されたい。風見の家にいる時間が、最近ではなによりのなごみの時間になっているのは、テツとヒバナの存在も大きい。

それにあの飼い主は、怖くてきつくて口は悪いけれど、嘘をつかない男だ。拾った犬を無駄《むだ》に甘やかさない代わりに、しっかりと責任を取ろうとするところもいいなと思う。

近ごろ、授業にまじめに出るようになっているのは、あきらかに風見の影響だと思う。いいかげんなことがきらいだと言い放つ男の前では、どんなにごまかしても自分の怠惰《たいだ》さがばれてしまいそうで怖くて、らしくもなくまじめな学生なんかやってみたりしているのだ。

そういう意味では、最初に期待したものとは違《ちが》うけれど、風見にはたしかに刺激《しげき》を受けているのだろう。いままでに会ったことのないタイプの男は、城山にとってはじめて見た、大人の男としての憧《あこが》れのモデルとなっている。

ああいう、自分に確固たる自信があり、ゆるがないものを持った人間になれたらと思う。くだらない過去をいつまでも気にする人間でなど、城山自身いたくないのだ。だからこそ、現状のぐらぐらとした自分が、情けない。

(風見さんも、噂《うわさ》、聞いちゃったかな)

ミハルの耳にも入っているのならば、可能性はある。なにを間抜《まぬ》けなことをやっているんだと、呆《あき》れた彼の声が聞こえるようで、城山は身をすくめた。尊敬、憧憬《しょうけい》といった気持ちを覚えている大人の男に、下手を打ったとばかにされるのはいやだなと思う。

過去に縛《しば》られてぐじぐじと悩《なや》む自分を知られたら、きっとあの男は鼻で笑うのだろう。風見なら、きっと城山と同じ体験をしたところで、屁《へ》でもないと思いそうだ。

（くっだらねえ、とか言われたら、へこむだろうなあ）

だが同時に、いっそあの厳しい視線にいまの自分をさらして、徹底的に叱責《しっせき》されたいとさえ思っていることに気づくと、はっとする。

（俺、なに考えてんだ）

「どうしたの？」

いきなりびくっと身体を起こした城山に、ミハルの驚《おどろ》いた声がかかる。なんでもない、とかぶりを振りながら、薄く粘《ねば》った汗《あせ》が噴《ふ》きだすのを城山は知る。

なんだかひどく危《あや》ういことを考えた気がした。依存《いぞん》に似たそれはけっして、あの雇《やと》い主に覚えていいようなものではないと思う。

「ど、どうしたの晃司？　だいじょうぶ？」

たまらなくなってミハルに抱きつくと、めずらしくおろおろしたような声がした。返事もできないままかぶりを振ってなおもしがみつくと、薄い手のひらが背中をそっと撫《な》でてくる。

「……どっかいく？」

身体を使って慰《なぐさ》めてあげようか、という彼の声に、どう答えていいのかわからないままでいた城山は、しばらくじっとしたままでいた。ややあって、行く、と言いかけた城山のポケットで、携帯《けいたい》がぶるぶると震《ふる》えだす。

「ごめん、ちょっと」

正気づいて腕《うで》をほどき、携帯を取りだしたのは、自分がとても情けない真似《まね》をしようとしたからだ。たぶんいまミハルを抱いて甘えてしまったら、その甘さに溺《おぼ》れて立ち直れなくなる気がして怖かった。妙《みょう》な間をごまかすようにフリップを開き、そこで城山は息を呑《の》む。

『十八日の午後、時間があればうちに来い』

「あ……」

久々の、風見からのメールだった。短くそっけないそれは、いつものアルバイトの誘《さそ》いとは少し違う気がした。日付こそ三日後を指定しているが、時間も、犬の世話をしろとも書いていないし、前もって都合を訊《き》いても来ない。だがそれを怪訝《けげん》に思うより早く、ミハルがつまらなそうな声を出した。

「なんだ。晃司、そういう相手いたの？」

「えっ？」

「嬉《うれ》しそうにメール見ちゃって。ぼく、ばかみたいじゃない」

呆れたような顔で肩《かた》をすくめるミハルがなにを言ったのか、しばらくわからなかった。そしてそれが、風見のメールに対しての自分の反応を揶揄《やゆ》されたのだと気づいた瞬間《しゅんかん》、なぜか顔が熱くなる。

「や、ちが、これはっ」

「……あわてちゃって。いいよべつに、今日はそういう約束したわけじゃないし？」

にやっと笑うミハルにますます焦《あせ》る。変なことを言わないでくれと、なおも言い訳がましいことを口にしそうになって、城山はそんな自分にこそうろたえた。

(なんで、こんな焦ってんだ?)

そしてなぜこんなに、恥《は》ずかしくなっているのかわからない。眉《まゆ》をひそめてうつむく城山に、ミハルはくすくすと笑っている。

「ねえ、でもさ、晃司。相手に本命がいるときは、なにもしないって言ってたじゃない」

「あ、うん」

それがなにかと目で問いかけると、ミハルはきゃしゃな肩をすくめて、こう言った。

「じゃあ、晃司に本命ができたら、ぼくもバイバイかな?」

その問いに、城山は答えることができなかった。考えたこともないし、いままで本命がいたこともない。城山の相手は常に、同じくらい軽い気持ちで遊んでくれるタイプばかりで、重たく引きずるような手合いは最初から触れないように気をつけていた。

「……本命とか、できねえよ。あるわけないじゃん、そんなの」

なぜか声が喉《のど》につかえて、城山は無理に笑おうとした。あり得ないとかぶりを振《ふ》って、けれどミハルはその弱い仕種《しぐさ》を、唇《くちびる》にあてた人差し指一本で止めてしまう。

「わからないでしょ。そうやってなんでも、決めつけない。ぼくは晃司が恋《こい》をしたら、とてもすてきなことだと思うよ?」

とろりと微笑《ほほえ》むミハルの赤い唇が紡《つむ》いだ言葉は、なぜか城山の胸に刺《さ》さって、声さえも縫《ぬ》い止めるかのように鋭《するど》く、強かった。

＊　＊　＊

風見の家の前で、城山は立ちすくんでいた。呼び出されたのはこちらだし、このまま門扉《もんぴ》に手をかけてなかに入ればいいのはわかっているのに、どうしても一歩が踏《ふ》み出せない。

ここまで訪《おとず》れるのにバイクを使ったし、もう来訪は気づかれていると思う。なにより、家のなかからは、カンのいいテツとヒバナが城山を呼んで吠《ほ》えているのも聞こえている。

ちらりと時計代わりの携帯を見ると、約束の時間のちょうど一分前だった。こんな緊張《きんちょう》した状態でも、風見のところへ来るとなると遅刻《ちこく》をしない習慣がついている自分にため息が出る。

「……行くか」

ごくりと息を呑んで、インターホンを押す。さして間を空けずに応答の声が聞こえ、『入ってこい』という風見の声にかぶさる、なつかしいようなテツとヒバナの声。

緑青が浮《う》いたような色の門扉は、軽《かろ》やかに開く。教えてもらったことはないが、これも風見の作品なのだろう。デザインの傾向《けいこう》が一緒《いっしょ》で、アシンメトリーな流線の形がうつくしくもひどくなまめかしい。

「あの、来ました……お久しぶりです」

いつものように、城山が玄関《げんかん》に立つと同時に開くドア。ぺこりと頭をさげた城山は、なぜか風見の顔をまっすぐに見られない自分に唇を噛《か》む。

（ミハルのせいだ、くそ）

本当はそんなところに要因があるわけではないと知りつつ、胸の奥でやつあたりをする。城山の葛藤《かっとう》も知らず、風見はいつものように抑揚《よくよう》の少ない声を発した。

「時間どおりだな、ちょうどよかった。あがれ」

傲慢《ごうまん》にも響《ひび》くそれにやっと顔をあげ、城山は「あれ」と首をかしげた。

「あのう、風見さん。まだ、工場には出かけないんですか」

大抵《たいてい》、仕事場に入るときの風見は作業用とわかる格好をしているのだが、その日の彼はつなぎやワークパンツではなくレザーのそれを穿《は》いていた。怪訝に思って問いかけると、風見は相変わらずのぶっきらぼうさでこう言った。

「今日はべつに、バイトに呼んだわけじゃねえよ」

「え、そうなんですか。じゃあ俺、なんで――」

呼ばれたのだと問う前に、風見はさっさとなかに引っこんでしまう。あわてて靴《くつ》を脱《ぬ》ぎ、あとを追いかけると、居間のテーブルにはデリバリーででも取り寄せたのか、パーティー用とおぼしき凝《こ》った料理と、ワインクーラーで冷やされたワインが並んでいた。

「……だれかお客さんでも来るんですか？」

「来てんだろ、いま」

「え？　俺？」

　風見の言葉と、あきらかにもてなしの用意がされた様子に、城山はますます首をかしげる。いったいなぜ、と戸惑《とまど》っている城山の前で、風見はすでに一度抜《ぬ》いてあったらしいワインのコルクを手で抜き、カットのきれいなグラスに注いだ。

「おまえ、今日はなんの日だ？」

「え……十八日っすけど……あ、ゼミの履修《りしゅう》登録〆切り近いか」

　それがなにかと問いかけると、風見は呆れた顔を見せる。しらっとした目に思わず城山が怯《ひる》むと、彼はため息まじりに言った。

「自分の誕生日も忘れてんのか」

「え？　それ、……うっそ⁉　なんで知ってんですか」

「自分で言っただろうが、最初に会ったとき」

　そういえばそんなこともあったような気はするが、祝われる理由が思い当たらない。混乱して立ちすくむ城山を、風見はじろりと横目に見た。

「いいから、座れ。せっかく用意してやったんだから、食えよ」

「あ、どうも、すみません」

祝いだと言うわりに、グラスを差し出してくる風見は少しも明るさがない。もともと、ほがらかとか快活という言葉の似合わない男ではあるが、じんわり不機嫌《ふきげん》な気もする。

（なんなんだろ……？　すげえ、びりびりしてるっぽい）

祝われて嬉しくないとは言わないが、どうも素直《すなお》に喜べないのは剣呑《けんのん》なその気配のせいだ。思いも寄らなかったこの状況《じょうきょう》に面くらいつつも、素直にソファに腰《こし》かけた城山はグラスを受けとった。

「おめでとうさん」

「あ、ありがとう、ございます……？」

わけもわからぬまま軽くグラスをあわせ、ひとくち啜《すす》る。フルボディの赤は風見の好みなのかもしれないが、城山には少し渋《しぶ》みがきつい気がした。だが祝い酒を振る舞《ま》われて残すわけにもいかず、味の強そうなグレービーソースのかかったローストビーフをせっせと食べては、なんとかグラス一杯《いっぱい》を飲みきった。

厚意を無駄《むだ》にしたくない城山が重いワインと格闘《かくとう》しているというのに、風見はといえばグラスには口をつけた程度だった。

おまけに乾杯《かんぱい》のあとからひとことも口をきかず、おこぼれを欲しがるテッとヒバナに、ローストビーフのソースがかかっていない部分をちぎって食べさせている。

（空気、重……）

本当にこれは誕生日祝いなのだろうか。沈黙《ちんもく》に耐《た》えかね、テリーヌやゼリー寄せなどのいかにもなパーティー料理を城山はひたすら口に運ぶ。だが正直言えば、いつぞや風見の作ってくれた、大雑把《おおざっぱ》な野菜炒《いた》めのほうがぜんぜんうまいと思った。

もてなしてくれるのが、嬉しくないとは言わない。だが、顔に『不機嫌』という注意書きが貼《は》りついているような風見の前で、平然としていられる人間などいるのだろうか。

(あーなんか、ぐらぐらすんなあ)

ひさしぶりの訪問に、緊張もしていた。そのうえ間が持たず、渋めのワインをぐいぐいと口に流しこんだせいか、ひどく酔いがまわった気がする。

「……あれ?」

かちゃん、という音が遠くで聞こえた。いったいなんだ、と思って自分の手元を見ると、手にしていたはずのフォークと皿が床《ゆか》に落ちている。それと気づいたとたんひどく眠《ねむ》くなり、怪《け》訝《げん》になりつつ城山は重い瞼《まぶた》を瞬《また》かせた。

「どうした」

「あ、すみま、せ……なんか、酔《よ》ったみたいで」

食べかけのローストビーフとソースが床を汚《よご》してしまった。謝ろうとして頭をさげると、ぐらんと視界がまわる。かがんで皿を拾おうとすると、そのまま倒《たお》れこみそうになり、城山は眉《まゆ》をひそめた。

（なんだ、これ？）

さしてアルコールに弱いわけでもないはずなのに、ワインをもらっただけで、こんなにまわるものだろうか。視界が明滅《めいめつ》するような感覚に気持ちが悪くなり、口元を押さえた城山の耳に、風見の独特の笑い声が聞こえた。

「晃司？　まわってきたか？」

「まわ……なに……？」

もう瞼を開けているのも困難だというのに、心拍数《しんぱくすう》だけはどんどんあがっていく。この眠気《ねむけ》は異常だ。どうして、と思いながらも耐えきれず、四人掛《が》けのソファへと上半身が倒れこむ。

「……風見、さん？」

「安心しろ、ちょっと眠くなるだけだ」

震《ふる》える舌でどうにか男の名を綴《つづ》ると、近づいてきた彼に顎《あご》を取られた。酷薄《こくはく》に笑う顔を霞《かす》む視界のなかで目の当《ま》たりにして、城山はどうやら、さきほどのワインになにかを仕込まれたのだと気づいた。

「しかし、あんなクソまずいワイン、よくも飲んだな。途中《とちゅう》で気づくかと思ったが」

「だ……そ……」

だってそれはあなたが勧《すす》めたから。そういいたいのにもう、声も出ない。ただ、上から押さえつけられてでもいるかのような瞼をどうにかこじ開け、目だけでなぜと問いかけると、風見は乱暴に摑《つか》んだ顎を振《ふ》り払《はら》い、言った。

「おまえみたいなばか、見たことがない」

確実にそのとき、城山の息は止まっていたと思う。

冷たい目をした男が、憎々《にくにく》しげな表情でも浮かべていてくれればまだ、救われたのかもしれない。だが風見はただ、目の前にある現実を、空は青い雲は白い海はしょっぱい、そんなあたりまえのことを言わせるなという口調で城山の前に放り投げた。

「ちょっとやさしい顔をされたからって、ほいほい尻尾《しっぽ》振ってついてきて。人間ってのはそう簡単に信じるもんじゃねえって、この頭はなにも学んで来なかったのか？」

「そ……ん……」

曲げた指の節で、額を叩《たた》かれた。こつんという程度の力しか入っていないのに、どうしてか城山は息苦しくなった。

(なに、言われたんだろ、俺)

衝撃《しょうげき》と痛みは同時じゃない。まず衝撃を受け、ややあって身体《からだ》は痛みを認識《にんしき》する。だからこのときの城山は真っ白になったままで、風見のぶつけてくる暴力のような言葉に反応しきれないでいたのだが、まるで子どもにするように額を小突《こづ》いた仕種《しぐさ》のおかげで、わかってしまった。

理由ははっきりしない、けれど自分は風見に蔑《さげす》まれている。そうと知った途端《とたん》、心臓が絞《しぼ》りあげられるくらいにつらい痛みを覚えた。ひとにきらわれるのはきらいなのだ。どんな理由であっても、どんなささやかなことでも。

だから、耐えられないのだ。いま目の前に突《つ》きつけられた言葉の刃《やいば》に。

それがまして、尊敬さえ覚えていた相手ならば、弱っている胸の奥はずたずたにされる。

「ま、その程度の頭があれば、いまこんなことにはなってないよな」

低い、ざらりとした声を発する風見の唇《くちびる》が歪《ゆが》んだ。嘲笑《ちょうしょう》を浮《う》かべたせいなのだと知った瞬間《しゅんかん》、腰からどっと力が抜けるような気がした。

「さて、それじゃあ――」

はじめるか、と呟《つぶや》いた男の唇のほくろ。なまめかしいようなそれをちろりと撫《な》でる彼の舌は、見ていられないほど淫靡《いんび》で凶暴《きょうぼう》で、城山はただ震え、そして――ついに意識を失った。


ぶうん、と虫の羽音が聞こえた。まだ夏には遠いし、この都会ではあまり耳にしないそれながら、ぶうん、城山は無意識に顔を振った。

ぶうん、ぶうんと唸《うな》るそれは、どうやら自分の身体を這《は》うように飛んでいるらしい。妙《みょう》にくすぐったく、むずがゆくて、ぴしゃりとやってやろうと腕《うで》をあげようとすると、ぎち、となにかに阻《はば》まれた。

（……ん？）

両手首が、うまく動かない。たまに頭の下に敷《し》き込んだまま寝《ね》てしまうと、しばらく痺《しび》れてしまうけれども、これはあきらかに違《ちが》う。なにかに、つながれている気がする。

相変わらず、ぶうんぶうんと音がする。どろりとした眠りをまだ引きずったまま、城山は腕がだめならと身をよじった。

そしてその瞬間、体内でなにかがもぞりと動いて、城山は悲鳴をあげる。

「う、うああっ⁉」

重かった瞼が、衝撃に開かれた。跳《は》ね起きようとした身体は、しかし目的を果たすことができないまま、スプリングの利いたベッドのうえでバウンドした。

「な……なん……なんだ、これ」

身体が、ロープのようなもので拘束《こうそく》されているのだ。両腕《りょううで》はひとつにくくられ、肘《ひじ》を曲げた形で頭の下へ手首が来るようにされ、両脚《りょうあし》は各々《おのおの》一方ずつを、ベッドの支柱らしいものにつながれている。

おまけに下着一枚纏《まと》っておらず、悪寒《おかん》の正体はこれもあったのか、と城山は愕然《がくぜん》とした。

(頭、痛い)

跳ね起きたようとしたときに衝撃を受けたせいか、頭がずきずきと痛かった。悪寒もひどく、宿酔《ふつかよ》いに似ている不快さにくらくらと頭が揺《ゆ》れる。だが、いまはそんな不快感よりも、現状のすさまじさのほうがショックだ。

「……顔、あげな」

呆然《ぼうぜん》としたまま、首をねじ曲げて自分の悲惨《ひさん》な姿を眺《なが》めていた城山に、ざらりと低い声が聞こえた。だが、どれほどこのみっともない格好がいやだろうと、城山は顔をあげたくない。

ぎゅっと目をつぶって、痛む頭も無視してかぶりを振った。だが相手はそんなことでは許してくれるわけもない。

「あげろ、晃司。こっち見てみな」

いままでもけっしてにこやかとは言えなかった風見だが、声はぞっとするほど冷たかった。残忍《ざんにん》な顔で自分をいたぶる姿など確認したくないと、なおも強情《ごうじょう》に目を閉じていると、ぐいっと顎を摑まれ、下唇《したくちびる》に指がかかる。いつかのように口を開かされそうになったのがわかり、城山はきつく歯を食いしばった。

「強情だな、案外。……ま、いいか」

「うぐ！」

今度は、大きな手のひらにこめかみと頰《ほお》の間、歯のかみ合わせがあるあたりをぐっと摑まれた。蝶番《ちょうつがい》のようになっている部分を押されてしまうと、痛みも作用して構造上どうやっても口を閉じていられない。

「これがなにかわかるか」

「……っ」

舌の上に、なにか振動《しんどう》するプラスチック製のものを置かれた。それがどういう意図を持って使われる道具なのか、いっそわからないほど世慣れていなければよかったと思う。閉じたくても閉じられない口からだらだらと溢《あふ》れた唾液《だえき》を小さなそれになすりつけた風見は、口腔《こうこう》から取りだしたローターを首筋へと滑《すべ》らせた。

ぶうん、と肌《はだ》に押しつけられたそれが鈍《にぶ》い振動音を発している。虫かと思ったのはこの微弱《びじゃく》な刺激《しげき》だったのだと、いまさらに城山は思い知った。

そして、腹の奥にもなにか、それと似たような——そしてもっと大きく、長いものが埋《う》めこまれていることをも、同時に理解した。

「男も知ってるわりには、狭《せま》い穴だったな。まあ一応、切れないように気をつけてはやったが」

言われるまでもなく、尻《しり》の狭間《はざま》にはぬめりを覚えていた。おぞましいような震えが内側から襲《おそ》ってきて、腹の奥に痛みを感じつつ、城山はようやく目を開いた。

(最悪、だ)

どうやらさきほどの酒に、なにか睡眠薬《すいみんやく》のようなものが仕込まれていたのだろう。たしかに自分は大ばかだ、こんなとんでもない男相手に気を許していた。

理由はわからない。けれど、罠《わな》を仕《し》掛《か》けたのは凄絶《せいぜつ》な色気を垂れ流す目の前の男で、かかったのは自分なのだと城山はやっと認めた。

認めるしかない事実は、きつく縛《いまし》められた手足の重さが教えてくれる。

「あんた……なに。こういう、趣味《しゅみ》？　意外だな。自分の持ち物には自信持ってそうなのに、インポかよ」

しらけきった声を発し、せめてもと睨《にら》みつけてやったのは最後の意地だった。だがそれも、おそらく風見にはごくかすかな痛痒《つうよう》さえ感じさせることすらできないだろうと知っていた。

案の定、おもしろそうに笑った風見は、手にしたローターを強く城山へと押しつけてくる。

「あいにく、趣味じゃない相手には、俺のコレは用がねえんだよ」

「うぐっ……」

「おまえこそ、節操がないにもほどがあるな。ぐうぐう寝てやがるくせに、こんなところばっかりはばっちりお目覚めだ」

「うああっ！」

剝《む》きだしになった先端《せんたん》を、風見は小さな道具を持ったまま握《にぎ》りしめてくる。びりびりと痛いほどの刺激を受け、城山は拘束されたまま身をよじって暴れた。

「やめ……やめろ、やめろっつってんだろ！」

妙な角度で縛められていた腕をよじり、どうにか頭の下から拳《こぶし》を繰《く》り出す。だが下半身をつながれたままでは当たるわけもなく、冷ややかに笑った風見はあっさりとそれを避けた。

「なんなんだよあんたっ、俺がいったい、なにしたってんだ！　なんでこんなことするんだっ」

「うるせえ、怒鳴《どな》らなくたって聞こえてるよ」

「いいかげん、このうぜえもん、とれよ！」

肩《かた》で息をしながら叫《さけ》んだが、風見はこたえた様子もない。あげくに、じたばたともがく城山の肩を押さえつけ、性器ごと握りこんだそれの振動を強くする。

「暴れんじゃねえよ。イライラして、よけいなんかしたくなるだろうが」

「い……っ！」

粘膜《ねんまく》に直接与《あた》えられたそれに、激痛が走る。だというのに、最悪な男の手のなかで、城山の性器はたしかに硬《かた》く強《こわ》ばったままだった。

「ま、ほどほど立派なもんだがな。大きさは平均……膨張時《ぼうちょうじ》と平常時の差は三十七ミリか」

軽く握ってたしかめ、あげくに風見はあの、目視と感触《かんしょく》でミリ単位の長さを言い当てる特技をそんなところで発揮した。半端《はんぱ》ではない屈辱的《くつじょくてき》な発言に、城山は目の前が真っ赤になる。

「ざけんな！　離《はな》せ、この変態！」

腹筋を使って頭突《ずつ》きをしかけたけれど、逃《に》げられる。振《ふ》り回した腕もやはりすべて躱《かわ》された。体内の異物が痛みを覚えさせ、動きの鈍った身体《からだ》での攻撃《こうげき》など、かすりもしないのだ。

歯がみした城山に対し、風見はぞっとするようなことを言った。

「あんまり暴れんなよ。一応新品だから平気だとは思うが、漏電《ろうでん》したらいやだろ」

「ろ、漏電……？」

ぎくっとして見下ろしたのは、自分の脚《あし》の間から見える細長いコードだ。暴れたせいか、風見は少しベッドから距離《きょり》をとっている。いまのうちに引き抜《ぬ》いてしまえとコードに手をかけると、見透《みす》かしたようにまた脅《おど》しをかけられた。

「無理に引っぱって抜こうとするなよ。なにしろ電化製品だからな、コード細いし。絶縁体《ぜつえんたい》が破れて、やけどした女もいる。粘膜で、濡《ぬ》れてるし、えらい目にあったらしいが」

想像だけで身がすくむようなことを口にする風見は、その優美な唇《くちびる》を残忍に笑《え》ませている。全身に鳥肌《とりはだ》を立て、城山は身動きひとつできなくなった。

「ちょ、や……ぬ、抜いてっ……」

「いやだね。少しはびびって、キモ冷やせ」

そんなものもう凍《こご》えるほど冷えた。真っ青になったまま、なにがなんだかわからずにいる城山の身体を風見は押さえつけ、大きな手で頭を抱《かか》えこんでくる。

「しばらくおとなしく遊んでろ。そうしたら許してやる」

「あんたに、なにを許されなきゃなんねえんだよ……」

がくがくとこめかみが震《ふる》えた。純粋《じゅんすい》な恐怖《きょうふ》に、城山の性器はもう縮みあがっている。血の気を失い、肩を小さくすくめる城山の姿に、風見は残忍な顔で笑うばかりだ。

「足りない頭で、思い当たることを考えてみることだ。俺は、厄介《やっかい》ごとに巻きこまれるのは大きらいなんだよ、晃司。ついでに、卑怯《ひきょう》な真似《まね》しやがるやつもな」

「だからっ、なんのことか、わかんねえって……」

どうして、こんな冷たい目を向けられなければならないのだろう。なにかアルバイト中に失敗でもしたのだろうか。必死になって考えても、なにもわからない。

「俺、俺、なにしたの？　なあ、なにしたんだよ」

怖《こわ》さのあまり、涙《なみだ》が滲《にじ》んだ。情けないなどと言っている場合ではない、こんな怖いめに、城山は生まれてこのかた、あったこともない。かたかたと震えながら、すがるように濡れた目で風見を見るけれど、当然この男が答えてくれるわけもない。

「わかんねえよ、教えてくれよおっ。そうじゃなきゃ、どうしようもねえだろ！」

「……泣くなってんだよ」

「ひいっ！」

涙の訴《うった》えに対して、舌打ちした男がしたことは、萎《な》えていた性器に、振動するローターを添《そ》え、コードでぐるぐる巻きにするという非情な真似だった。しかも、最悪なのはそれだけではない。

「――テツ、ヒバナ、カム！」

「ちょ……待て、てめえ、なんだよ！　呼ぶな！　呼ぶなって！」

本気か、と目を瞠《みは》っていると、おずおずとした様子で二匹《ひき》の犬が入ってくる。むろん状況《じょうきょう》を理解はしていないだろうが、剣呑《けんのん》な気配は感じるのだろう。ヒバナは首をかしげ、テツはぐるぐると困ったように喉奥《のどおく》で唸《うな》っている。

「冗談《じようだん》……だろ……」

呆然《ぼうぜん》とする城山の声に、風見はいっさい答えないままベッドから離れた。あげく言い残した言葉はあまりに最悪で、城山は叫ぶしかない。

「見張ってろ、テツ、ヒバナ。ステイだ」

「……死んじまえーっ！」

そして本当に、二匹の犬を残して、男は部屋から出て行ってしまった。嘘《うそ》だろう、と呟《つぶや》く声にかぶさって、微弱なモーター音が響《ひび》いてくる。

「なんなんだよ、これ」

尻に押しこまれた細長い器具は、縛《しば》られた腕《うで》でもどうにか引き抜こうと思えばできなくはない。だが身体の前で拘束《こうそく》された手では、コードを引っぱる以外には動かしようがない。

(無理に引っぱって……漏電……)

ぞっとして、怖くなる。いままで経験のないことだけに、城山も加減がわからず、そんな事故が起きないとは限らない。

「な……なんで……？」

どうしていったい、こんなことになっているのかわからない。途方《とほう》に暮れたまま、ベッドのうえで呆然と呟いたその瞬間《しゆんかん》、尻《しり》の奥から聞こえる唸りが強くなった。

「んああ……あ!」

びくん、と全身が突《つ》っ張る。腰《こし》を起点に跳《は》ねあがった身体は、足首の拘束によってまたシーツに叩《たた》きつけられ、城山は激しく髪《かみ》を振り乱して声をあげた。

「も、やだ、なんだよ、なんだよこれ!」

おそらくは隣《となり》の部屋かどこかから、遠隔《えんかく》操作でもしているのだろう。風見が気まぐれに強弱を変える電流が、羞恥《しゅうち》と惑乱《わくらん》を運び、思考をまとめることさえできなくする。

「あっ、あっ、あっ、やだっ」

甲高《かんだか》い声が自分の唇から放たれて、城山はかっと顔を熱くした。さきほどまではショックで薄《うす》れていたようだが、風見の埋《う》めこんだそれはどうやら前立腺《ぜんりつせん》を直撃《ちょくげき》しているらしく、じっとしていることもできないほどの強烈《きょうれつ》な快感が全身を突き抜けていく。おまけに内側からだけではなく、濡れてひくついている性器にもまたべつの振動《しんどう》が与えられているのだ。

(なんだよこれ、頭、おかしくなるっ……)

いままで感じたことのない、脳をかきまわされてでもいるような刺激《しげき》に、城山の腰はくねるようにシーツのうえでうごめいた。

おまけに最低なのは、見張り番に置いていった二匹のコーギーの存在だ。ただ放置されるだけならば、城山も居直って自慰《じい》でもなんでもできただろう。けれど、腕を縛られた以上に、かわいがっていた犬の存在が大きな枷《かせ》になっている。

「ちっくしょ……は、は、はう……うー！」

「……くーう……？」

たまらずにうめき声をあげると、テツもヒバナも城山が具合が悪いのかと勘違《かんちが》いして、ベッドの両脇《りょうわき》に前足をかけてのぞきこみ、くうん、きゅうん、と心配そうに鳴くのだ。おまけに、じたばたと暴れる足のさきに、慰《なぐさ》めるように舌を伸《の》ばして触《ふ》れてくる。

「あひっ！　や、い、い、いいから！　へ、平気だから、なっ？　触《さわ》んねえでっ……」

いつもならくすぐったく愛らしいと思う動物の愛情表現が、いまこの身には毒すぎる。びくんと飛びはねて身を丸めると、それによってまた腰の奥の異物が動いた。

（もう、泣きたい）

最悪の辱《はずかし》めだと思った。自分のなかのいちばんやわらかくてきれいなところを、徹底的《てっていてき》に踏《ふ》みにじられ、汚《けが》されたのだと思った。そうと感じた瞬間、ぼろぼろっと両目から涙がこぼれて、城山は唇を嚙《か》みしめる。

胸が破れそうに哀《かな》しくて惨《みじ》めだった。それなのに勃起《ぼっき》した性器から吹《ふ》きこぼれる体液が止まらないのも、次第《しだい》にくねるように動いてしまう腰も、なにもかもわずらわしかった。

「ひ……あ、ああ、いやだあっ、やだーっ！」

身うごきがろくにとれないため、感覚を発散するのは悲鳴以外にない。叫《さけ》び続けたせいで喉が痛くて、城山は噎《む》せる。そうして腹に力が入ると、異物感をさらに感じてまた叫ぶ。

（も……死ぬ……）

風見があの場所にローターをくくりつけていったのは、射精ができなくするためのようだった。もう多少の漏電ならかまうかとコードをほどこうとしても、びくんびくんと跳ねる身体と震える指のせいで、そんなこともままならない。

それは時間にしたら、五分程度の放置だったのだとあとになって気づいた。だがこのときの城山にとっては、おそろしく長い時間に感じた。

なにがなんだかわからないまま、意識がもうろうとしてくる。ただとにかく、もう出したい、いきたいとそればかりになり、幾度《いくど》か記憶《きおく》が吹っ飛んだ城山の口からは、こんなあえぎしか漏《も》れなくなってきた。

「も、や……いき……いきたい……いきた……っ」

きゅうん、と犬たちが心配そうな声を出している気がしたが、もうそれもわからない。ただぶうんぶうんといつまでもやまない虫の羽音に似た振動音と、自分のあさましい喘《あえ》ぎ声以外のなにもかもが吹っ飛んでいく。

全身から汗《あせ》が噴《ふ》きだした。粘《ねば》りつくようなそれが肌《はだ》を滑《すべ》るのさえもたまらず、ままならない身体《からだ》を捩《ねじ》った瞬間、ある一点に埋めこまれた器具が触れた瞬間、全身に電気のようなものが走った。そうして、硬《かた》いなにかを挟《はさ》みこんだ粘膜《ねんまく》が、異様なほどに痙攣《けいれん》する。

「ひ、あ、……ア――……!!」

びく、びく、びく、と大きく城山の身体が跳ねあがった。そうしてたがのはずれたような絶叫《きょう》が唇からほとばしり、縛《いまし》められた性器から少量の精液が溢《あふ》れた。あまりのすさまじさに一瞬《いっしゅん》、なにが起きたのかわからないでいたけれど——自分が、射精せずにいってしまったのだと気づいた瞬間、ふうっと意識が遠くなる。

(もう、どうでも、いい)

なにもかも、考えることさえやめてしまいたい。そう思って、半分失神しかけた城山の頬《ほお》を、大きな手のひらが軽くはたいた。

「……おまえうるせえよ、近所から苦情来たらどうすんだよ」

「あ……」

絶叫を聞きつけたのだろう、呆《あき》れた顔の風見がそこにいた。もうろうとする意識のなか、目を凝《こ》らして見あげた男の姿にも、もはや恐怖や羞恥も感じない。なにか、ぷっつりと切れてしまったかのように、感情がまったく動かなかった。

(疲《つか》れた……)

開いたままの目からは、涙《なみだ》が止まらないし、身体の震《ふる》えもまた同じだ。無防備になった身体を見下ろす男の視線は針のように城山の肌を突き刺《さ》し、痛みを与《あた》えてくる。

「あーあ。しつけの悪い尻だな。だらだらこぼしやがって」

「ひっ……いっ……」

反論することもできず、ぼろぼろと泣きながら痙攣している風見の足の縛《いまし》めが、片方だけほどかれる。ぐいと脚《あし》を持ちあげられ、尻の奥を覗《のぞ》きこまれても、なんの反応もできない。

「よっぽど気に入ったのか。がっちり食ってるなあ」

なかに入れられた異物が、小刻みに振動し続けている。強い視線を感じた城山は、わずかに残った羞恥心《しゅうちしん》をよみがえらせ、ひきつった呼吸を漏らした。

「もっ……や……やめっ……やめて、ください……」

哀願《あいがん》するしかできない惨めさにまた涙が溢れたけれども、風見の剣呑な気配は少しも薄らいでいない。どころか、びくりびくりと不規則にすくむ粘膜の入り口、コードの覗くそこへと、ぐっと指を突き立ててきた。

「あう！」

「まあコレに懲《こ》りたら、他人の家庭引っ掻《か》きまわすような真似《まね》、するのはやめるんだな」

「なっ……なにっ……？　ひ！」

唐突《とうとつ》な言葉に、なんのことかわからない城山がかぶりを振《ふ》ると、風見は軽蔑《けいべつ》しきったような顔で尻を叩いた。苛立《いらだ》ちもあらわなそれは、痛みもひどいがなかに伝わる衝撃《しょうげき》がもっとつらい。

「おまえの節操がないのは別に俺の知ったこっちゃないけどな。人妻食い散らしたあげくに、旦那《だんな》と会社にべらべらちくるってのはどういう了見《りょうけん》だ」

「いあ、あ、なに、それっ……いた、痛い！」

「おかげで俺のほうまでとばっちり食っただろうが。ったく、そんな顔してストークに脅迫《きょうはく》とはおそれいる」

軽蔑しきったように吐《は》き捨てた風見の言葉に、城山はこの日何度目かわからない驚愕《きょうがく》を顔に浮《う》かべた。いったいなんのことだ、と目を瞠《みは》り、おののきの止まらない唇で否定する。

「ストーク……って、俺っ、んなこと、しねえよ……っ」

「まだしら切るのか」

「ちがっ、ほ、ほんとに……あ、うあ！　いやだ、それやだっ、やだ！」

とぼけるな、といって風見はなかにあるものの振動を強くする。絶叫しながら城山は身悶《みもだ》え、知らない、知らないとかぶりを振った。

大体、覚えがあるならさっさと謝る。たしかに自分は口は軽いが、だからこそ面倒《めんどう》なことはきらいだし、そんなに根性《こんじょう》も入ってない。しどろもどろになりながら、どうにかそれだけ訴《うった》えると、風見の眉《まゆ》がきつくひそめられた。

「オフィスアイバに勤めてる、浅見《あさみ》まどかだ。覚えは」

「アサミ……？」

その名前に、ぐっと城山は唇を噛んだ。そのリアクションに風見が『やはり』という顔をするから、あわてて違《ちが》うと言いつのる。

「あ、アサミさん、なら、知ってっけどっ……まどかって、オフィスって、なに……っ？」

風見の言うアサミとは、城山のこのところの気鬱《きうつ》の種だった、あの人妻のことだろうか。アサミは名前ではなく名字だったらしい、そんなことも城山は知らなかった。

「一度、逆ナンされて寝《ね》たことはあったけど、いっぺんこっきりしか、会ったこともねえよっ。それに、俺あのひとのケーバンなんか知らないって……！」

行きずりに近い関係で、そんなに深いつきあいもない。しどろもどろに言うと、風見は眉をひそめた。

「おまえな、覚えてないにもほどがあるぞ。あいつとは少なくとも、その前に二度、顔は見てるはずだろ。俺と一緒《いっしょ》にいたんだから」

「え……？」

言われて、城山は目を丸くした。そして必死になって記憶を検索《けんさく》したあげく、それが風見に何度も迫《せま》ってはふられていた、あの女性だと理解した。

「じゃ、じゃあ俺、風見さんの女に手出し、しちゃったんすか……」

このお仕置きはそういうことか。やくざ顔負けのヤキ入れだが、それならば納得《なっとく》いかなくもない。真っ青になって唇を震わせると、風見は舌打ちをする。

「とぼけたこと言ってんじゃねえよ。あいつは旦那がいるっつっただろ。ついでに言えば、コナはかけられたが寝てもいねえよ。言っただろうが、趣味《しゅみ》じゃない相手には用がねえって」

「だ……だって……」

そんなことを言われたって、こんな状態でまともにものなど考えられるわけがない。事実関係もまだはっきりと城山には見えていないのだ。

だというのに風見は、その困惑《こんわく》すら不愉快《ふゆかい》なようだ。

「おまえ、ほんとに関係ないんだろうな。へたな嘘《うそ》つくと、容赦《ようしゃ》しねえぞ」

「関係なっ、してない、してな……あ、あぁああ！」

あげくに、またばしんと尻《しり》を叩《たた》いて、手にした器具の目盛りをいじられ、城山は絶叫する。

「やだっ……やだぁあ……も、怖《こわ》いっこわいっ」

恥《はじ》も外聞もなく、延々と続く拷問《ごうもん》のような快楽に、城山は子どものように泣きわめいた。こんなに激しく泣いたことはない、というくらいのそれに、風見はなにを思うのか、無言でしばし顎《あご》に手を当てる。

「おい。本当に知らないのか」

「ひっ……ひぃ……」

もう喋《しゃべ》ることもできなくなり、こくこく、と城山はうなずいた。

「写メとファックス。おまえじゃないのか？」

もう一度、今度は頭がくらくらするほどにうなずいてみせると、ようやく振動《しんどう》が止めてもらえる。しゃくりあげる顎を掴《つか》まれ「はっきり言葉で言え」とのしかかられて、城山は洟《はな》をすすり、あえぎながらようよう答えた。

「しらな、い、です……っ」

こんな状況《じょうきょう》で嘘がつけるほど、城山は神経が太くない。だまされたのはこっちのほうで、そんな相手にストークじみたことをする理由がない。そもそも城山は、ひとを悪意で貶《おとし》めるほどの強い感情など持ったこともないし、面倒ごとなど大きらいだ。

「俺がっ、なんでそんな相手に、キョーハクとか、しなきゃなんねん、だよっ……」

「本当か」

「嘘ついてどうすんだよっ、だったら携帯《けいたい》の履歴《りれき》でもなんでも、調べりゃい、だろっ！」

第一──そうしたことで傷ついた覚えのある自分が、同じ疵《きず》をだれかに与えるような真似など、できるわけもないのだ。

「ふ……不倫《ふりん》とか俺ぜったい、しな……っしない。あんなの、よくない」

「なにをガキみてえなことを。いまさらウブなふりかよ」

違う、と声がわなないた。悔《くや》しかった。

かつて、ばか正直だのばかだのさんざん言ってくれたくせに、こんな状態で芝居《しばい》ができるほど器用な性格でもないことさえ、目の前の男は理解してくれていないのだ。

それがいちばん哀《かな》しいのだと気づかないまま、城山はいままでミハルにしか打ち明けたことのないことを、涙声《なみだごえ》で口にしていた。

「お、俺の母さん、不倫のせいで、離婚《りこん》したんだ……っ」

「……なに？」

「オヤジが、浮気《うわき》して、修羅場《しゅらば》って。家のなかぐちゃぐちゃになって、出てったんだよっ。愛人とオヤジのキモいセックスだって見せられた！　俺、そんなドロドロなんかぜってえやだから、人妻だけはパスだっつって……アサミさんだって、旦那いるなんて言ってなかった、俺、知らなかったのに！」

だまされたのはこっちだと泣いて、じたばたと城山は暴れた。悲痛な叫《さけ》びに、風見はなぜか、呆気《あっけ》にとられた顔をしている。

「だまされたのこっちなんだっ。なのになんで俺、こんな怒《おこ》られてんだよ⁉　なんであんたが、こんな最低なことすんだ！　あんた、やっぱり本当は、アサミさんの彼氏かなんかなのか？

これはその報復かよっ」

「いや、べつに浅見はどうでもいいんだが」

「じゃあなんだ、あんたなんでこんなことしてんだ！」

叫ぶだけ叫ぶと、やっと怒りという感情が身体《からだ》に戻《もど》ってくる気がした。真っ赤になった目で睨《にら》みつけ、返答次第《しだい》では容赦しないと表情で伝えると、風見はけろりと言ってのける。

「まあ、むかついたから、だな」

「はっ……？」

「だってそうだろうが。おまえの不始末……まあこりゃ勘違《かんちが》いだが、俺には関係のない話だってのに、浅見は『知りあいだと思って気を許したんだ』だのなんだのまくしたててくる。こっちは忙《いそが》しいってのに、顔見るなり泣きつかれて、やってられるか」

あまりの理屈《りくつ》に、城山は一瞬《いっしゅん》あっけにとられた。これが風見だと薄々《うすうす》理解してはいたが、いくらなんでも身勝手すぎはしないのか。なにより、その程度の理由でここまでされるいわれは、さすがにない気がする。

「……アサミさんの言うことなら信じたのに、俺には確認《かくにん》前にこれかよ」

あんまりな差じゃないかと城山が恨《うら》みがましく睨むと、風見は憮然《ぶぜん》としたまま言った。

「言っただろうが。浅見自体はどうでもいい。ただ俺は、俺の時間を邪魔《じゃま》されるのが大きらいなんだ」

どういう意味だ、と城山が目顔で問うと、風見はしゃあしゃあと言ってのけた。

「傷ついたから慰《なぐさ》めろだの、旦那《だんな》とはもうおしまいだのわめきたてたあげく、要求してきたのが俺とのセックスだ。そんな女相手に勃《た》つもんも勃たねえよ」

ため息をつく男の発言に、城山は一瞬ぽかんとなった。風見の俺さま理論もたいがいなものだが、彼女は彼女でどうかしている。

「……なんだそれ!? アサミさん、どういう思考回路だよ」

「知るか。何度も袖《そで》にしたからムキになってんだろ。そんなくっだらねえ話で仕事中に電話までしてきやがって。そもそも俺は携帯の番号、あいつに教えたこともねえんだよ。ひとの電話盗《ぬす》み見するか？　ふつう」

　ぶつぶつと吐《は》き捨てられた台詞《せりふ》には、百歩譲《ゆず》ってまあ、理解しないでもない。しかし、だったらなぜと城山はますます顔をしかめた。

「じゃ、あんた、なんでこんな怒って、尋問《じんもん》みたいなことしたんだ」

「言っただろ。むかついてたからだ」

「それ、俺にむかついてんじゃねえじゃんか！　理由になってねえ！」

　さらにわめいてみせると、指摘《してき》されてようやく気づいたとでもいうように、風見は「ああ」とうなずいた。そうしてけろりと放たれた言葉には、城山は殺意さえ覚えそうになった。

「まあひとことで言えば……やつあたり、か？」

「な……」

　そんな理由があるか、と城山は今度こそ絶句した。そして、度を超《こ》した怒りはすでに、城山のなかのなにかを破壊《はかい》してしまい、怒鳴《どな》りつけるよりもさきに涙《なみだ》がにじんだ。

「最悪……やつあたり、じゃねえだろ……っ」

　脱力感《だつりょくかん》に、ぐったりと身体がベッドに沈《しず》んでいく。そのおかげで、体内の異物がまだ放置されたままだったということを、強く意識した。

「とりあえず、俺への疑いは晴れたんだろ」

「ああ、まあな」

「だったら、もう、いいだろ？　もう、抜《ぬ》いてくれよっ」

「んー……」

いいかげんにほどけ、解放しろと暴れたが、風見は動く気配もない。ただじっと、転がったままもがいている城山を眺《なが》めるばかりだ。

「んーってなんだよ、もう抜けよ！　もう帰る……！」

帰りたい、と子どものように城山は泣きぐずった。プライドも見栄もぼろぼろで、でもこれ以上こんな男になぶられるくらいなら、どれほどみっともなくても逃《に》げたかった。

「悪かったな。いろいろ誤解だったらしい」

「誤解じゃ、すま、すまねっ……」

ひく、と喉《のど》が鳴った。脚《あし》を開かれ、残っていた片方の拘束《こうそく》をほどかれる。とりあえず解放されるのだろうと思えば安堵《あんど》がこみあげる。

「うう……っ」

身体の奥から、ずるりとなにかが抜けていく瞬間《しゅんかん》、ほっと息が漏《も》れた。ベッドの脇《わき》に放られたいまわしいそれに背を向け、小さく身を丸めるようにしたのは無意識に身を護《まも》ろうとしているからだろう。震《ふる》える城山の目からは、コントロールもできなくなった涙がまたこぼれていく。

「そう泣くな。悪い悪い」

そんな、少しも悪くなさそうな謝罪などいらない。頬《ほお》を拭《ぬぐ》われて、まだほどかれない腕《うで》の痛みを感じながら、城山はしゃくりあげた。

「もお、やだ、も、あんたなんか、きらっ……きらいだ」

子ども返りしたかのように、そんな言葉しか出てこなくなった城山の髪《かみ》を、風見の手が撫《な》でるが、少しも気持ちはやわらがなかった。

少しは尊敬して、好意も持っていただけに、なされたことへのショックが大きい。やつあたりなんて、そんなくだらない理由でここまで傷つけられた自分が、風見のなかでどれだけ軽い存在だったのか、思い知らされた気分だった。

あげく、傷心の城山に、風見はこんなことまで言う。

「けど、おまえも少しはよかっただろうが」

「いいわけ、ね……だろ！　い、いきなりこんなもん、入れてっ」

「この程度のプレイ、たいしたことねえだろが」

「たいしたことだよ！　なんで俺が尻掘《しりほ》られなきゃなんねえんだよっ」

まだ腕を縛《しば》られたままだ。早くほどけと睨みながらわめくと、風見は目を瞠《みは》った。

「まさかバックバージンか？　おまえ」

あまりにも意外そうに言われて、城山はかっとなる。

いままで男を相手にしたことがあるとは言っても、すべて城山が抱《だ》く役割だった。身長もあるし体格もさしてきゃしゃとは言いがたい。たしかに風見よりは小さいかもしれないが、はっきり言ってこの男は日本人としてはいささか規格外なのだ。

「ネコなんかやったことあるかっ。見りゃわかるだろ！」

「いや。充分《じゅうぶん》素質はあると思うけどな。ケツでいけただろ、晃司」

「……ふざけんなーっ！」

図星だけに失礼極《きわ》まりない発言に真っ赤になる。ほどかれた片脚をじたばたさせ、どうにか蹴《け》ろうとしたらあっさり避《よ》けられる。この野郎《やろう》と睨むと、今度は足首を掴《つか》まれた。

「そのぶんじゃ、ミハルには食われてなかったようだな」

「なんだよ、それ。なんでここでミハルの名前が出るんだ」

城山はどういう意味だと怪訝《けげん》な顔をする。おかしそうに笑いながら、「知らなかったのか」と風見は言った。

「あいつはどっちもいけるが、基本は自分より体格のいい男泣かしたいってタイプだぞ」

「うえ、うそっ」

「Mっぽく振《ふ》る舞《ま》っちゃいるがな。完全にイっちまったあと、豹変《ひょうへん》して、やられたこと全部やり返そうとしやがる。俺は丁重《ていちょう》にお断りしたが、今後も遊ぶなら気をつけな」

知らなかったと城山は呆然《ぼうぜん》となる。だが、かつてミハルはこんなことを言っていた。

――ぼくとは相性《あいしょう》悪かったんだよね。えらそうなやつ、きらいだもん。

――弱ってる晃司は、かわいいね。……抱いてあげようか？

被虐《ひぎゃく》体質なのに風見のようなタイプと相性が悪いというのが、どうにも解《げ》せなかった。だがそれが、逆転を狙《ねら》っていたとするなら、たしかにわかる。そしてあの『抱く』という言葉の意味は、慰めの抱擁《ほうよう》やなにかではなく、要するに。

「お、俺、ミハルにそんなことされたことない……」

さあっと青ざめた城山がかぶりを振ると、風見はあっさりとうなずいた。

「みたいだな。まあ、あいつなりに晃司に関しては、大事にしてるふうだったから」

肯定《こうてい》されると、言葉につまる。それについては少しだけ自覚はあるからだ。ただの遊び相手というより、もう少し深いなにかをミハルは自分にくれていた。気づかないふりをする城山の心をそのまま、彼曰《いわ》く『ママのように』大事にしてくれていたのだ。

（……って、いまそんなことでナイーブになってる場合じゃねえって！）

うっかり話に流されかけ、よけい憤懣《ふんまん》やるかたない城山は、暴れながら文句を言い続けた。

「だ……だいたいなあっ、そんなことどうでもいいだろ！　俺にしたこともたいがいだけど、テッとヒバナに変なもん見せるなよっ」

あまりのことにうっかり失念していたが、心やさしい犬たちは、飼い主と世話係の激しい言い争いを心配そうに部屋の隅《すみ》で見守っている。思い出した羞恥《しゅうち》に全身を染めた城山が怒鳴ると、風見はおかしそうに喉奥で笑った。

「おまえの怒《いか》りポイントは、そこか？」

「あたりまえだろ、可哀想《かわいそう》だろっ、こんなえぐいもん見せたら……っ」

あのきれいで純粋《じゅんすい》な目の前で悶《もだ》えることが、どれだけ恥《は》ずかしいと思っているのだ。無神経というのはこの男のためにある言葉だと、城山は脳が沸騰《ふっとう》しそうな怒りのなかで思う。

「犬だぞ。あいつらがわけわかってると思えないが」

「俺が！　恥ずかしいんだ！　誤解が解けたならさっさと離《はな》せっ」

「ああ、まあ、いいけどな」

なにかを考えこむ男は、みずから縛ったロープをほどく手を止めてしまう。早くしろ、と身をよじって、まだ止まらない涙を散らしながら、城山は叫《さけ》ぶ。

「ちくしょう……帰ったら訴《うった》えてやるっ」

「訴えるって、なにをだ」

「あんたのやったことは、立派な監禁《かんきん》暴行だろ！」

自覚もないのかと睨《にら》みつけるが、風見はこたえた様子もなく、おもしろそうににやにやとしているばかりだ。

「その場合には、おまえが尻《しり》で何度もいきました、って証言するわけか？」

「うるせえよ、そんくらいの恥《はじ》がなんだよ。こんだけされりゃ、誰《だれ》だっておかしくなるだろ」

弱みにつけこもうとしても無駄《むだ》だ。この際、かく恥がどうであれ、風見に一矢報《いっしむく》いなければ気がすまない。射殺しそうな視線で睨《ね》めつけていると、風見は喉奥で笑った。

「訴訟《そしょう》は困るな。いろいろ、外聞が悪い」

「ふあっ⁉」

困る、などと言いながら、言葉と裏腹の表情をした男は、城山の脚を大きく割った。そして、さんざん機械で綻《ほころ》ばされ、充血《じゅうけつ》してむずがゆいそこに、ひんやりしたなにかを纏《まと》う指が入ってきた。

「あ、なに、して……っ」

「ちょっと腫《は》れたな。薬塗《ぬ》ってやってるだけだ、気にすんな」

ひりついた粘膜《ねんまく》をなだめる冷たさに、ほっとするような息が漏れる。だが、風見の指は薬を塗りつけるにしては、ひどく執拗《しつよう》な気がした。

「な、それ……ほんとに、薬？」

「別にやばいもんは入ってねえけど。少し刺激《しげき》が強かったか」

そのひとことに、薬は薬でも、ろくでもない薬なのではないかという考えが頭をもたげる。おまけに塗りつけられた最初はひんやりとしたのに、途中《とちゅう》でいきなり、かっと燃えるようにそこが熱くなった。

（うそだろ、なに塗ったんだこいつ⁉）

ちょっと待て、と言おうにもうまく舌がまわらず、城山は呆然とあえぐ羽目になる。

「ちょ、なっ……いやだ、あっ……あっ……！」

「……おい、ほんとに初物か？　よさそうな顔しやがって」

「ああん！」

くり、と指が動いた瞬間、城山は自分でも信じられないような声をあげた。軽く目を瞠った風見はそのままたしかめるように指を動かし続け、いやだと言ってもやめてくれない。

「もお、やあ……っ、もう、もうっ、なんか、かゆいっ」

「……掻《か》いてほしいか？」

「あー……！　かゆ、かゆいっ」

むずむずするところをゆっくり指の腹に撫でられ、もっと刺激が欲しいと腰《こし》が揺《ゆ》れる。なんでもいいからもう、いかせてくれと恥もなく身悶《みもだ》えていると、しばし無言だった風見がとんでもないことを言った。

「ああ、悪い。なんか俺もちょっと催《もよお》したな」

「へっ……え？」

「おまえも半端《はんぱ》だろ、こんなんじゃ。悪かったな」

「ひ……い、いやだ、や、いや！」

言いざま、性器に押し当てられた小さな機械のスイッチをまた入れられて城山は悲鳴をあげる。いったいなぜ、もう終わりじゃないのかと涙目《なみだめ》で見あげたさき、風見が酷薄《こくはく》な笑《え》みを浮《う》かべていた。

「楽にしてほしけりゃ、うしろに入れて、っておねだりしてみろ」

「な……なにを……あっ、あ？　やだ、動かすなっ」

入れてってなにを。もうろうとしたままの頭では理解しきれずに、ぐすりと洟《はな》をすって城山は問いかける。わかるのは、風見がどうやらもう怒っていないらしいということだ。

「晃司、イイコトしてって言ってみな……？」

汗《あせ》に湿《しめ》った髪《かみ》を大きな手がゆっくり梳《す》いていく。風見が機嫌《きげん》のいいときだけ発する笑いを含《ふく》んだ声が、なぜここで出るのかわからない。なにより、あんなひどいことをしたくせに、どうしてこんなにやさしく髪を撫《な》でてくるのかもわからない。

ただ、暴虐《ぼうぎゃく》を与《あた》えた大きな手のひらは、こうして触《ふ》れられると怖《こわ》いくらいに心地《ここち》よかった。さんざんいじめられて怖くて、なんでもいいから、やさしくされたかったのかもしれない。

理由はわからないけれど、気づけば城山は口元の唾液《だえき》や頬《ほお》を拭《ぬぐ》ってくれる手に委《ゆだ》ね、静かに目を閉じていた。

こめかみを、さきほどのように強く押さえるのではなく、やわらかく撫でられる、ほっと息をついたとたん、下唇《したくちびる》を彼の親指が引っかけ、たわめるようにしてさらに口を開かされた。

このときの城山は、これからなにをされるのか、おそらくわかっていたと思う。それでも、抗《あらが》う気にはなれないままぐったりと力を抜《ぬ》いていると、首のうしろに手を添《そ》えられた。

（うあ、すげえ、上手……）

はじめて受けとめた風見のキスは、意外なことに獰猛《どうもう》さのかけらもなかった。むしろふんわりと甘やかすような口づけをされて、耳のあたりが熱くなるのがわかった。

「……んん」

やさしく吸われて、まださきほどの余韻《よいん》が抜けない身体《からだ》が疼《うず》く。漏《も》れた喉声にくすりと笑われる。また上機嫌《じょうきげん》だ、いったいどういうことだと思いながら、城山はじっとおとなしかった。

（なに、許してんの、俺）

腰の奥に入りこんだ指は、まだ意地悪く動いているのに。腹の奥から快楽を引きずり出そうとする手つきがひどく悪いものだと、知っているのに。

「んっんっ、ん！」

くちゅくちゅと音を立て、甘やかすように舌を吸われて、たしかに感じた。きゅう、と風見の指を締《し》めつけるのが自分でもわかって、恥ずかしさに思わず顔を逸《そ》らすと、喉奥で笑いながら風見が耳にキスを落とした。

ぼんやりと混乱し、靄《もや》のかかったような意識のなか、風見の発したコマンドが聞こえた。

「テツ、ヒバナ。ハウスだ、向こうにいってろ」

きゅうん、わふん、と犬たちの心配そうな声がした。だが、風見の発した「ハウス」の声に、彼らは従って出ていく。そのことにいちばんほっとして、息をついたとたんに大きくしゃくりあげてしまった。

「これでいいんだろ。もう、あいつらはいねぇよ」

「……うん、いい」

うなずきながら、たったいま吸われてもてあそばれた舌の疼きが甘くて、どうかしていると思った。

（俺、なんで安心してんだろう）

あまりにも怖いめに遭《あ》わされて、どこかおかしくなったらしい。そうじゃなかったら、重なってくる唇《くちびる》を受け入れるわけなどない。叫びすぎて乾《かわ》いた口のなかを撫でる舌を、噛《か》むのではなく吸って、硬《かた》い腿《もも》にこすられる性器を揺すったりするわけがない。

「楽になりたいんだろう。言え、早く」

耳に吹《ふ》きこまれる声のざらりとしたいやらしさは、性感をそのまま揺さぶってくる。まるで悪魔《あくま》のような誘惑《ゆうわく》の声だ。どろどろに溶《と》かしてやるから、さっさと屈服《くっぷく》しろと告げるその言葉に、城山はついに負けた。

「い……こと、して」

催眠術《さいみんじゅつ》にでもかかったかのように、さきほど教えられた言葉をおうむがえしにした。そうするのがこのときは、いちばん正しい気がしていた。そして事実、いままでいちばん気持ちのいいやりかたで、長い指に唇をやさしくいじられた。

「かわいがってやるよ。楽にしてろ」

ぎしりとベッドが鳴り、本格的に身体のうえに乗りあがられた。長い脚《あし》でまたがられ、風見の纏《まと》ったレザーパンツが過敏《かびん》な脇腹《わきばら》をかすめてびくっとすると、もう一度長いキスが与えられた。

「ん……ふ」

風見のキスはやはり、じん、と首筋が痺《しび》れるほどに、うまかった。

くちゅ、くちゅ、と甘い音を立てて口腔《こうこう》を舐《な》められるだけで、脳まで痺れる。じん、と腰の奥が疼くような口づけに抵抗《ていこう》はあまり感じない。

(俺、ほんとにやられんのかな)

ぼんやりと考えて、けれど風見ならしょうがないのかなとも思った。なにがしょうがないのか自分でもよくわからないが、とにかくこの男だからしかたない、そんなあきらめが胸にある。

たぶん、さっきよりもっとずっと、めちゃくちゃにされるんだろう。それについてはもう、受け入れたことだししかたない。だが、せめてその前にと城山はせがんだ。

「も……手、痛い……いた……とって……」

「やだね。おまえ、それ取ったら殴《なぐ》るだろ」

そんな体力も気力ももう残っていないと城山はかぶりを振《ふ》った。

「しなっ……しない、から、とってくれ……」

暴虐の限りを尽《つ》くした相手に甘ったれて泣くしかない、この状況《じょうきょう》が信じがたいと思う。けれ

ど、尻を延々犯《おか》され続けて逃《に》げられずにいる城山には、楽になる方法はそれしかなかった。

「じゃあ、入れてくださいってお願いしな。そしたら取ってやる」

「いれ……て、くら、さい……っ」

涙と汗と唾液でべとべとになった顔は、きっとみっともなく歪《ゆが》んでいる。それを思いがけずやわらかい手つきで拭って、腕をほどかれた城山の脚《あし》が抱《かか》えあげられた。

(あ、やっぱ、やられんだ)

もういっそ、さっさとしてほしい。これで楽になれるのならかまわない。そのときまではたしかに、城山はそう思っていた。

尻の奥に、あまりに強烈《きょうれつ》な圧迫感《あっぱくかん》を覚えるまでは。

「——!? ちょ、ちょっと、待って、待てって!」

反射的にのしかかってくる男を押し返したのは、防衛本能だっただろう。ぎらついた目を隠《かく》しもせず睨《にら》んでくる風見は怖かったが、それ以上に怖いものがあるいま、かまっていられない。

「なしったって聞かねえぞ」

「や、だ、だって。なに……それ……」

思わずまじまじと見てしまったのは、風見の股間《こかん》だ。押し当てられたその凶悪《きょうあく》なものの質量に気づいて、ざっと青ざめる。なにか、見たこともないようなものが、自分のもろい部分に触れているのを知り、城山は真っ青になった。

「なんだよ、いまさら。いれろっつっただろ。楽にしてやるって」

「嘘《うそ》だ、楽になるわけねえじゃん！　それさっきのバイブなんかより、ぜんっぜんでけえじゃんかよお……！」

悪趣味《あくしゅみ》なことに、装着したゴムの色は黒。そのせいかさらにえげつなさを増した風見自身は、凶器《きょうき》のようにしか思えなかった。

「やだ、そんなん入れたら裂《さ》ける、俺死んじゃう！」

「こんだけゆるんでりゃ楽に入る。身がまえんな」

「ばか、ばか言うなよ、やだ、やっ」

大変根拠《こんきょ》のない言いざまで適当に請《う》けあった風見は、暴れる城山などものともせずに両脚をひょいと抱えこんだ。身長が一八〇センチ近い自分の身体をこうまであっさり扱《あつか》われることに本当に驚《おどろ》いてしまい、城山の抵抗はどうにも鈍《にぶ》い。

「晃司、いい子にしてりゃよくしてやるから、観念して犯されろ」

「いやだ、怖《こわ》いよ、こわ……っ。や、やめよう、やっぱやめようってっ」

「うるせえ、やるっつったらやんだよ。息吐《は》けよ」

「いや、やだ、や、ま……っあ、あぁあ……ん！」

吐き捨てるような言いざまのあと、城山が暴れるより早く、風見が腰《こし》を押しこんできた。待て、と言いかけた唇はそのまま硬直《こうちょく》し、卑猥《ひわい》に尾《お》を引く悲鳴に変わる。

（うそだ……入れられた……あんな、あんなの）

ずん、と腹の奥に感じる強烈なそれは、理解しがたいものがある。そして風見の言うとおり、長時間にわたっていじられ続けたそこはすっかり麻痺《まひ》してほころびきり、男の硬いそれを難なく受け入れてしまったことが、なによりも城山にはショックだった。

「あー……んだよ、ずるずるじゃねえか」

「ひ、あ、ああ！」

腰を掴《つか》んで軽く揺《ゆ》さぶられると、ぬちっという、粘液《ねんえき》の隙間《すきま》にある気泡《きほう》が潰《つぶ》れたような音と感触《かんしょく》があった。そんなささいなものさえ感じ取れてしまう敏感《びんかん》な粘膜《ねんまく》に、これからどういう痛みが与《あた》えられるのだろう。

（もうだめだ、やり殺されるんだ、きっと）

恐怖《きょうふ》と混乱に、胸が高鳴りすぎて痛かった。どきどき、なんてものじゃない。どきーん、どきーんと、心臓がポンプのように大きく膨《ふく》らんでは縮み、噴《ふ》きだすように一気に血を流すのがわかるくらい、派手に動いた。こんなに鼓動《こどう》が激しくては、本当に身体《からだ》が病気になるんじゃないかと、そんなふうにさえ思った。

「ひぃ……っく」

ぼろぼろと涙《なみだ》を落としながら強烈な存在感を訴《うった》えるそれにじっと耐《た》えていると、意外なことに風見はすぐに揺さぶったりはしなかった。涙でぐちゃぐちゃになった頬《ほお》をゆっくりと撫《な》で、額に浮《う》いた汗《あせ》を手のひらで拭《ぬぐ》って、軽く手の甲《こう》で首筋を撫でる。

「息しろ、ほら。そんなにしてっと明日、腹筋痛くなるぞ」

「かは、は、……でき、なっ、……いやだあ……！」

そんなでかいので突《つ》かれて、無茶を言うなと怒鳴《どな》りたかった。けれど口にできたのは弱々しい哀願《あいがん》混じりの泣き声だけ。ゆさゆさと揺すぶられるたびに「あっあっ」とあえぐ羽目になり、城山は自分の喉《のど》から溢《あふ》れるやたらかわいらしい声にも目を回した。

「も……ごかな……動かない、で、くださいぃ……っあ、あ、あん！」

「ばか、動かなきゃ終わるもんも終わらねえだろ。それとも、おまえがケツ振っていかせてくれんのか？」

「そんな、できるわけなっ……あ、もう、やっ、怖い、怖いっ」

「よくしてやるから、そう泣くな。つうか、さっきからダラダラじゃねえかよ」

性器を撫でられて、ぬるっとしたのはローションのせいでもなんでもない。いきそびれたそこがずっと、漏《も》らすみたいに体液をあふれさせていたからだ。先端《せんたん》を拭った風見が、粘《ねば》りを教えるように目の前で指をこすりあわせて開く。糸を引く粘液に目を瞠《みは》ると、くっと笑った男がそれを、見せつけるように口に含《ふく》んだ。

「あとでこうしてしゃぶってやる。怖がらせた詫《わ》びだ」

「いやだ、やだっ、いらないっ」

赤い舌が唇《くちびる》と指を舐めるモーション、そのあまりのいやらしさに、腰の奥がずんと痺れた。

それを見透《みす》かしたように大きなものを動かされ、嗄《か》れた喉からは絶叫《ぜっきょう》がほとばしる。

「うあっ、あああ！」

「あんまり暴れるな。……またローター使われたいか」

「ひ……い……や……」

いやいや、と城山はかぶりを振り、子どものように洟《はな》をすすって「許してください」と繰《く》り返した。ろれつももうまわらず、言葉のおぼつかない幼児のような発音になる。

それくらい、怖かった。風見が入っているだけでもいろんな意味で容量オーバーなのに、これ以上あの淫《みだ》らな道具まで使われたら、本当にどうにかなってしまう。

「も、らめ……ひっ、ゆるひ、て」

意地も張れず、城山はしゃくりあげて懇願《こんがん》するしかなかった。

「んだよ。もう舌まわんねえのか。まあ、アホっぽくてエロいけどな」

喉奥で笑った風見は、しゃくりあげる城山の頬を舐《な》め、喉を噛《か》んでさらに腰を揺り動かす。

激しいグラインドに、力の抜《ぬ》けた城山の首はぐらぐらと揺れ、シーツに長い髪が散った。

「もう、ごめ、ごめんらさい、あひっ、ひ、う……っ」

「謝ってもやめてやんねえよ。ってかケツそんな締《し》めながら腰振《こしふ》って、なにがごめんだ」

「いやぁ、やだああっ、あっあ！」

言いざま、ぱんと音を立てて奥に突き入れられ、そのまま思いきりなかをかき回された。いままで自分が誰《だれ》かにそうしたことはあっても、されたことなどない城山の処女地は、なかに含まされたあらゆる粘液を泡立《あわだ》て、淫猥《いんわい》な音を立てている。

（ああもうだめ、すげえ、なんだこれ、すげえすげえ、死ぬっ）

びくびくと痙攣《けいれん》した城山は悲鳴じみた声をあげてシーツを摑み、どうにか逃《のが》れようと身をよじる。最初に縛《しば》られていたせいか、目の前の——正確には身体のうえにある男にしがみつくとが、城山にはできない。押しこまれるたびに腰をずりあげようと必死になるけれど、風見の力はひどく強い。

「逃げんな、ばか。ほら」

「あう！」

指が白くなるほどの力で摑んだ布から引き剝《は》がされ、強引《ごういん》に広い背中へ腕《うで》をまわされた。すがりたくなんかないのに、恐慌《きょうこう》のあまり目の前にあるたくましいなにかにしがみつき、揺さぶられるしかできなくなる。

「爪立《つめた》てんな、いてえよ」

「やだ、怖い、怖い、こわ……あっ」

自分の身体がこねまわされて、風見の好きな形に折り曲げられ、たたまれ、拡《ひろ》げられて丸められる。そんな錯覚《さっかく》に陥《おちい》った城山は、呻《うめ》きながら身悶《みもだ》えた。

「ひっ……ひっ……」

もう声も出なくなり、ぐらぐらする視界で残酷《ざんこく》な男を見ると、ひどくやさしく口づけられる。その甘さにすがるようにキスに応《こた》えると、なかにあるものがぐうっとまた膨らんだ。

「も、腹やぶ、やぶれる……っ」

「破れねえよ、ちゃんととろんとろんだ。いい子だな、奥までよく飲んでる」

どうしてか声までもやさしく聞こえ、上目にじっと見ると目尻《めじり》を舐められた。そのままゆったりかきまわされると、脳までじんと痺《しび》れるような快楽がある。

「もうやだ、もういくっ、いくっ！」

「ああ、いけいけ。出しちまえ」

ひどく情のない言いざまで奥を抉《えぐ》られ、濡《ぬ》れたそれを揉《も》みしだかれる。悲鳴をあげて城山は腰を跳《は》ねあげた。最低だと睨《にら》んだけれど、涙目のそれは風見を喜ばせただけだった。

「いい顔だ、こっち向いてろよ。しっかりイキ顔覚えてやる」

「ばか！　あほ！　最低、さいてっ……死ね、ああ、し……っ！」

罵倒《ばとう》を投げつけたとたん、いちばん感じるところを的確に抉られ、言葉が途切《とぎ》れた。

そして最悪なことに、いつのまにやら罵《ののし》りは、「死んじゃうよ」という甘えたあえぎにすり替《か》わり——殴《なぐ》りつけていたはずの広い背中にしがみついて、甘い声をあげさせられた。

たぶん、正気でいたら耐えられるものではない、とんでもなくいやらしく動く指のなかで、城山は射精し、飛んだ。

＊　＊　＊

ベッドの軋《きし》みが聞こえなくなり、荒《あら》かった呼吸が徐々《じょじょ》におさまっていくと、部屋のなかは沈《ちん》黙《もく》に包まれた。

ようやく終わった、というのが、城山のいちばんの感想だった。しばしば意識を飛ばしていたが、目を開けるたびに挿入《そうにゅう》されたものを動かされている、という状況《じょうきょう》が、何度も続いていたからだ。

長い、長い時間をかけて貪《むさぼ》りつくされた。体内に射精されたあと、宣言どおり風見は城山のそれを口にくわえ強引に高ぶらせ、体位を変えてまた挿入してきた。そのころにはもう、抗《あらが》う力など根こそぎ奪《うば》われてしまって、うつぶせになったり横に向けられたりと、力強い腕にころころ転がされるまま揺《ゆ》さぶられ続けた。

(喉、痛い)

あえぎすぎたせいで、気管と肺のあたりにまで痛みを覚えている。腰《こし》の奥はいわずもがな、爛《ただ》れたようにむずがゆい。いまは全身の感覚が麻痺《まひ》している感じがするが、明日のことを思うとひどくおそろしかった。

「死にそうなツラだな」

「……俺はあんたをぶっ殺してえ……」

風見を罵る声も力ない。うっかりよがらされたあげくのかすれ声が、抵抗《ていこう》するにもむなしさを覚えさせるばかりだ。

「触《さわ》るなっ」

「そんなへろへろした拳《こぶし》が当たるか」

ぽんと頭に手をおかれ、殴ってやりたいと腕を振《ふ》り回しても無駄《むだ》だった。くわえ煙草《たばこ》の口元を歪《ゆが》めて笑う風見はいままでになく上機嫌《じょうきげん》のままで、もうどうしてくれようかと思う。

(なんでこんなことになってんだ、ちくしょう)

いまさら自分は男だとか、貞操《ていそう》がどうとか言うつもりもない。そういう意味での城山のモラルは、ある種麻痺しているところもあるし、他人に言えた義理ではない。

けれど無理やりというのはあんまりにも、流儀《りゅうぎ》に反すると思う。

――怠惰《たいだ》なやつには怠惰な結果しか伴《ともな》わないし、それ相応の扱《あつか》いしか受けないんだ。

風見はかつて、そんなことを言った。

ならばこの状態が、相応の扱いだとでも言うのか。縛られた痕《あと》の残る、痺れた手首をさすりながら、どうしようもない惨《みじ》めさに城山はうちひしがれる。

「なんなんだよ。なんでここまですんの」

「さっき、その話はしただろうが」

「俺は納得《なっとく》しきれてねえよ」

なんにつけ説明するのを億劫《おっくう》がる男は、そんな返事で終わらせようとする。起きあがるにはまだつらい城山は、髪や肩《かた》に触《ふ》れてくる手を振り払《はら》いながら睨みつけた。

「なあ、もう少しまともに説明してくれよ。俺、あんなんじゃ納得できねえよ。アサミさんは、あんたのなんだったんだよ？　オフィスアイバが、なんだっての」

どうせまだしばらくは、起きあがることもできない。だったらせめて釈明《しゃくめい》くらいはしてくれとせがむと、風見は面倒《めんどう》そうにしつつも、口を開いた。

「オフィスアイバは家具卸業者《おろしぎょうしゃ》でな、俺のクライアントのひとつなんだよ。浅見の旦那《だんな》が社長で、あいつは営業。つっても俺の担当じゃなく、打ち合わせであっちに出向いて顔をあわせた程度だ。それがたまたま、プライベートの遊び場がかぶった程度で『運命だ』ときやがった。なんの電波受信してんだよ、あいつは」

「運命……？」

本当にいやそうに風見は唇《くちびる》を歪めるが、城山もまた、さすがにその発言には引いた。

「それからずっとろこつなモーションかけられて、ふってもふってもめげやしねえ。用もないくせに打ち合わせだなんだと呼び出しかけてきやがる。おかげでろくに工場にも入れねえ」

「バイト、なかったのは、それじゃあ」

「あの女に邪魔《じゃま》されて、仕事に入れなかっただけだ」

女を剝《む》きだしにしたような彼女は、風見にとっては本当なら、あまり相手にしたいタイプではないらしい。仕事相手との距離感《きょりかん》も摑《つか》めないようなわきまえのなさが厄介《やっかい》だとは思っていたが、ああまで面倒とは思わなかったと彼は吐《は》き捨《す》てた。

「まあそんなわけで、あいつには辟易《へきえき》してたんだが……しまいには、寝《ね》てくれなきゃ仕事を切ってやると言い出したんで、それでけっこうだと言ってやった。大手の会社だかなんだか知らないが、枕営業《まくらえいぎょう》する気はないからな」

「とか言って、ほんとは一回くらい、やったんじゃねえの」

「してねえ。向こうから来るものは基本拒《こば》む気はないけどな、ああいう、粘着さが目にあまると見てわかるやばいタイプは、のちのち面倒だろうが。……ああ、おまえは見てわかんなかったんだっけな？」

一矢報《いっしむく》いるつもりの言葉は、逆手にとられた。城山がぐっと唇を嚙《か》むと、くわえ煙草でにやにや笑う男が目を眇《すが》める。

「ほかにも、あいつ絡《がら》みでちょっとややこしいことが起きてたし、俺としちゃ、あまり関《かか》わりたくなかったんだ。そんなこんなでいいかげんうんざりして、上のやつに進言するかと迷ってたとこに、晃司がストークしてきたんだとか、それが俺のせいだとか言ってくる。いくらなんでもキレんだろ」

仕事絡みのおかげで、つきまとう彼女を振り切れずにいた。けれど、脅《おど》しめいたことまで言われて、オフィスアイバとのつきあいを続ける必要も感じず、また浅見の言うことを聞く筋合いはどこにもない。

嫌悪《けんお》もあらわに語る風見の言葉は、たしかにそうだろうと思う。だが、話がおかしいじゃないかと城山は眉《まゆ》をひそめた。

「だから、なんでそこで俺だとか、あんたのせいになるんだよ。俺がアサミさんに逆ナンされたんであって、こっちがコナかけたわけじゃねえし」

どうしてここで自分にとばっちりが来るのか、少しもわからない。むっつりと言い放つと、風見もまた同じくらい機嫌《きげん》の悪い顔で睨んでくる。

「浅見が言うには、そもそもおまえがミハルをちゃんと捕《つか》まえておかないから、自分が袖《そで》にされたんだそうだ」

まだ名前も知らず、顔だけをあわせたあの夜のことを引き合いに出され、城山は目を剝いた。

「ちょっと待てよ、どこまで遡《さかのぼ》って恨《うら》まれてんだよ、俺⁉　つうか、なんなのその理屈《りくつ》」

「俺が知るか。ともかく、むかついたから引っかけてやろうと思ったんだそうだ。で、まあ、俺の知りあいだから油断してたのに、会社に――まあつまり旦那にちくるなんて最悪だとまくし立てて来たんだ」

口にする風見自身も、言葉のとおりうんざりしているらしい。不遜《ふそん》な声はいささか疲《つか》れた色が濃《こ》かった。

「あんまりしつこくて鬱陶《うっとう》しいから、始末はつけるから黙《だま》れとは言ってやったが」

「始末ってそれは、だから——」

「だが考えてみりゃ、おまえと浅見のことで、なんで俺がそんな真似《まね》しなきゃならない？」

アサミの発言は嘘《うそ》ばかりだし、言いがかりにもほどがあると城山が言う前に、煙草をもみ消しながら風見は不遜に言い捨てる。

「俺が晃司にバイトを頼《たの》んだのは、忙《いそが》しいからだ。それが、オフィスアイバの急ぎ仕事を突《つ》っこまれた状況で、バイトのおまえの不始末をなんで俺が尻《しり》ぬぐいしなきゃなんねえのかと思ったら、むかついてしょうがなかったんでな」

「そりゃそうかもしんないけど！　なんでいきなりこれなんだよ!?」

風見の憤《いきどお》りもわからないではない。だがいくらなんでも、この仕打ちはあんまりだ。こんな手間暇《てまひま》をかけるくらいなら、『アサミとはどんな関係だ』と問えばいいだけの話ではないのか。

「だいたい、俺が疑わしいってんなら、さきに質問するなり確認《かくにん》するなり、すりゃいいだろ！」

かすれた声で城山はなじる。少しはばつの悪い顔をするかと思いきや、煙草をくわえた風見はややあって、信じられないことを言った。

「ああ、なるほどな。それもそうか。訊《き》けばよかったな、さきに」

思いつきもしなかったと言う風見に対し、城山はさすがに、一瞬呆《ほう》けてしまう。

「……あんた、ばかなのかっ⁉」

「この件に関してはまあ、そう認めてやってもいいが」

怒鳴《どな》るまでに間が空いたのは、目の前の男がいっそ宇宙人かなにかじゃないかと思ったからだ。そして怒鳴りつけたところで、ぷかりと煙《けむり》を吐き出す風見は、鷹揚《おうよう》な気配さえ漂《ただよ》わせてうなずくばかりなのが、信じられない。

いっそ毒気を抜《ぬ》かれてしまって、城山は全裸《ぜんら》のままがっくりとうなだれる。

「思いつかなかったって、どうかしてんだろあんた。それで、こんな変な仕込みするほうが信じらんねえよ。ご大層に俺の誕生日狙《ねら》いやがって」

戸惑《とまど》いつつも少しは嬉《うれ》しかったのに、そのすべてが罠《わな》かと思えばさすがに胸が痛い。厚意だとか、ひとを嬉しがらせるサプライズだとか、そういうものを逆手に取るやりかたなんて、あんまりだと思う。

もう軽蔑《けいべつ》してやる、そう口にしようとしたら、風見はまたあっさりと言うのだ。

「狙ってやったわけじゃねえよ。料理はもともと予約してたし」

「……は？」

「そこにかぶって、浅見の件が耳に入ったからな。せっかくひとが祝ってやろうとしてんのに、面倒ごと持ち込みやがってと思って、むかついた」

苦い顔で吐き捨てる風見に、城山は絶句した。なにか、考えていたのと少し違《ちが》うことを言われたのはわかったのだが、意味がまだ理解できない。

それではまるで風見が、城山のことを特別にかわいがっていて、なのに裏切られたのだと怒《おこ》っているかのようではないか。

(嘘、待て。なんで赤くなんだ、俺)

こんなひどい屈辱《くつじょく》を与《あた》えられて、なにを嬉しがっているのだ。うつむいて顔を隠《かく》そうとしたのに、いやなことばかりめざとい男は案の定、覗《のぞ》きこんでくる。

「なに赤くなってんだよ」

「……うるせえよ!」

「うるせえのはおまえだよ。ひでえ声でわめくな、もっと喉《のど》痛くなるぞ」

誰《だれ》のせいだと睨《にら》むより早く、ぐいと顎《あご》が摑まれた。さきほどきつく摑まれたせいで痕《あと》の残るこめかみをやわらかく撫《な》でられ、反射的に開いた口になにかが放りこまれる。反射的に口を閉じると、まるいものが舌のうえを転がった。

「な、なに?」

「喉飴《のどあめ》。少しはマシになんだろ」

目を丸くして、城山はレモン風味の飴を舐《な》める。痛みの強い喉に甘く滲《し》みて、小さく咳《せ》きこんだあと、こんなことでほだされないぞと腹に力をこめた。

「話は、少しはわかった。でも俺にここまでする理由には、やっぱり、なってないと、思う」

事情は知れたが、やはり納得《なっとく》のいくものではなかった。そう思ってなじっても、風見はどこ吹《ふ》く風だ。

「やつあたりに理由、いんのか？」

「やつあたる前に考えろっての！　そもそもアサミさん、言ってることめちゃくちゃじゃん。脅迫《きょうはく》だのなんだのが狂言《きょうげん》だと思わなかったのかよ」

まだ浅いつきあいながら、風見に頼まれたアルバイトもきちんとこなしてきたつもりだ。そのうえ知人である上村に紹介《しょうかい》された自分より、電波とまで言いきった女の言動を信じたのか。

そのことがもっとも不愉快《ふゆかい》だと城山が訴《うった》えると、風見は言う。

「まあ、考えなくはなかった」

「じゃあなんで、ウラ取る前にこれなんだっ。仕事絡みだって言ったじゃねえか、穏便《おんびん》に始末する方法を、大人なら考えろよ！」

「なんでって。言ってるだろうが、いちいちおまえ呼び出して事情訊いてそれ浅見に伝えて、そんなまどろっこしいことやるのは面倒《めんどう》くせえんだよ」

「め……面倒って……」

だったら睡眠薬《すいみんやく》を仕込んでひとを縛《しば》りあげるのは面倒ではないのか。突っこんでやりたいけれど、あまりに堂々と言いきられて、城山は開いた口がふさがらない。

「どうせアイバは切るつもりだったしな、だったら憂《う》さ晴らしして気が晴れたら、浅見なんざほったらかしたって、俺はかまわない」

もう本当に、誰かこの男をどうにかしてくれ。道理をねじ伏《ふ》せるむちゃくちゃな風見理論に、荒淫《こういん》にくたびれ果てた身体《からだ》がよけいに重くなった気がして、ぐったりと城山は呻《うめ》いた。

「百歩譲《ゆず》って、やつあたりなのはわかったよ。それで監禁《かんきん》暴行で憂さ晴らしでもいいよ。……でも、それはともかく、あんたが突っこむことはないだろう」

「しょうがねえだろ、勃起《ぼっき》したもんは突っこまなきゃおさまりつかねえよ」

なにを言ってもけろりとしたもので、頭を抱《かか》えたくなる。もういやだ、こんな常識や羞恥心《しゅうちしん》のない人間になにを言っても無駄《むだ》なのだと、城山はうなだれた。

「趣味《しゅみ》じゃないって言ったくせに」

「あいにく、人間の趣味なんか変わるもんだ。初物にしちゃ、うまかった」

ちらりと視線を流されたのは、痺《しび》れて動けない腰《こし》のあたりだ。ぞくっとするような目つきに、城山はあわてて上掛《うわが》けをたぐりよせ、身体に巻きつける。そのあたふたとした反応に、風見はふっと笑った。初々《ういうい》しいもんだ、と語る表情に、城山は精一杯《せいいっぱい》のしかめ面《つら》を作る。

「まあ、これに懲《こ》りたら、遊びはもう少しうまくやれよ」

「だからなんで強姦《ごうかん》した男に説教されなきゃなんねえんだよ！」

「強姦？　違《ちが》うだろ。突っこんでくれって頼んだのはおまえだ」

強要したのはどこの誰だ。睨みつけてもまるで気にした様子もなく、風見は笑っていた。

「へ、変な薬、塗《ぬ》ったくせに……！」

「べつに変でもねえよ、ふつうの軟膏《なんこう》だ。ただちょっと、メントール成分入ってるだけで」

「そんなもん塗るな！　爛《ただ》れたらどうすんだよ！　あんたもうほんと信じられねえ！」

喉が痛いだろうと飴をくれるのに、粘膜《ねんまく》に刺激性《しげきせい》のあるものを塗りつける、その神経がわからない。もう一度、どうにか殴《なぐ》ってやろうと身を起こすとぐらぐらして、城山はベッドから落ちそうになった。

「うあっ」

「おっと。危ねえなあ。気をつけろよ」

振《ふ》りあげた腕《うで》を摑《つか》んで引き寄せられ、抱《だ》きしめるように支えられた。そのこともまた腹立たしく、くそう、ちくしょう、と城山は口のなかで罵《ののし》りを吐《は》く。

「ま、そんだけ元気がありゃ平気か。メシ残ってるけど食ってくか？」

「食うか、ばかっ！　また薬仕込まれたらたまったもんじゃねえよ！」

広い胸を突き飛ばし、なんとか自力で起きあがる。腰が砕《くだ》けそうでつらかったが、もうこれ以上こんな男に弱ったところを見せたくなかった。

身を起こして気づいたが、精液だのなんだのでどろどろになったはずの身体は、さっぱりしていた。どうやら意識がない間に、拭《ふ》いてくれたのだろう。少しも感謝する気にはなれないまま、城山は仏頂面で「服は」と問いかける。そこにある、と指で示されたさきに、ご丁寧《ていねい》にたたんである自分の衣服を見つけて、もっといやな気分になった。

（どうやって帰ろう……）

よたよたしながら服を着て、城山はこんな状態でバイクにまたがれるだろうかと不安になった。だが、愛車をまたこのうちに取りに来るなどと冗談《じょうだん》ではない。上村か誰かに電話して、迎《むか》えに来てもらい、バイクだけ移動させてもらうか——と考えていると、風見が信じられないことを言った。

「次のバイトは、来週頼《たの》む」

しばらく、意味がわからなかった。シャツのボタンをかける手を止め、城山はしばし男を凝《ぎょう》視《し》する。相変わらずにやにやと笑っている風見に、からかわれたのだと思ってまた腹が立った。

「もう来ねえよ。誰が来るか。強姦魔《ごうかんま》の家になんか」

「月曜で、時間は五時な。日程は、今回多少引っぱったんで、五日頼む。なにか予定があるなら、その間は家を空けてもいい」

「来ないっつってんだ……っ!?」

がっと歯を剝《む》いて怒鳴《どな》った、その唇《くちびる》がやわらかいものにふさがれた。逃《に》げようとあとじさる前に腰を抱かれ、さんざん吸われた唇を、ねっとりと甘く舐められる。

「……おまえは、来るんだよ」

「や……っ、いやだってっ」

耳元で命令され、ざわっと首筋が粟立《あわだ》つ。身をよじるたびに尻《しり》をきつく摑んで揉《も》まれて、もう触《さわ》るなと広い肩《かた》を叩《たた》いても、強い腕から逃げられない。

「いいな？　晃司。時間厳守で来い」

「誰が来るか！　離《はな》せ、離せって！」

絡《から》んでくる手をどうにか振り払《はら》い、突《つ》き飛ばした城山は、よろけながらも玄関《げんかん》へと急ぐ。テッとヒバナが心配そうにあとを走ってきたけれど、もうかまってやるような心の余裕《よゆう》はない。

「遅刻《ちこく》しなきゃ、またいいことしてやるよ」

「されたくねえよ、死ね、エロオヤジ！」

最中の発言を蒸《む》し返すな。追ってくる声に怒鳴り返して、靴《くつ》を引っかけた。

いっそ壊《こわ》れてしまえと叩きつけたドアの音に、風見のおかしそうな笑い声が重なり、神経を引っ搔《か》く。

本当に、最低の誕生日だった。

＊　＊　＊

消音にしてある携帯《けいたい》の液晶《えきしよう》が、ちかちかと点滅《てんめつ》する。発信者名をちらりと眺《なが》めて確認《かくにん》したあと、城山は無言で電源ごと切った。

「……ケータイでねえの?」

「でねえよ。おべんきょ中でしょ」

大教室で隣《となり》になった上村がひっそりと問いかけてくる。なにか物言いたげな友人の視線を、城山はあえて無視した。

「風見さんから、城山に連絡取れないって言われてんだけど」

「ふーん」

「あのひとがあんなにしつこいのってめずらしいんだよ。おまえなにしたの」

「なんも。話しかけんなよ。またセンセーに睨《にら》まれるだろ」

木で鼻をこくったような返答に、上村は軽く肩をすくめて口をつぐんだ。こういう態度を取っても、気分を害したふうに見せないところが上村のえらいところであり、また厄介《やっかい》なところでもある。講義が終わるなり、そそくさと大教室を出る城山の肩に手をかけ、芸能リポーターよろしくマイクの代わりに丸めたテキストをつきつけてきた。

「そんで? 城山があんなに溺愛《できあい》してたわんこに会いに行かない理由は?」

「バイト辞《や》めただけ」

「風見さん、んなこと言ってなかったけどなあ」

風見風見とうるさい。怒鳴ってやりたいと思いつつ、城山は友人を振りきって歩き出した。

「どこ行くわけ？」

「休んでたぶんのノート、藤原《ふじわら》ゼミのともだちに頼んであんだよ。あと、まだ体調悪いんだ。あんま絡むな」

風見の暴虐《ぼうぎゃく》にショックを受け、城山は数日寝《ね》こんでいた。身体のほうはなんとか起きあがれるまで持ち直したが、慣れない行為《こうい》にまだあちこちの筋肉が熱っぽい疲労《ひろう》を覚えている。

大学に顔を出したのも四日ぶりなのだが、のっけの授業で上村とはちあわせたおかげで、いまいちばん聞きたくない男の名前を連呼される羽目になり、城山はかなり疲《つか》れている。

「ノートねえ。最近すっかりまじめじゃん。遊んでもないみたいだし」

「……いろいろあったんだよ。当面、クラブとか行きたくねえ」

力なく告げると、上村はやっと黙《だま》った。その反応に、おそらく彼にも浅見どかの一件が耳に入っているのだろうと察するが、思った以上に厳しい顔をされて驚《おどろ》く。

「まあ、城山も懲りたみたいだから言うけど。しばらくマリアの、とくに六本木のほうには行かないほうがいい。どうもうさんくせえから」

「うさんくせえって、なに」

「んー……なんかVIPルーム、金握《にぎ》らされて、ドラッグパーティー見逃《みのが》してるらしいんだ。俺そういうのパスなんで、最近はステージ頼まれても断ってる」

もともと、いかがわしい行為に使われることもある奥の部屋ではあったが、違法《いほう》行為についてはむろん御法度《ごはつと》だ。風見が内装を手がけてもいる本店のほうはオーナーみずからが目を光らせているため、羽目をはずすにも限度があるようなのだが、雇《やと》われ店長のいる六本木店は秩序《ちつじょ》が崩壊《ほうかい》しかかっているらしい。

「げ……なにそれ、やべえじゃん」

夜遊びは好きだが、そんなディープなところにまで踏《ふ》みこむつもりのない城山はぞっと肩を震《ふる》わせた。だが、上村があたりをはばかるようにして続けた言葉には、冷や汗《あせ》まで流れる。

「……浅見まどか、その常連だってよ」

「マジか」

「マジ。それもあって、あの女に関《かか》わったらまずいんだ、ほんとに」

うなずいた上村の顔は真剣《しんけん》で、とにかく関わるなと念押しをされてうなずいた城山は、はっとなる。

あれからずっと、腑《ふ》に落ちないでいたなにかが、少し見えた気がした。風見がなぜ、彼女のあの支離滅裂《しりめつれつ》な言いざまを放置し、苛立《いらだ》ちのままやつあたりを城山に向けてきたのか、いくら問うても揶揄《やゆ》と皮肉の交じった物言いに煙《けむ》に巻《ま》かれたままだったけれど。

――ほかにも、あいつ絡みでちょっとややこしいことが起きてたし、俺としちゃ、あまり関わりたくなかったんだ。

――ああいう、粘着さが目にあまると見てわかるやばいタイプは、のちのち面倒《めんどう》だろうが。

風見の、呆《あき》れたような怒《いか》りまじりの声が蘇《よみがえ》り、城山は頭を抱《かか》えたくなった。

おそらく最初から風見はすべて知っていたのだろう。彼の言う『ややこしいこと』が、いま上村の口にしたやばい話に関わることだとしたら、当然だ。

そして、アサミの言動や行動原理が妙《みょう》に支離滅裂だったことにも、風見の説明がどこかあいまいなことにも、やっと納得《なっとく》がいった。

(そりゃ……ばかだって言われるよ)

むざむざと、厄介な手合いに引っかかった城山のばかさ加減にこそ、彼は腹を立てていたのだ。そのあとやったことについては正当化できることではないにせよ、危《あや》うすぎる城山にきついお灸《きゅう》のひとつも据《す》えたくなったのだろう。

「あーもう、俺、最悪だほんとに」

「まあ、しばらくはおとなしく勉学に励《はげ》めよ」

「そうするよ……うあー」

髪《かみ》を掻きむしって唸《うな》った城山に、上村もしたり顔でうなずいた。しかし、地の底まで落ちこんだ城山の顔を覗《のぞ》きこむ友人は、少しだけ表情をやわらげる。

「でもおまえ、前よりはマシな顔ね」

「……ん?」

「一時期、笑った顔が怖《こわ》いったらなかったけど、いまはそうでもねえわ」

はっと城山は息を呑《の》んだ。言われて気づいたが、風見の件でずっと落ち着かない気分は引きずっているものの、するつもりのなかった人妻とのセックスのあとに長いことくすぶっていた、胃の奥のむかつきは消えている。

（そりゃまあ、あんだけ強烈《きょうれつ》なことがありゃ、忘れるか）

トラウマどころの騒《さわ》ぎではない。そう思おうとしたけれども、思うより気持ちが軽いことを自分にごまかしてもしかたがなかった。

許して、ごめんなさい、と泣いてわめいて、いちばんみっともない自分を解放させられて、腹も立ったし傷ついた。だが――認めたくはないが、アサミの件について明確な形での『罰《ばつ》』をもらったことにこそ、心底城山は安堵《あんど》していたのだ。

そこまで風見が見越《みこ》しているとは思えないけれど、突き落とされて、いじめられて、救われた気分になっている。俺はマゾかと苦い思いもするけれど、結果として楽になってしまった。

ますます、あのことをどう自分のなかで処理すればいいのかわからなくなっていると、上村がふと首をかしげている。

「どした？」

「んや、おまえあれ見た？」

彼の視線のさきを追うと、連絡掲示板《れんらくけいじばん》に張り紙がある。突発《とっぱつ》の知らせなのだろう、マジックで急いで書き殴《なぐ》ったような文字は、これから城山が向かうはずのゼミが休みになるという連絡《れんらく》だった。

「藤原ゼミ、休講か。振《ふ》り替《か》えは来週火曜日だってよ。聞いてる？　ノート借りに行くのって、そこでじゃなかったか？」

「うそ、メール来てねえ……あっ」

さきほどの講義の際、携帯の電源ごと落としてしまっていた。あわてて引っ張り出し電源を入れると、着信音が鳴り響《ひび》く。てっきり、さきに情報を得た友人のものだと思いこんだ城山は、ディスプレイを見るより早く通話をオンにしてしまった。

「もしもし、悪い。休講なんだろ？　ノートどうする——」

『やっと出やがったな』

急《せ》いた声は、にやにやした笑いが目に浮《う》かびそうな低音に遮《さえぎ》られた。びくっと震え、急いで電話を切ろうとしたのを察したように『切るな』と鋭《するど》く命じられ、城山は唇《くちびる》を噛《か》んで固まった。

風見の低い声は、彼の飼い犬たちに聞かせるコマンドに同じく絶対的で、抗《あらが》うことができない。どうして、と思いながらもそのまま携帯《けいたい》を耳に当てていると、独特なあの声が流れこんで来る。

『すっぽかしたあげくに無視とは、いい度胸だな。晃司』

「俺……行かないって、言っただろ」

『俺は来いっつった。遅刻《ちこく》どころか無断欠勤だな。ペナルティはどうする？　またこの間みたいにされてえのか』

知るかと怒鳴《どな》ってやりたくなったが、隣《となり》にいる上村の存仕が気になって、うまい言葉を返せない。あんなことが友人にばれたら、そう思うと城山の声はどんどん小さくなる。

「具合悪かったんだ。今日やっと、大学に出てこれたくらいで。あれからずっと、寝こんでた」

『ケッ、少し腫《は》れてたっけな。ま、ぼちぼち腰《こし》も楽になっただろ。来いよ』

「……っだから、行かねっつってんだろ！」

思わず怒鳴ると、上村が訝《いぶか》しげな顔を向けた。あわてて「なんでもない」とひきつった笑いを浮かべ、背中を向けた城山は声のトーンを落とす。

「とにかく、俺はもう勘弁《かんべん》だから。あんただって、もう気が済んだだろ」

『おまえが来ないと、犬が飢《う》え死にするぞ』

「んな嘘《うそ》ばっか言ってんじゃねえよ。あんたがテツとヒバナにそんな真似《まね》するわけねえだろ」

まるで脅《おど》しのようなことを口にされたが、風見がためあんな大事にしている犬にそんなことするかと城山は突《つ》っぱねた。だが、風見がため息まじりに言った言葉に、城山は目を瞠《みは》る。

『脅しじゃねえよ。おまえが顔を見せなくなってから、食が細くなってる』

「え……」

『揉《も》めて出てったの、気づいてんだろうな。尻尾《しっぽ》垂れて玄関《げんかん》にうずくまったまんまだ。俺が散歩に連れていくったって、動きやしねえ』

しょげた二匹《ひき》の様子を想像し、城山はうっと言葉に詰《つ》まった。風見からは逃《に》げたいが、犬に罪はない。どちらかと言えば、毎日でもかまってやりたい。だがしかし、と葛藤《かっとう》して黙りこんでいる城山の耳に、風見の長いため息が聞こえた。

『わかった。いまからぐったりしてる写真メールするから、それ見ても来ないって言い張るかどうか、考えろ』

ぷつんと通話が切れ、城山はどうすればいいのかとうろたえる。

かわいいテッとヒバナが、飢えたりしょげたりしているのは可哀想《かわいそう》だ。だが風見には会いたくない。でも写真を見たら絶対に自分はたまらなくなる。

「なあ、なんだったんだ？　なんかトラブルかよ」

「あ、いや、なんでもね……」

怪訝《けげん》そうな上村をごまかしていると、風見の言ったとおりメールが着信した。『今度は時間厳守で』という件名は無視する。本文にも日時を知らせる短い文章——それも今日の指定をされたものがあったが、それもこの際どうでもいい。

（メシ食ってねえって、あれから何日経《た》ったかな……）

ぐったりした犬の写真を見るのは心臓に悪いと思いつつ、焦《あせ》る手で添付《てんぷ》ファイルを開いた城山は、ぎょっとして声にならない悲鳴をあげた。

「——……！」

ばちんと携帯のフリップをとじる。どっどっと心臓が早鐘《はやがね》を打ち、背中にはいやな汗が流れた。そして、この場にいない風見に対して、あらん限りの呪詛《じゅそ》と悪態を胸の裡《うち》で叫《さけ》び続ける。

たしかに彼は、犬の写真とは言わなかった。だがあの流れでは、ふつう、犬たちの写真のことだと思うだろうと、地団駄《じだんだ》を踏《ふ》みたい気持ちになった。

(写真って、写真って、これかよ……っ！)

携帯の画面に大写しになっていた『ぐったり』している対象は、城山自身だった。それも頬《ほお》になにやら白っぽい液体をこびりつかせ、半開きの唇で目を閉じている、要するに誰《だれ》がどう見ても、一部ネットに流出したら問題になってしまいそうな、それだ。

いつの間にこんなものを撮《と》ったのかと思ったが、長い弄虐《ろうぎゃく》の時間、しばしば意識を失うこともあった。おそらくその間に、悪趣味《あくしゅみ》な男は証拠《しょうこ》写真を残していたのだろう。

(死ね、あいつ、ほんとに！)

合法的に殺人をする方法はどこかにないものか。口から魂《たましい》が抜《ぬ》けそうになりつつ、かなり真剣《しんけん》に考えこんでいると、上村が眉《まゆ》をひそめてのぞきこんでくる。

「城山？　おまえ、ほんとに変だぞ」

「な、な、なんでもない……」

ひきつった顔のまま、ぶんぶんと城山はかぶりを振った。いますぐにこのおそろしい写真を

U.S AR

消してしまいたいが、上村がいる前では不可能だ。

「なあ、さっきの電話ひょっとして、かざ――」

「あの、俺、用事あるんで！　き、き、休講になったから、ゼミともだち捕《つか》まえないとなんねえし！　ままま、またな！」

「へ？　あの、ちょっと」

焦るあまりに嚙みまくり、上村がぽかんとしているのにもかまわず、城山は走り出した。向かうさきは構内の駐車場《ちゆうしやじよう》で、愛車のバイクにまたがるなり、エンジンをふかす。

「殺す殺す殺す、あいつ殺す……っ！」

目を尖《とが》らせて、メットをかぶるなり発進させた城山の脳裏《のうり》には、添付写真のあとに追記された文字が躍《おど》る。

『エロかわいそうにぐったりしてんだろ？　わかったらさっさと来い』

本当にもう、誰かあの男を抹殺《まつさつ》してくれ。頰を叩《たた》く風に生ぬるさを感じつつ、城山はいっそ泣きたいと思った。

タイヤを軋《きし》ませて、風見の自宅前にバイクを乗りつける。メットをむしりとりながら門扉《もんぴ》のそばのインターホンをばしばしと叩くと、ほどなく玄関では犬の声が嬉《うれ》しそうに大合唱だ。とても弱っているとは思えないそれに、城山が眉間《みけん》の皺《しわ》をきつくすると、インターホンからは笑いを含《ふく》んだ声が聞こえる。

『来たか』

「……やっぱり元気じゃねえかよっ」

とても挨拶《あいさつ》とは思えない言葉を交《か》わすと同時に、門扉を開けて乗りこんだ。開いた玄関のドアの向こうに、作業着姿ではない風見がいる。レザーではないけれど、おそらくブランドものだろうシャツに黒のペインターデニムは間違《まちが》いなく仕事用ではないだろう。

「その格好ってことは、工場には行かないですよね」

予想をしてはいたが、やはりアルバイトは口実か、と城山は顔を歪《ゆが》めた。取りあう様子もなく、風見は長い脚《あし》を軽く組んで壁《かべ》にもたれた。

「俺は今日はアルバイトに来いとは言ってない。写真見て、決めろとは言ったがな」

言われて、そうだと城山は唇を嚙む。あんなとんでもないものを残されていてはたまらない。

「消せよ、あれ。あんなんで脅すなんて、最低だろ」

「べつに脅しちゃないだろう。俺は交換《こうかん》条件なんか出してないし、あの写真をどうこうするとも言ってないし、消したいなら消してかまわない」

ああ言えばこう言う。ふだんは面倒《めんどう》くさいと必要最低事項《じこう》すら口にするのも億劫《おっくう》がるのに、なぜこういう悪役じみた言葉だけはぽんぽん出てくるのかと風見を睨《にら》んで、城山は手を突き出《だ》した。

「携帯出せよ。俺が消す」

「……PCにも保存したんだけどな」

「じゃあそっちも消せ！」

「おまえがやれば？　俺はやりたくない」

ぎりぎりと歯がみして、城山は靴《くつ》を脱《ぬ》いだ。こんな悪魔《あくま》のいる家になどあがりこみたくもないが、あの画像が残っているかと思うとおちおち寝《ね》てもいられない。

「お邪魔《じゃま》しますよっ。PCどこ⁉」

「俺の部屋」

「勝手に行くけど……うわっぷ！」

どすどすと足音も荒《あら》くあがりこんだとたん、飛びついてきたテツとヒバナに押し倒《たお》された。頭を撫《な》で、顔を舐《な》めるだけ舐めさせてやった。喜色を浮《う》かべて尻尾を振《ふ》りまくる犬たちには、さすがにしかめ面《つら》もしていられず、思わず相好を崩《くず》してしまう。

「あー、よしよしよし。ひさしぶりなー。でも俺、用事あるから、離《はな》してな？」

やさしく声をかけると、聞きわけて離れてくれるものの、「くうーん」と甘ったれた声を出される。犬には表情筋はないはずなのに、残念そうな顔をしたとわかるのはなぜだろう。

ひさびさのかわいさに腰が抜けそうだと思うけれども、頭上からじっとこちらを眺《なが》めている男の視線に気づくと、また顔が歪んでしまった。名残惜《なごりお》しいと思いつつも犬たちを置いて、奥へと進む。

「寝こんだとか言ってたが、その調子なら、身体《からだ》は平気らしいな」

（しゃあしゃあと言うな）

話しかけてくる言葉を無視し、内心では悪態をついて城山は風見の自室へと向かった。正直、ベッドのあるあの部屋に入るのは身がすくむほどにいやだったが、背に腹はかえられない。震《ふる》えそうな手を必死にこらえて、ドアのノブをまわした。

先日、意識がないまま連れこまれたこの部屋は、いままでアルバイトのときにも足を踏み入れたことはなかった。不在時には鍵《かぎ》こそかかっていないもののドアが閉まっていたし、家主のいない間に勝手におうち探検をするほどわきまえない性格ではない。

無理やりあれこれされたあとには、怒《いか》りに目がくらんでいて周囲を見る余裕《よゆう》などなかった。おかげで、まともにこの部屋を見るのははじめてである城山は、ドアを開けたとたんに眉をひそめる。

風見の体格にあわせたのだろう巨大《きょだい》なベッドに、壁に埋《う》めこまれたクロゼット。部屋を飾《かざ》るのはせいぜい壁のアンティークふうな振り子時計くらいで、あとはさっぱりしたものだ。くつろぐためというよりも、寝るためだけの部屋、と言うほうがいいのだろう。

窓際《まどぎわ》には、おそらく作業用なのだろう、手前部分が円形にへこんだ形になり、引き出し型のトレイにバットが載せられた机がある。横の開きにはバーナーやリューターがセットされ、工具のたぐいが転がっているが、風見が『ある』と口にした機械は見あたらない。

「……PC、ねえじゃん」

「ねえよ？」

「なっ⁉」

はっとしたときには遅《おそ》く、足を引っかけられてベッドに倒れこんだ。ぎゃっと声をあげてももう遅く、俯《うつぶ》せになった身体のうえに、風見がどっかり腰《こし》をおろして起きあがれない。

「だ……だましたのかっ！　どけよ、潰《つぶ》れる！」

「人聞きの悪いことを言うな。そもそも、俺の部屋とは言ったが、ベッドルームとは言ってねえ。俺の家なんだから、全部俺の部屋だろう」

いけしゃあしゃあとした風見の態度に、その屁理屈《へりくつ》はなんなんだと城山はうなる。じたばたともがき、なんとか重い身体のしたから抜け出そうとすると、おかしそうな笑いが降ってくる。

「つうかなあ、あんな見え見えの手に引っかかるとは思わなかった。そのアホさかげんじゃ、セックスも自分本位だったろおまえ。乾《かわ》いたまんま突《つ》っこんだりしたんじゃねえの？　避妊《ひにん》も失敗してそうだな」

「ひっ」

暴れる身体を押さえられ、つう、と首筋を舌でなぞられる。思わず裏返った声にも、揶揄《やゆ》の言葉にも悔《くや》しくなり、城山は苦しい体勢で首をよじって睨んだ。

「失敗なんかしてねえよっ。ゴムなしでやったことねえっつの！　相手の濡《ぬ》れが悪けりゃ、ちゃんとラブオイルだって使ったし――」

「オイル？」

ばかにするなと怒鳴《どな》った城山に、風見はこのうえなくしらけた声を発する。

「待てよ。おまえまさかと思うが、オイルとゴムとダブルで使ってねえだろうな」

「……なんか、悪いの」

どこがいけないんだと問いかけると、今度こそ身体のうえの男は、呆《あき》れかえったようだった。

「おま……ゴム製品は油分で溶《と》けるって基本中の基本、知らないのか？」

「えっ？　う、うそ」

「うそついてどうする。試《ため》しに今度、ガム食いながらチョコレート食ってみろ、分解して、口のなかからなくなっちまうから」

「い、いままでべつに平気だったのに」

「おおかた、表面についてるジェルでカバーされてたんだろ……運がよかったな」

冷静な言葉に、ざあぁっと城山は青ざめた。それに対し、風見は哀《あわ》れささえ滲《にじ》ませた声で頭を小突《こづ》いてくる。

「まあ、とにかくその取り合わせは、二度とお勧《すす》めしねえな。うっかり穴開けて精子が漏《も》れたり病気拾っていいならべつだが」

「しません……」

思わず素直《すなお》にこくりとうなずくと、たったいま小突かれた頭を撫でられる。やわらかい手つきにはっとして、抵抗《ていこう》を忘れていた自分に気づくより早く、ゆるめに穿《は》いていたボトムの隙間《すきま》に指を引っかけられた。

「二十歳越《こ》えたんだからぼちぼち腰穿《こしば》きやめろ。せっかくの尻《しり》のラインがわかんねえだろが」

「そんなん、個人の自由だろ。つか離せ、ずりさげんなっ」

こんなことなら、びちびちの革《かわ》パンツでも穿いていればよかった。必死にボトムを摑《つか》んで抵抗するが、上体を押さえられているいま、どうにも力が入らない。

「まじめな話、腰痛《ようつう》の原因になるからやめとけ。案外重いぞ、この手のデニムは」

「俺が腰痛になろうがなるまいが、あんたに関係あるかっ」

「そりゃ、あるだろ」

ずりずりと逃《に》げようとするせいで、シャツまでめくれあがる。引き下ろされるボトムとの間、あらわになった腰のラインに、硬《かた》い指が触《ふ》れた。尾《び》てい骨のあたりから背骨のくぼみを何度もなぞったあと、頸椎《けいつい》を強く押さえこんだまま、舌を当てられた。

（やばいやばいやばい）

ぞくぞくと身体が震え、力が入らなくなる。先日の一度で、弱みをすべて知られてしまったのだと知らしめるそのポイントを押さえた愛撫《あいぶ》に、指先が小さく震えだした。

「遅刻《ちこく》しなかったら、いいことしてやるって言ったよな」

「す、す、すっぽかしたから、あれは、なしじゃ、ねえの……」

「今日来たから許してやるよ」

「いいよ、いらねえよ、マジで、離しっ……うあ！」

肘《ひじ》を突っ張ってそれ以上触れるなと身を浮かせると、ボトムにできた隙間に手を入れられた。股間《こかん》が、大きな手に鷲摑《わしづか》みにされ、ゆっくりと揉《も》む動きに今度こそ動けなくなる。

「い……いやだ……」

「勃《た》ってきたくせに？」

「刺激《しげき》されりゃ、そりゃ、そうなんだろうがっ！」

叫《さけ》びながら、城山は顔が赤くなる。押さえこまれたまま、抵抗できないのは力の差が問題なだけではなく、与《あた》えられる過度の快楽を知ってしまったせいもあるのだ。

（くそ……なんでこんな、ツボついてくんだよ）

気持ちいいことが好きな城山の身体を、一度きりの行為《こうい》で風見は知り尽《つ》くし、籠絡《ろうらく》するために手管を惜《お》しまないつもりだ。そうじゃなければ、こんなに的確に触れてこない。先端《せんたん》が弱い城山のそこを大きな手で包んで、ゆっくりあやすみたいに何度もこする動きが卑怯《ひきょう》なくらいにうまい。かといって、諾々《だくだく》と溺《おぼ》れるにはわだかまりがありすぎる。

完全に籠絡されない城山の耳元で、風見がひっそりと湿《しめ》った声を吹《ふ》きこんだ。

「安心しろ、携帯《けいたい》で撮《と》っただけで、PCになんぞ落とし込むような面倒《めんどう》くさい真似《まね》してねえよ」

「信用できるかっ……あ、うあっ」

言い返したついでに、変な声が漏れた。あわててシーツを噛《か》むと、丸まった背中のぶんできた空間に、今度は乳首《ちくび》をいじる手が入りこんでくる。

「さわ……触《さわ》るな」

きゅう、と小さな突起《とっき》をひねられると、もうなかば負けを認めた声が出た。強気な言葉を発していても、風見が怖《こわ》くてしかたがないのだ。どうせ抗《あらが》っても無駄《むだ》だというのを、この身体《からだ》はいやというほど叩《たた》きこまれていた。触れられるだけで全身が震えて、力がはいらなくなる。

「んなびびらなくても、痛いことなんかしねえよ」

「だっ、だったら、どいてくれよ、あんたに突っこまれて、痛くないわけねえじゃん！　ほんとに寝《ね》こんだんだ、勘弁《かんべん》してくれよ！」

「そりゃ大変だ。可哀想《かわいそう》だな、晃司」

なだめるような声が、口づけとともに耳の裏に落とされ、城山はさらに小さく身を丸めた。

暴力ではなく、抱《だ》かれることが、ひどく怖かった。それこそ、高校時代の後輩《こうはい》の宇佐見を抱いたこともあって、男同士ということには偏見《へんけん》はないし、宇佐見以外にも何人か相手をした。

ドライで気軽で楽しい、そういうセックスができるぶん、女よりいいかもなどと思った。

だが風見のよこすものは、そんな気楽なものではない。骨までしゃぶり尽くされる怖さと、従わされる痛みがセットになって、逃げられない。

「痛い、なんて思えなくなるまで、やってやるよ。安心して、マグロになってろ」

「ふあ……！」

きつく噛みつかれた耳の痛みに、どうしてか風見の手のなかに包まれたものが濡れた。

期待していることを知らしめるその粘《ねば》った感触《かんしょく》がたまらなく、情けなかった。


脱《ぬ》がされて、舐《な》められて、泣きじゃくるまで愛撫されたあとにゆっくり入ってきたそれは、信じられないことに本当に痛くなかった。二度目だからなのか、この間より少しは覚悟《かくご》がついた——つけるしかなかった、ともいうが——せいなのかわからないが、とにかく数十分後、城山は風見の身体のしたで、身も世もなく乱れていた。

「も……もう、もう、だめ、だめだ」

「まだ、だ。そう簡単にいくな。さっきも、口で出しただろうが」

「ああう！」

いく、と口にしたとたんいきなり引き抜《ぬ》かれた。陶酔《とうすい》しきっていた身体をひっくり返され、焦《じ》らすようにそこを突きながら、風見がいきなり話しかけてくる。

「おまえ、なんか肌《はだ》の手入れしてんのか」

「ひ……へ……？」

唐突《とうとつ》に問われ、絶頂を逸《そ》らされたことに息も絶え絶えになりながら城山はうつろな目を男に向けた。繰《く》り返し、手触《てざわ》りをたしかめるように首筋や頬《ほお》を撫《な》でていた風見は、かすかに笑っているように見える。

「前から思ってたが、遊んでそうなわりには、肌がきれいだからな。ケアは？」

「ふ、ふつーに……なにも……？」

「ふん。じゃあもともと丈夫《じょうぶ》なんだな。じゃ、いいか」

「ふあっ！」

なにがいいんだ、と思っていると、ずん、といきなり突《つ》かれた。わけのわからない質問で気がゆるんでいたぶん、まともに衝撃《しょうげき》を受けてしまい、城山は声もなくのけぞる。

「そのうち、自分でこういうふうに動くように、してやる」

尻たぶをぴしゃんと叩いたあとに両方から大きな手で揉みこまれ、中心に向かってぐっと寄せられると内部の圧迫《あっぱく》が強まった。おまけにマッサージでもするように複雑に動かすから、内《ない》壁《へき》がそれにつられて形を変える。

「いや……いやだあ……なかが……」

「いや、じゃねえだろ。入れられるのが好きで好きでたまんねえ身体にしてやるよ。おまえは生意気で、いじめがいがある」

なあ、と言いながら耳を舐め、顎《あご》をうしろから掬《すく》いあげられる。

ゆっくり腰《こし》を動かすのは、ぜったいにわざとだ。何度も何度も抜き差しして、城山に自分の形を覚えさせようとしている。

焦《あせ》りのないセックスは怖い。まだ欲情だけ叩きつけられ、痛みを与えられるほうがいい。

「ほら。早くして、って言え」

「誰《だれ》が……っ」

城山自身が焦《こ》がれて求めるまで、風見はきっと待ち続ける。そうして身体も心も蝕《むしば》んで、全部を自分の手の中に入れようとする。

自分がそうだったからわかるのだ。さんざん焦らして相手が壊《こわ》れるタイミングを見計らい、そろりと甘い声をかけるとひとたまりもない。

きっと風見も、屈服《くっぷく》させる興奮で高ぶっているはずだ——そう思いたいのに、振《ふ》り向けばいつもと変わらず平静な顔をする男が憎《にく》らしい。

膨《ふく》らみのない胸を、大きな手のひらが撫でる。なにが楽しいのか、薄《うす》い肉を揉むような真似までしたあとに、風見の長い指の間に挟《はさ》むにはあまりにささやかな乳首を指の股《また》できゅっと刺激される。とたん、隠《かく》しようもなく尻が跳《は》ねあがり、むずむずとそれを振ってやったけれど、単調なくらいのリズムは変わらない。

（なんか、変だ。なんか……）

なんでだよ、と思いながら、出し入れするそれが妙《みょう》に規則的な気がした城山は、ふと思いついて自分のあえぎ混じりの息をこらえてみた。すると、アンティークの振り子時計が刻む音が耳に入ってくるのに気づいたとたん、快楽の高揚《こうよう》ではなく不快さで、首筋が熱くなった。

かち、こち、かち、こち、と時を刻むその音、四拍《ぱく》ぶんのそれにあわせて風見の腰が動いている。ずるりずるりと引き抜き、また押しこんでくる性器で、この男は完全に遊んでいる。

「なにってセックス」

「なに、やってん、だっ」

そんなこと誰がいまさら訊《き》くかと、城山は男を睨《にら》んだ。薄笑《うすわら》いさえ浮《う》かべている風見に、血管が切れるのではないかというくらいに腹が立った。

「ちが、なんで、時計……うあ！　ああん！」

どういうつもりだと噛みついたら、喉《のど》の奥で笑いを転がした男がいきなり変則的に腰をまわした。振り子の音がやけに耳につき、そのタイミングだとすっかり油断していた城山は悲鳴じみた声をあげ、シーツにとろりとした体液をしたたらせた。そして乱れ、とろけたところをまた、ゆっくり、ゆっくりとした動きで穿《うが》たれる。

（も、やだ……長い……っ）

　そもそれは動きがゆるやかというだけでなく、引き抜くにしろ押しこむにしろ時間がかかった。つまり、風見自身にそんな遊びができる程度の『長さ』があるのを、こんな場面で城山はいやというほど思い知らされる。

「や……っあ、あ、あ、！　いやだ、それ、いやだっ」

　深く、奥まで入りこんだまま全身を揺《ゆ》らされる。微弱《びじゃく》でもどかしい刺激《しげき》なのに感じてしまうのは、弱い場所に風見の先端《せんたん》がこすりつけられているからだ。

「じゃあ、もっと、っておねだりしてみろ。もっと速く、ってな」

「あぁあん！」

　ほらほらと腰を上下に揺すられ、両胸をつまんで引っぱられて、意地を張るより早く嬌声《きょうせい》があがる。なによりいじめられ、からかわれるばかりの身体がもどかしくてならず、のけぞった城山はあっさりと白旗を掲《かか》げた。

「も……と、風見、さん、もっと……っ」

「もっと、なんだ」

「速く、は、はげ、激しく……」

「突けって？　こうか？」

「ああぁんっ、あん、あんっ」

　うわ、俺、あんあんとか言ってるよ。そんなふうに頭の隅《すみ》で思うけれど、さきほどと打って変わっての激しさにもう取り繕《つくろ》うことは不可能だった。肉のぶつかる音がするほどの律動に泣いて、もうだめ、と口にすることもできないまま、いきなりの絶頂に叩きこまれる。

「あ……う……っ」

「なんだ、もうかよ……今度は前からしてやる。ほら、脚開《あし》け」

射精に脱力《だつりよく》した腰を持ちあげられ、またあっさり体位を変えられた。白く濁《にご》った体液を付着させる内腿《うちもも》は痙攣《けいれん》しっぱなしで、身体《からだ》のなかはどろどろしたマグマのような熱がこもっている。

(おかしく、なってる)

射精だけでは終わらないセックスの怖《こわ》さも、城山にはもうわからない。ただ、ぬめる体液を指で掬ってすぼまりかけた奥に塗《ぬ》りつける男の指が、腰をとろけさせてしまう。

「ゆっくりしてやったせいかな。いい具合になった」

「あ、ん」

今度はもう抵抗《ていこう》する気力もないまま仰向《あおむ》けに入れられ、そうして、尖《とが》りきった胸のさきに舌を当てられる。下からすくいあげるようにして何度も弾《はじ》かれたかと思えば、広げたぬめる肉にねっとり包まれ、表面のざらつきで全体を刺激されもした。

「ほら、こっち見ろ」

「や……」

キスであやしながら目を開けるように何度も命令され、しゃくりあげた城山が涙《なみだ》に重い瞼《まぶた》をあげる。後頭部にまわった手のひらがゆるく頭をさげさせて、見ろと強制された場所の強烈《きょうれつ》さに、小さな悲鳴をあげた。

風見の引き締《し》まった腹部からなまめかしいような腰のライン。そこにこすりつけるかのようにそそり立った自身の性器と、そして風見の下生えの翳《かげ》りの奥にあるものは――いま、まさに城山の腹のなかに呑《の》まれて、見え隠れしている。

(なんだ、これ、やらしい)

目がちかちかして、頭が重くなった。風見が、自分のなかを使って、それをこすっている。視覚でたしかめ、意識したとたん、全身が焼けつくように熱くなった。

「う……うあ、あっ」

「……ばか、千切る気かよ……そんな、きゅうきゅう締めんな」

「あっ、し、してない……だって、や、やっ、やだ……！」

びくびく、と全身が震《ふる》え、入っているんだといまさら思い知らされた。いや、と細い声を発したのは無意識で、取り繕えもしないまま、いいだけかき混ぜられる。

逃《に》げまどう身体を簡単に押さえつけた男の腕《うで》のなかで、身も世もなく、よがり泣く。そんな自分が信じられなかった。いままでそれは自分の役割のはずで、そう、たとえば――。

「いいんだろ、そんなエロい顔して」

「や……あっ」

ここまで傲慢《ごうまん》ではないにせよ、淫猥《いんわい》な声を引き出すやり方なら知っていた。けれど、そうやって羞恥《しゅうち》を高められて、大きな手のなかでこねまわされるほうにまわるなんて、想像をしたこともなかった。なのに、いまは城山のなにもかもが、風見の言うがままなのだ。

「おまえ、ここで出し入れするより、突《つ》っこみっぱなしのほうが好きなんだな」

「ちがっ、違《ちが》うっ……う、あ、あ、あ、ん、んんっ」

断じられたとおり、奥までみっしりとはめこんだまま、風見は忙《せわ》しなく腰を揺すってなかをいじめた。おまけにぬるぬるに濡《ぬ》れた城山の性器を、律動にあわせてこすりたて、揉《も》みくちゃにする。その包みこむような手の圧力と感触《かんしょく》に、城山は奇妙《きみょう》な倒錯《とうさく》を感じた。

（入れられてんのに、なんか、なんかもう……）

うしろを抉《えぐ》られながらのその愛撫《あいぶ》は、まるで自分で自分を犯《おか》しているかのようだった。風見の器用な指にほどこされる指技は、粘膜《ねんまく》に挿入《そうにゅう》したときに近いくらいのよさがある。抱《だ》く立場を知らないわけでもない城山にとって、錯覚《さっかく》を起こすに充分《じゅうぶん》すぎた。

「舌出しな」

いやらしくキスをしろと囁《ささや》かれてかぶりを振ると、なかをかき混ぜる動きが激しくなった。

「やだっ、いく、いっちまう、やめてくれっ……」

「やめてほしけりゃ、もっとかわいく言ってみろ」

そんなにしないでくれと悲鳴をあげたのは、本当にそれを好きになってしまいそうなくらい、よかったからだ。そして風見は、自分の好んだとおりの言葉を使うまで、けっして追いつめる手をゆるめなかった。

似合わないと思うのに、そんな要求をする風見を最悪だと思うのに、気づけば媚《こ》びるような甘い、舌足らずな声が溢《あふ》れていた。

「風見さん、い、いく、いっちゃうよっ、いっちゃうからっ」

「いいぜ、いけよ」

「あ、ほんとに、ほんっとに、いっちゃ……っ、ああ、ああ、ああ！」

しがみついてぶるぶると震えながら、風見の腹に射精した。ほどなく、体内に埋《う》めこまれたそれも同じように痙攣して大きさが変わるのを知る。

どっと襲《おそ》ってくる脱力感に負けてシーツに身体を預けると、湿《しめ》った髪《かみ》を梳《す》いた風見が口づけながら、濡れた性器をゆっくりしごいてきた。

「も、い……だろ……もう、出ね……」

「絞《しぼ》りやしねえよ、触《さわ》ってるだけだ」

言葉どおり、感触をたしかめて遊んでいるだけなのだろう。くたりと力ないそれを無理に煽《あお》ることはせず、風見はキスを繰《く》り返す。

（もう抵抗するだけ、無駄《むだ》だ）

なんだかんだで二度も寝てしまった。その一度に含《ふく》まれる回数をカウントしたら、まあ濃《こ》いこと極《きわ》まりない。

「俺、絶対身体おかしくする……」

「加減はわかってるから心配すんな。もう俺にも慣れたろうが」

けろりとおそろしいことを言った風見は、手早くゴムの始末をするとシャツとボトムを身につけ、煙草《たばこ》をくわえて軽い動作で立ちあがった。なんでそんなに腰《こし》が軽いんだと、しばらくは身じろぎもできそうにない城山は恨《うら》みがましい視線で広い背中を追う。

「飲むか？」

差し出されたのはライムを押しこんだコロナビールだった。いまさら、この男に施《ほどこ》しを受けたくないなどという意地も張れない。もうなんでもいいから水分が欲しくて受けとろうとするけれど、力が入らなくてもがいていると、意外なことに抱き起《お》こされた。

「……なに、この格好」

「自力じゃ起きてらんねえだろ」

ベッドヘッドに身体をもたれた風見の胸によりかからされ、いやな顔をするのが精一杯《せいいっぱい》の抵抗というのも悔《くや》しかった。とはいえ、もう突き飛ばすほどの気力も体力もなく、口元まで運ばれた瓶《びん》に口をつけると、ライムの香《かお》りがする炭酸を流しこむ。

ごくごくと一気に半分ほど飲んで、水分の枯渇《こかつ》していた身体に少し力が戻《もど》る気がした。

「くはー……」

「おっさんくせえため息つくなよ」

涙目になって息をつくと、おかしそうに笑った男がコロナビールを取りあげて残りを飲み干してしまう。なんだか、だらだらとした時間があまりに奇妙で、城山はため息をついた。

「……いいかげん、俺の意向とか聞く気なしなわけ？」

腰を抱いたままの腕を軽く叩くと、「ねえな」と風見はあっさりしたものだ。

「あのさー、一応俺、この状態には納得《なっとく》してないんですけど」

「今日は縛《しば》ってもいねえし、酒にも薬は仕込んでねえだろうが。それに、よかったろ」

さんざん絞り尽《つ》くされ、これだけ感じれば同罪だと言われてしまえば反論できない。あげくこめかみに唇《くちびる》を落とされて、城山はどうしていいのかわからなくなる。

「やだよもう、すんげえ自信……」

「否定できんのか」

「しませんよ、しませんけど！　もーちっとこう、なんか、まともに手順踏《ふ》まない？」

あきらめかけてはいるが、諸手《もろて》をあげて大歓迎《だいかんげい》というわけでもないのだ。

「手順って、いちいち口説けってのか？」

「……いや、いらんです」

それはそれでおそろしい気がしてぶんぶんとかぶりを振《ふ》ると、風見はおもしろそうに笑う。

「そりゃよかった。やったことねえもんをやれって言われても困るしな」

「わあ、このひと最低だよホント」

「自覚はある。けど、楽しかっただろうが」

ぐいと顎《あご》を持ちあげられ、視線をあわせられてどきっとした。風見は城山の唇がお気に入りのようで、肉厚のそれをいじるのが好きだ。そして触りかたはじつにいやらしい。

「あんたは、楽しかったのか」

「そりゃな。二度も手出しするくらいだ」

なにをこんなに、なれあった会話をしているんだろうかと思う。けれど、いまさらうぶな顔をして逃げまどうのもばかばかしくて、城山はかすかに震える唇も指先も、必死に男から隠《かく》そうと思った。

(絶対、おもしろがられるだけだ)

傷ついた顔など見せても、きっと風見は気にも留めない。お気に入りのオモチャをいたぶって遊び、しゃあしゃあと『楽しかっただろう』などと聞く男に、そんなデリカシーがあるわけもない。下唇《したくちびる》を引っぱられ、触るなとはたいても風見は懲《こ》りずにいじってくる。

「そのうち、ここでくわえろよ」

「……いやだよ、俺の口、たしか三十何ミリとかだろ。あんたの絶対それよかでかい」

以前、しげしげと眺《なが》めて計測されたことを持ち出すと、風見は愉快《ゆかい》そうに笑った。

「慣れりゃできるだろ?」

「慣れたくもねえよ……」

抱きたいと言うなら勝手にすればいいと思う。あがくだけ無駄なのはもう、しっかり思い知らされた。どうせもともと節操という言葉とは縁遠《えんどお》い自分だし、受け身の経験が増えたところで、いまさら騒《さわ》ぐほどでもないのだろう。だが、それでこちらも積極的に振る舞《ま》えと要求されたところで困る。まだこの事態に、納得しきれたわけではないのだ。

「自信ないか、フェラのテクはなし？　それでよくミハルに遊んでもらえたな」

「その手には乗らないって。……ちょっと、もうすんなよ」

目をあわせるのも、意味もなくキスをするのも、やめてほしい。煙草の味が残るそれは、ひどく苦くてきつい。

「こっちと同じだ。そのうち覚える」

「や……だって、言ってるだろ。もう触んな」

まだ濡れたままのそこに、指が入った。ひくりと喉《のど》を震《ふる》わせて脚《あし》を閉じると、それ以上の意図はないのかあっさりと引き抜《ぬ》かれる。ほっと息をついた身体《からだ》の強ばりが取れたとたん、その吐息《といき》ごと奪《うば》うように唇をふさがれた。

（だからさあ、なんでいちいちキスすんの）

これも悪い大人の遊びなのだろうか。風見のキスはタチが悪いと思う。セックスは強引《ごういん》で一方的なのに、口腔《こうこう》を舐《な》める舌はやたらやさしい。むろん、激しくいじめるようなそれもうまいと思うけれど、まるで甘やかすかのようないまの口づけには、なんだか泣きたくなるのだ。

「さんざんやったんだから、もうこんなん、しなくていいんじゃねえの……」

「しなくていいとか、決まりはあんのか？」

なんでするんだ、と胸を押し返して唇をこする。いやそうな態度にもやっぱり風見はにやりとするだけで、完全に遊ばれているなと思う。

指に挟《はさ》んだままの煙草からくゆる、煙《けむり》が目に滲《し》みてしかたない。城山はあまり煙草を飲まないし、ひとの喫煙《きつえん》するそれも好きではない。顔をしかめて首を振ると、風見は楽しそうに笑う。

「煙《けむ》いよ。ほんとに勘弁《かんべん》、俺ほんとに疲《つか》れたって」

やけくそになって、悔しいけれども居心地《いごこち》のいい広い胸にもたれると、「おつかれさん」と笑って頭を軽く叩《たた》かれる。子どもでもなだめるような手つきに嚙《か》みついてやりたくなったが、それこそじゃれる子犬のようで、できやしない。

「うぜえよ、エロオヤジ……煙草くせえし」

「あきらめて慣れろ」

悪態をつくのが精一杯で、髪をいじる手を振り払《はら》い、城山はベッドに突《つ》っ伏《ぷ》した。

これでもう、次に誘《さそ》われたらなし崩《くず》しだ。そう思っていると、背中を撫《な》でる風見が言う。

「起きたらメシに行くぞ。あと、バイトは続行でいいな？」

決めつけるな、と言う言葉は声にならず、疲れ果てた城山はそのまま、すとんと眠《ねむ》りに落ちていた。

風見のくゆらせる煙草のにおいは、少しもその眠りをさまたげなかった。

＊　＊　＊

結論として、城山のアルバイトは相変わらず続行となった。

ただし、週に数日間と決められたバイトの間、不在にする雇《やと》い主は、帰って来るなり身柄《みがら》を拘束《こうそく》してベッドに連れこみ、やはりその後数日間はもてあそばれる羽目になるので、最近では自宅にもろくに帰っていない。

大学にも、この家から通っている。テツとヒバナをかまうのも日常になり、ぐだぐだになりそうだったアルバイト代は、風見の不在時のみ日給で払うことがなんとなく定番になった。

開き直って、城山は城山でこの時間を楽しむことにした。もう逃《に》げても抗《あらが》っても無駄《むだ》だとあきらめた以上、そうしたほうがマシだと思ったからだ。

そうして、この日の夜もしっかり、ベッドのうえであえがされた。

(あー、すごかった……)

風見のベッドは、無駄に広いと城山は思う。自分が大の字になってみて、まだ手足のさきが落ちないようなこの広々した寝心地は、いままで味わったことがない。

セックスのあと、うとうとしながら替《か》えたばかりのシーツになつく。べとべとのそれになど寝ていられるかとわめき立てたら、舌打ちをした男は城山がシャワーを使う間に替えておいてくれた。帰れない状態にしたのは風見なのだから、それくらいはいいだろうと城山は思う。

このベッドが必要なわけだとよくわかる、大きな背中を向けた男は、工具セットのある机にむかって粘土《ねんど》のようなものをこね、なにか細かい作業をしている。

「なあ、風見さん。それ、粘土細工でも作るのか」

「シルバークレイだ。形を作って、焼成《しょうせい》すると純銀細工になる」

アクセサリーでも作るのかと目を凝《こ》らすが、そういう雰囲気《ふんいき》でもない。仕事なのかと問えば趣味《しゅみ》だと言っていた。

（またオブジェでも作ってんのかな）

つくづく、ものを作るのが好きなのだろうと思いつつ、よく動く指先をじっと眺めていたら、ドアの向こうで、かりかりという音がするのに気づいた。

「……ん？」

ゆるんでいたドアの隙間《すきま》を鼻先で押して顔をあらわしたのは、テツとヒバナだ。かまってほしそうな顔で、じっと城山を眺めている。

「どした。おいでおいで」

風見に対するのとは打って変わった甘い声で手招くと、二匹《ひき》は嬉《うれ》しそうに横たわる城山の手を舐め、鼻を押しつけて甘えてくる。腕《うで》を伸《の》ばして抱《だ》きあげ、ほっこりした体温を持つ動物を腹のうえに乗せると、風見がいやな声を出した。

「おい、そうやって乗せるな。おまえのせいで、最近そいつら、ベッドで寝るくせがついちまったんだぞ」

「いいだろべつに。こんだけ広いんだから。こいつらおとなしいし、邪魔《じゃま》になんねえし」

昨日洗ってやったばかりの犬たちは、清潔な香《かお》りがする。ぎゅっと抱きしめ、耳のうしろに鼻をくっつけてにおいを嗅《か》ぐと、赤ん坊《ぼう》に似たにおいがしてほっとした。

「えらいとこ見られたって半狂乱《はんきょうらん》になってたくせに」

「あんたの悪趣味《あくしゅみ》に腹が立っただけで、テッとヒバナは悪くねえもん」

テッにのしかかられた城山は、顔中を舐めまわされて笑いながら、知ったことかとそっぽを向く。そしてふと、疑問だったことを問いかけた。

「つうか、あんたあれっきり使わないな、オモチャ」

風見のセックスは相当しつこくはあるが、器具や機械を使ったいたぶりは、初回のあれ以来、一度もない。またやられたらどうしようと思っていただけに、少し意外だと言うと、彼は鼻で笑った。

「なんだ。使ってほしいのか」

「わけねえだろ。ただ、そういう趣味かと思ってたんだよ」

「ディルドが好きならこれで作ってやってもいいが？」

シルバークレイをぐにゃりと曲げて告げる風見に、城山はげんなりした。

「……プレイに無駄な金使うな、オッサン。純銀のペニスなんか冗談《じょうだん》じゃねえよ」

肩《かた》をゆらして笑う男に枕《まくら》を投げつけ、悪趣味と吐《は》き捨てて舌を出す。どこまで本気かわからないから、この男は怖《こわ》いのだ。

「まあ、あれはたまたま、知りあいが冗談でプレゼントしてきたやつがあっただけだ。処分したから安心しろよ」

「そもそも、あんなもん贈《おく》ってくる知りあいがいるって時点で、あんたが信じらんねえ」

「まあそりゃそうだ」

なにを言ってもこたえた様子もない男に疲労感《ひろうかん》が募《つの》る。城山はテッとヒバナを両脇《りょうわき》に抱《かか》えて寝転がったまま、広い部屋を見まわした。

「なあ、このうちってさあ、借家？　持ち家？」

「名義は俺だ」

「ふーん、買ったの？」

「相続した」

誰《だれ》から、と聞いてもいいかどうか少し迷ったのがわかったのだろう。椅子《いす》の背に腕をかけ、半身を振《ふ》り向かせた風見が、相変わらずの皮肉っぽい顔で笑っている。

「変な想像はすんな。じいさんが昔持ってた家だ。家族はよそに住んでる」

「……べつに、変な想像とかしてねえし」

「だいたい俺の親が生きてようと死んでようと、おまえが気にすることじゃねえよ」

「……まあね、俺には関係ないしね」

とくに関係もない相手の素性《すじよう》や事情など、慮《おもんぱか》ってもしかたないだろう。言われてしまえばそのとおりで、城山は鼻白むが、むっとした顔に風見はなぜかくすりと笑った。

「そういう意味じゃねえよ」

「べつになんも言ってねえよ？」

だるい腰《こし》で寝返りを打って、城山は背を向ける。腰、というよりも、腿《もも》の付け根や尻《しり》の側面あたりの筋肉が痛いというのは、風見と寝てから知った。抱く側にいればまったく未経験だったそれは、最中に必死で相手を締《し》めつけてしまうため起きる弊害《へいがい》だ。

（慣れちゃったなあ）

受け身のセックスにも、風見自身にも。けれどこの関係はいったいなんなのか、名前がつかなくて困っている。アルバイトをかねたセックスフレンド、というところなのだろう。少なくとも売春じゃないと思いたい。考えたら惨《みじ》めすぎて、ため息が漏《も》れた。

「疲れたんだったら黙《だま》って寝てろ」

「ケツが痛くて寝られねえんだよ」

「揉《も》んでやろうか」

「これ以上いらねーよ」

なれあった会話にため息が出そうだ。けれど黙りこむのも少し苦手だった。沈黙《ちんもく》に居心地が悪いのではなく、その逆だと思い知らされてしまうからだ。

「明日は出かけるからな。さっさと寝とけ」

「出かけるってなに、またどっかメシでも食いに行くの」

問いかけには答えないまま、作業椅子をぎしりと鳴らし、ウエットティッシュで手を拭《ぬぐ》った風見が立ちあがる。

大きな背中の陰《かげ》になって見えなかった机のうえには、風見らしいアシンメトリーなオブジェがふたつある。どちらも縦に細長く、ぐねぐねと気ままに伸びた蔓《つる》のような形をしたそれは、下方がチューリップの花を伏《ふ》せたような感じにふわりと膨《ふく》らんでいる。それをぼんやり眺《なが》めていると、近づいてきた彼が犬をどかして城山の額に触《ふ》れた。

「あれ、なに作ったの」

「こいつらの首輪につけるベル。……晃司は質問が多いな？」

「あんた、よくわかんねえんだもん」

眠気《ねむけ》もあって素直《すなお》にそう口にすると、風見が一瞬《いっしゅん》だけ目を瞠《みは》る。なぜかその表情を見ているのが苦しくて、目をそらすと小さな、囁《ささや》くような声がした。

「……わかりたいのか？」

含《ふく》みが多い、けれど意図のよくわからない声で問われ、あいまいに城山はかぶりを振った。

ぼんやりとした疲労感で弛緩《しかん》した身体《からだ》に纏《まと》うのは、風見の部屋着。胴回《どうまわ》りがだぶついたそれはすっかり城山の寝間着《ねまき》になっている。おそらく居間のテーブルには、部屋に連れこまれるまでやりかけだったレポートが放置されたままだ。

（セカンドハウスっつーより、もうこっちが俺の巣だよなあ）

自分という存在がだんだんこの家に馴染《なじ》んでいく、それはいいのか悪いのか。なぜこうまで風見は城山をかまうのか。うっすらと答えは見えている気がするけれど、なにしろ規格外の相手があまりに手強《てごわ》くて、よくわからない。

身体の相性は、たぶんいいのだと思う。このままでは深みにはまって抜《ぬ》けられなくなる、そう感じるくらいには、身も世もなく溺《おぼ》れさせられている。腰を抱かれて、唇《くちびる》をふさがれるとそれだけでなにも考えられなくなる。

そのくせ、風見がどう思ってこんな真似《まね》をするのかは、さっぱり理解できないままだ。だから怖くてしかたない。なぜ怖いのかと掘《ほ》りさげることすら、城山にはできない。

「……わかんねえよ」

ごく小さく呟《つぶや》いたそれは、風見自身のことなのか、そんな自分の心理そのものなのか、それすらも城山には判断がつかなかった。

風見の運転する4WDのなかは、機械油と煙草《たばこ》のにおいが染《し》みついている。

アルバイトに通うようになってから、もう何度もこの車を見送ってきたが、助手席に乗せられたのははじめてだ。城山はかすかに緊張《きんちょう》して、軽くシートベルトを握《にぎ》りしめた。

後部座席には、二匹のコーギーがちょこんと乗っている。彼らですらめったに乗ったことのない空間で、じっとおとなしくしているのは緊張もあるのだろう。

つなぎの作業着を着た風見の口には、このにおいのもとでもある煙草がくわえられている。たまに煙《けむり》が目にしみるのか、すがめて息を吐く顔はひどく凶悪《きょうあく》だ。

(つうか、ほんとに唐突《とうとつ》だよこのひと)

朝いちばんから叩《たた》き起こされ、「工場に行くからさっさと着替《きが》えろ」と来た。大学があると言ったのに、そんなものサボれのひとこと。城山の意向など最初から無視かと腹も立つが、連れていってもらえるのは正直少し嬉しい。

カーステレオからはUKパンクが流れていた。そういえばこの男がどんな音楽が好きなのかもよく知らなかったといまさら気づく。リフが印象的で、ボーカルの声が少し甘くて鼻にかかっていて、城山の好きなタイプの曲よりやわらかい印象があった。

「……こういうの好み? エモとかは?」

「ものによる。速いばっかなのは情緒《じょうちょ》もなきゃエロくもねえだろ」

情緒などという言葉がこの男の口から出るのかと思ったが、後半はいかにも風見らしいと失《しっ》笑《しょう》する。

「クラブでかかってるのとか、どうなの」

「上村が皿まわしてるときはまだマシだが、あとはクソだな。そもそも、頭悪そうなガキがたまってる場は好きじゃねえんだ。マリアくらいにしか顔出さねえよ俺は」

「すみませんね、頭の悪いガキで。好きじゃないっつうわりにはよく来てたみたいじゃん」

どうせ毎回、違《ちが》う誰かを引っかけていたんだろう。言外ににおわせても、風見は平然としたものだ。

「あの店に関しちゃ、オーナーが知りあいなんだ。コンセプトが気に入ったからな。目を瞑《つぶ》ったマリア。処女懐胎《かいたい》なんてエロいだろ」

「それ、冒瀆《ぼうとく》じゃん……つうか、あんたの基準ってエロしかねえの？」

「ねえな。ちなみにあの店のマリアが着てる服のドレープのラインは、ラビアがモチーフだ」

けろっと言い放つ言葉に、城山はさすがにぎょっとした。ということはあの店の内装はすべて、女性器で囲まれているということか。

「上村から、あれがすごく気に入ってるらしいって聞いて、どんだけエロ小僧《こぞう》だって笑った」

「……聞かなきゃよかった。きれいだと思ってたのに」

純情ぶるつもりはないが、なんとなくいやな気分になる。うんざりと助手席で肩《かた》をすくめると、風見はにやにやと煙草を斜《なな》めにくわえたまま笑った。

「夢見てんじゃねえよ青少年。ギーガーなんざ、ペニスまみれだぞ。エイリアンはホラーってよりアダルト映画だよな、汁《しる》まみれでドロドロ」

「言いかたがえぐいっつうの！」

運転している相手をどつくわけにもいかず、怒鳴《どな》るだけにとどめてそっぽを向く。だんだんビルが少なくなり、緑の量が多くなって、うっそうとした山道に突入《とつにゅう》した。

舗装《ほそう》されていない道に突入し、カーブを曲がるたびに胃がぐるっとまわるような気がした。ふてくされて黙っていたのもわざわいし、なんだかむかむかしてくる。

（よ、酔《よ》いそう）

さすがにぐらぐらしはじめたとき、しばらく無言になっていた風見の声がする。

「じきに着く」

「ん……」

風見の声にうなずくだけにとどめたのは、車の揺《ゆ》れが激しく、舌を噛《か》みそうになったからだ。

そうしてがたがた揺れる車がようやく停車したときには、安堵《あんど》の息が漏れてしまった。

「鍵《かぎ》開けてくるから、犬を頼《たの》む」

「はい。……テツ、ヒバナ、平気か――……？」

悪路にも慣れているのか風見は平然と言い放ち、なにやらコンテナのような箱と荷物を手にして車を降りた。うなずいて、城山はよろよろしながら後部座席を振《ふ》り返った。しかしそこにいたのは、寄りそい丸まってすうすうと寝《ね》ている剛毅《ごうき》な二匹《ひき》の姿だ。軽く小突《こづ》いて起こし、リードをつけて車から降ろすと、そこは想像したよりもずいぶんと広かった。

「こんなとこなのか……」

だだっ広い空間のなかに、コンクリートのそっけない建物がどんと存在している。その隣《となり》には少し小振《こぶ》りなプレハブの家があり、泊《と》まりこみの際にはどうやらあそこで寝泊《ねと》まりするのだろうとわかった。

山奥とあって周囲は森に囲まれた状態だが、鉄くずやスクラップされた車、機械の部品とおぼしきものや鋼材などがあちこちに積まれていて、残骸《ざんがい》のようなそれらは妙《みょう》にものものしい。ごうん、と大きな音がして、視線を動かすと自動シャッターがあがるところだった。テツとヒバナを連れたまま城山が近づいていくと、風見のよくとおる声がする。

「そいつらは適当にさせといていい。おまえも好きにしてろ」

「あ、はい」

適当にと言われてもどうしたものか。こんな場所で犬を放し、うっかり森にでも入りこまれたらと思うと怖《こわ》くてできない。手持ちぶさたなまま、走りたそうにしている犬を引きずって、城山は開いたシャッターのなかをのぞき込んだ。

「へえ……」

アトリエと言うにはあまりに無骨なそこは、たしかに工場というほうがいっそしっくり来る気がした。城山には名前もわからない、ごつい工具がたくさんあり、天井《てんじょう》からは太い鋼のチェーンがレールとセットで吊り下がっている。そのさきには溶接《ようせつ》のあともなまなましい、金属の塊《かたまり》がぶら下がっていた。

城山が興味深くまわりを見まわしていると、風見は連れてきたもののなにをするでもなく、勝手に自分の作業をはじめていた。長い髪《かみ》をまとめるためかタオルを巻いた男は、炉《ろ》に火をいれ、あちこちの機械のスイッチをいれてまわる。

「俺、なんかすることとありますかー?」

建物のなかは、うわんと声が響《ひび》いた。手持ちぶさたなのは知れたのだろう、風見はしばし考えると、犬を呼ぶのに似た手つきで城山を手招くと、包みを差し出してくる。

「電気炉があったまったら、このランプがつく。そしたらこれ入れて、十分したら教えろ。言っておくが、やけどすっから絶対に触《さわ》るなよ」

「あ、これ昨日の……」

銀粘土《ぎんねんど》で作っていたベルは、オーブンにも似た機械で焼成《しょうせい》するらしい。わかったとうなずき、犬はどうするのかと問うと、「外に放して、シャッターおろしとけ」と指示された。

「どっかいっちゃわない?」

「呼べば戻《もど》ってくんだろ。何度か連れてきたが、だいじょうぶだった」

多少の心配はあったが、そわそわしている犬たちを繋《つな》ぎとめておくのも気の毒で、リードをはずし犬を放した城山は、風見に教えられたとおり電動シャッターをおろした。大きなまるいスイッチボタンの感触《かんしょく》と、ごおん、と音を立てて降りていくシャッターに、城山は見とれる。

（あ、なんかちょっと楽しい……）

まったくたいしたことはしていないのに、こういう機械ものをいじっているとわくわくするのは、男なら誰《だれ》しも経験があるだろう。完全にシャッターが降りきったのをたしかめると、子どもに戻ったような気分で城山は電気炉の前にしゃがみこむ。

ランプがついたところで、炉を開いて慎重《しんちょう》にものを入れ、携帯《けいたい》のタイマー機能をセットする。じりじりと焼ける音がして、分厚い扉《とびら》についたごく小さい覗《のぞ》き窓からなかを見ると、顔にふわりと熱気を感じた。

「……真っ赤でなんだかよくわかんねえな」

十分という時間が妙に遅《おそ》く感じる。楽にして待つかと、手近にあった丸椅子《まるいす》の埃《ほこり》を払《はら》って腰《こし》かけた城山は、ふいに響いた、がごん！　という激しい音にびくっと震《ふる》えた。

「な、なんだ？」

あわてて振り向き、そこで城山は目にした光景にすべての意識を奪《うば》われた。

片隅《かたすみ》にいる風見は、低い作業台に片膝《かたひざ》を載《の》せ、大きな金槌《かなづち》を手に、厚さは数ミリもありそうな金属板を熱しては、何度も叩《たた》いていた。

炉は赤々と燃え、油と、鉄と、火のにおいがする。そのなかからずるりと取り出された真っ赤な鉄が、叩かれるたびに火花を散らす。

がん、がん、と振り下ろす腕《うで》は逞《たくま》しく太い。作業着のつなぎを上半身だけ脱《ぬ》ぎ、袖《そで》の部分を腰に巻いた状態の彼のタンクトップは、肩胛骨《けんこうこつ》を剝《む》きだしにするようなレーサーバックタイプ。腕をふるうたびに躍動《やくどう》する、縒《よ》りあわせたような強い背筋に、城山は恐《おそ》れとも感嘆《かんたん》ともつかないものを覚えた。

(すげ……ガチ筋肉じゃん。細く見えるくせに)

彼の力強さを、あらためて思い知らされた。どうりでなにを逆らっても無駄《むだ》なわけだと、お遊びバスケットでうっすら筋肉がついた程度の自分の腕を見る。

汗《あせ》を散らしながら一心に金属を叩く風見の背中に、声をかけることすらできなかった。長い髪をタオルで押さえ、ときおりぐいと二の腕で汗を拭《ふ》くその厳しい姿には、ベッドのうえで自分をいたぶるときの冷酷《れいこく》さも淫靡《いんび》さもない。

この力強さが、そっけなく冷たく硬《かた》い金属をもねじまげる。やわらかにとろりと甘いような、あのマリアの纏《まと》うドレープを造りだし、不可思議なオブジェを生み出すのだ。

悔《くや》しい、と思った。鉄を征服《せいふく》し、また共に遊べというように、強弱をつけてふるわれる槌《つち》の音。真剣《しんけん》だからこそ手に入れられるなにかと、真っ向から向きあっているその姿が、羨《うらや》ましい。

そして悔しい。

アーティストなんて人種は怠惰《たいだ》で酷薄《こくはく》で、才能を思うままにもてあそび、城山のような凡人《ぼんじん》とは一線を画した違《ちが》う世界に生きているのだと思っていた。なのに目の前にいる風見は、全身から汗を噴《ふ》きだし、厳しい視線で挑《いど》んでいる。

(俺にはそんなもん、なにも、ねえよ)

ひどい男で、城山をもてあそんでいじめるくせに、やはりこの男の作るもののすごさだけは認めるしかなかった。

風見にばかだと罵《ののし》られ、頭を使ってないと言われても、オモチャにされても、これではしかたがないのだと感じられた。城山にはなにひとつ風見にかなうものなどないし、それどころか、彼の前にいると自分の卑小《ひしょう》さばかりが目について、いやになることもあった。

ましていま、作る現場を見てしまったら、いままで覚えていた複雑さなど消し飛ぶくらいに圧倒《あっとう》された。

風見には、もっと簡単に遠い位置から憧《あこが》れていたかった。ミーハーに、すげえすげえと興奮して、それこそ風見の言う『ばかなツラ』をさらしたままで、いっそいたかった。だってそのほうが絶対に、楽なのだ。

気まぐれに抱《だ》かれて、気まぐれにやさしくされて、翻弄《ほんろう》されてぐらぐらだ。腹が立つくらいに惹《ひ》かれているのに、こんな場面まで見せつけることはないと思う。

心臓が痛くて、壊《こわ》れそうになる。かっこいいなんて、素直《すなお》に言ってやりたくはないのに。

「……あんたなんか、きらいだ」

ぽつんと呟《つぶや》いた声は、おそろしく小さく頼《たよ》りなかった。なのに、ものすごい音をたて、金属を支配していた男は、振りあげた金槌をぐっと握《にぎ》り直し、言うのだ。

「ご挨拶《あいさつ》なことだな。ここまでついて来ておいて」

まさか聞こえていると思わなかった。おまけにちらりと視線を流す風見は汗の流れる顔を笑わせている。視線も、いつになくやわらかく感じられて、城山はどぎまぎする。

「あ、あんたが勝手につれてきたんだろっ。大学行くっつってんのに車に連れこんで！」

「まあな、拉致《らち》ったのはたしかだが……失敗した」

舌打ちとともに、金属板が放り投げられる。床《ゆか》に落ちた金属が奏《かな》でた音は虫の羽音のようにいつまでも城山の耳を震わせた。

(失敗って、どっちだよ)

うち捨てた金属のことか、それとも自分を連れてきたことか。問うこともできないまま、城山はその、わんわんと響く耳障《みみざわ》りな金属の音に酔《よ》いそうだと思った。

(息が、苦しい)

この場にいたくない、とシャツの胸元《むなもと》を握りしめうなずくと、携帯のタイマーが電子音を奏でる。必要以上にどきりとして、城山の発した声はどこかしどろもどろになった。

「なあ。十分……経《た》った、けど」

「わかった」

重そうな道具を置いて、風見は立ちあがる。中腰《ちゅうごし》に近い体勢でいたせいか、伸《の》びをして軽く上体をひねる。盛りあがった腕の筋肉がうねった。タンクトップの裾《すそ》を持ちあげてこめかみから流れる汗を拭《ぬぐ》う仕種《しぐさ》、あらわになった腹筋はかっきりと割れている。

見慣れたはずの形だった。幾度《いくど》も、ベッドで揺《ゆ》らされながら、風見の身体《からだ》を焼きつけられただというのにいまさら、心臓がねじれるように痛くなり、城山は目を逸《そ》らす。

「お……俺、外に出ていい？　なんか、気分悪い」

「ああ、空気こもったか。シャッター、おまえが出られる隙間《すきま》ぶんだけ開けろ。犬捕《つか》まえて、こっちによこさなきゃそれでいい」

わかった、とうなずいて、言われたとおりにシャッターを動かし外に出る。初夏の外気はひどく涼《すず》しく思えた。換気《かんき》はされていたものの、熱気のこもった場所にいたせいだと言い聞かせつつ、頬の火照《ほて》りがなかなか引かない。

「そりゃ、だめでしょ」

これはなんだ、と震える声でみずからを笑う。いまさら、風見相手にときめいてどうすると言うのだ。というよりこれは、はたしてときめきと呼んでいいものだろうか。

（ずきずきする）

新緑は青々としたまま、初夏の光を照り返すのに、城山の指先はかじかんだかのように痛んでいる。感情がダイレクトに官能へ直結している、こんな感覚は知らない。

壁《かべ》に背中をつけたまま、ずるずるとその場にうずくまった。痛む指のさきをあわせて、鼻の頭を覆《おお》うようにしながら息を吐《は》くと舌が震えた。

（舐《な》められたい）

手で囲った空間は自分の呼気が満ちてなまあたたかく、湿度《しつど》が高い。痺《しび》れた舌を無意識に動かし、キスがしたいと強く思いながら自分で自分の舌を噛《か》む。

（昨日、うんざりするくらい、やったじゃんよ）

きつく吸われて、唇《くちびる》が腫《は》れて痛かった。腰はいまだに重だるい、なのにもう求めている。自分はどうかしている、と眉《まゆ》をひそめて息をつくと、頭上にいきなり影《かげ》が差した。顔をあげる直前、ひやりとしたものを額に押し当てられる。

「な、……に？」

「なにじゃねえよ。赤い顔して、やっぱ熱気にあたったか？　少し飲んどけ」

差し出されたのはコーラの缶《かん》だ。冷えきったそれに、いつの間にこんなものをと目を丸くして風見を見る。

「どっから出したの、こんなの。冷え冷えじゃん」

「あっちの家には冷蔵庫も完備だ。なんならシャワーも浴びるか？」

Coke

風見が指をさしたのはプレハブ住宅。シャッターから出入りする姿は見えなかったので、なかのほうでつながっているのだろう。

逆光が照らした男の剝きだしの肩《かた》には、光のラインが浮《う》いている。肩にせり出した鎖骨《さこつ》のラインにごくりと喉《のど》が鳴って、ごまかすためにあわててコーラのプルトップを引いた。

シャツを重ね着してきてよかった。胸が尖《とが》って疼《うず》いていることを知られずに済む。そして風見のきらいな、腰穿《こしば》きのボトムにしてよかった。——膨《ふく》らみかけたそこを、ごまかすことができる。

目を逸らしたままコーラを喉に流しこむと、風見はぺしりと城山の頭を叩いて歩き出す。

「メシにするから、食えそうなら来い」

「え、メシって……なんか持ってきてんのか」

あわてながらあとを追うと、シャッターから少し離《はな》れた、砂利《じゃり》のしかれたそこには一斗《いっと》缶《かん》がどんと置かれていた。なかを覗《のぞ》けば真っ黒な炭が入っている。

「これ、なにすんの」

いったいなにが、と城山が目を丸くしていると、溶接用《ようせつよう》のバーナーを手にした風見が、一斗缶のなかに向かって火を放ち、あっという間に炭火が熾《おこ》った。

「……まさか、それでなんか作るのか」

「作るってほどじゃねえよ。焼き肉する」

なんてこともない、とあっさり答えられて絶句する。おまけに、そこらに転がっていたのであろう網《あみ》を一斗缶のうえに載せ、そこでパックに入った肉とジャガイモを取りだしたのには呆《あっ》気《け》にとられた。

においで気づいたのか、テツとヒバナが鼻を鳴らしながら駆《か》け寄ってくる。紐《ひも》のかかったハムの包みを、どう見ても作業用なのではないかというごついナイフで切った風見は、そのままハムにナイフを入れて二匹《ひき》の犬へと放った。

「箸《はし》はあるけど皿とかねえから、焼けたら自分でこれ振《ふ》って味つけな」

「はあ……こりゃワイルドなバーベキューで」

おまえのぶんだと渡《わた》された割り箸を手に、どんと置かれたのは塩コショウの瓶《びん》。思わずじっと眺《なが》めているうちに、風見は肉をひょいひょいと網に載せていく。

「肉だけは高級だからな、そのままでもうまい」

「いつもこんなん食ってんすか」

「まあな。あと、おまえこの間、食いっぱぐれただろう」

いったいなんの話だと首をかしげると、風見はあっさりと「デリバリー」と口にする。

（ああ、誕生日か）

あまり思いだしたくない記憶《きおく》に、城山は微妙《びみょう》な顔になる。だが風見はなにも気にしたふうでもなく、むろん悪いとも思っている様子はない。

「あのあと食いきれなくて処分する羽目になったがな。まあ、同じことやるのも芸がねえし」

「……そんでこれ？　なんか変くね？」

口を尖らせて、ずいぶんな違《ちが》いだと雑ぜ返すけれども、嬉《うれ》しくないと言えば嘘《うそ》になる。

一斗缶に熾した炭火、椅子《いす》の代わりになるのは、拾ってこいと指示されて引きずってきた、うち捨てられていたようなコンクリートのブロック。正直、キャンプ気分を味わうにもそっけなさすぎるけれども、気分はいい。

だが、この時間を素直《すなお》に楽しんでいいのかわからなくて、城山は複雑になる。

「焦《こ》げるぞ？　食えよ」

「あ、うん。いただきます」

食材は肉とハムとジャガイモだけ、というダイナミックな食事がはじまった。

周囲には広い空間に楽しそうにくるくる走る犬が二匹。いい風が吹《ふ》いて、森の木々がざわざわ音を立てる。ロケーションのせいか、もともと肉がいいのか、炭火のせいか。塩コショウで味をつけただけのジャガイモと肉はすこぶる美味に思えた。

塊《かたまり》のハムをナイフで切って網にのせ、端切《はぎ》れはナイフに載せたまま食《く》らう風見に、つくづく顔に似合わない凶暴《きょうぼう》さのある男だと思う。肉の脂《あぶら》に光った唇をぺろりと舐めると、印象的なほくろがやけに目についた。

(顔だけ見りゃ、けっこう都会の男なんだけどな)

つなぎを腰《こし》まで引き下ろし、コンクリートブロックに腰を下ろし、一斗缶の火で肉を焼く男は、どこからどう見ても肉体派そのものだ。

「なんか……風見さんって、どこでも生きていけそうだよな」

「自分でもそう思う」

気負いのない声に、なんだか意味もない敗北感を覚える。さきほどまでくすぶっていた情欲は、木々の隙間を縫《ぬ》う風に吹き飛ばされたかのように、きれいに失《う》せていた。

（手に負えねえよ）

こんな強烈《きょうれつ》な人間の相手など、自分ごときがつとまるものか。どうせこの時間そのものすら、気まぐれなのだろうと思うと、なんだか口に入れた肉が急に味気なく思えた。

風見は、ただ自分の思うがままに生きているだけだ。そこに城山という、都合のいいオモチャがみつかって、それは多少は気に入っているかもしれないけれど——いてもいなくても、きっと彼は変わらない。

たまに、ごうと木を鳴らす風の音以外は、炭のはぜる音と、肉の焼ける音だけが響《ひび》く。街から遠く離れたこの場所では、自然の気配以外なにもなく、会話が途切《とぎ》れるとやたら静かだ。

風見は無口というわけではないが、自分から積極的にはあまりしゃべらない。城山がつい質問ばかりしてしまうのも、沈黙《ちんもく》が怖《こわ》いからだ。

だからついこのときも、考えるよりさきに問いかけていた。

「……なあ。なんで、こういうもの造ろうと思ったの」

「こういう、ってのは？」

「今日、銀細工も作ってたじゃん。ほかにもいろいろやれるのに、なんでメインが鉄なのかなと思って」

あまりにいまさらな質問でもあったし、答えを欲《ほっ》してというより、声が聞きたくての問いかけに、風見はかすかに笑った。

「なんで、ってまあ、おもしろいからだろうな、鉄をいじるのが」

「でもさ、ふつう鉄ってそう触《さわ》るもんでもないじゃん。美大とか行ってたわけでもないんだろ、きっかけって、なんだったんだよ」

しつこいかと思いながらもさらに問うと、風見は億劫《おっくう》がらずに話をしてくれた。

「きっかけ……はまあ、ガキのころだな。たまたま遊びに行った友人宅の近くに、鍛鉄《たんてつ》の工場がいくつかあった。帰り道、その工場の前を歩いていたら、ヘンなものが落ちてたんだ」

「へんなもの？」

「雨上がりで、道にはいくつも水たまりがあった。そのなかに、不思議な色をした奇妙《きみょう》な欠片《かけら》が落ちてた。赤いような、青いような妙《みょう》な色で、塗《ぬ》ったようにも見えない」

それがひどくきれいだったのだと言う風見は、めずらしくもやわらかな微笑を浮かべている。

「なにも考えずに拾い上げて、指の皮が一瞬《いっしゅん》で真っ白になるほどの大やけどをした」

「やけど？」

「それは、熱した鉄だったんだ。ぼんやり光って、まだ冷めきれてなかったんだろう。なにかの間違《まちが》いで、落っこちてでもいたんだろうな」

金属片《きんぞくへん》をあわてて放り投げ、痛んだ指を握《にぎ》りしめた風見は、しかしその色合いと形状にすっかり魅《み》せられたのだと言った。

「鉄を熱して加工するってのが頭じゃわかっていても、現物なんか見たことなかった。よじれた形が——たぶん、なにかのパーツの一部だったんだろうな、飴《あめ》みたいに簡単にねじられたようなそれが、妙にエロかった」

「……だからもうちょっと言い方ねえのかよ。もういいよ、あんたそれ系の話になると、シモばっかじゃねえかよっ」

「はっは。色気は必要だろ、なんにせよ」

「過剰《かじょう》だっつってんだ！」

卑猥《ひわい》なのはあんたの声とその顔だ。いっそそう言ってやりたいと城山は睨《にら》みつける。風見はおかしそうに唇《くちびる》を歪《ゆが》め、焼けた肉を口に放りこんだ。

「まあ、いまじゃいくつもそんなやけどをこしらえたから、どれだったか見た目にはわからないだろうが」

言いながら、すっかり硬化《こうか》した指先をもう片方の手で撫《な》でる。おそらくはそこに、かつてのやけどの痕《あと》があったのだろう。だが指をさする手つきがひどくなまめかしく映って、城山はつい目を逸《そ》らした。

「鉄で遊んで、あのとき見た色をもう一回見つけたとき、これだと思った。だからずっとやってる。何度でも、あれが見たい。ただそれだけだ」

風見は、本当にアートだとかそういうくくりなどどうでもいいらしい。

鉄は熱すればチョコレートのようにどろどろと熔《と》け、冷えればまた頑強《がんきょう》になる。硬《かた》くもやわらかくもなる、自分の手でどうとでも操《あやつ》れるそれが楽しくてならないと風見は言う。

「子どものころ、工作とかやって変なもん作ったりしただろ。ああいう、単純な発想でしかねえよ。それが仕事になっちまったのは、まあ、おまけみたいなもんだ」

気取りのない言葉に、悔《くや》しさと羨望《せんぼう》、憧憬《しょうけい》を、あらためて覚えた。その気持ちはたぶん、出会う前、彼の造ったものだけを見ていたときよりも深く濃《こ》い。

けれど、それだけではなくもっと複雑な、好悪《こうお》の絡《から》みあった感情を自覚して、城山はますます胸がふさがれるような気分になってしまう。

「……なんだよ、晃司。その顔は」

言葉を切り、眉《まゆ》をひそめた風見に、怪訝《けげん》そうに問われたのもあたりまえだった。城山は、いまの自分が悲愴《ひそう》そのものという表情をしている自覚はあった。

「なんか、変だなと思って。あんたと俺が、ここにいんの」

「なにが変なんだ。ちっとも、さっきと話がつながってねえな」

どうして、目の前にいる男は、城山に楽でいることを許してくれないんだろう。なれあったセックスフレンドのままでは終わらせてもらえず、痛くて苦しくてままならない、そんな理不《りふ》尽《じん》なほどの強い感情を植えつけてくるのだろう。

「だってさ。なんで俺、こんなとこにまで連れて来られてんの？」

プライベートの全部を共有しろと言うかのように家に閉じこめて、おそらく風見がもっとも大事にしているだろうものをすべて教えるかのように、鉄を叩《たた》くさままで見せつけて。

本人は少しも、そんな自覚がないくせに――城山に、たくさんの知らないものを押しつけて与《あた》える。こんな怖いもの持てあますからいらないと、そう思って逃《に》げたいのに逃げられない。

そのくせ、風見にはなにかを押しつけたつもりなど、なにもないのだ。勝手に受けとったのはそちらだと、きっと涼《すず》しい顔で笑う。

「つきあってんのか、これって」

そのひとことを問いかけるのは、いままでのなかでいちばん怖かった。けれどどうしても知りたくて、みっともなくていい。情けなくていいからと真摯《しんし》に問いかけた、そのつもりだった。

「俺、あんたの彼氏かなんかに、なってんの？」

けれど風見は、なにか思いもよらないことを聞いた、というふうに目を瞠《みは》り、そのあとまるでおかしそうに――考えたこともないばかなことを、子どもが口にしたのだと言わんばかりに苦笑《くしょう》して、こう言った。

「なんだ、それ？　おまえ、いちいちそういうこと考えるのか」

「え……」

「彼氏って発想がおもしれえな。俺の頭にはなかったわ」

城山は、いま食べたものを全部、この場で吐《は》くんじゃないかと思った。

頭のうえから、氷水を浴びせられたような気分だった。ざっと鳥肌《とりはだ》が立ち、そのあとで闇雲《やみくも》な羞恥《しゅうち》に全身が火照《ほて》る。

髪《かみ》が長くてよかったと、そのときはじめて思った。うつむいた状態でいれば、表情を見られることはない。震《ふる》えた口元だけを笑みの形に歪《ゆが》ませて、城山は笑った。そうして、目の前で焦《こ》げかけていた肉を無意味に箸《はし》でいじりながら、精一杯《せいいっぱい》の平たい声で言う。

「……まあ、あんたはそうだと思ったよ。つうか、よかった。いちいち考えるひとじゃなくて」

「なんだよ、それは」

「え？　だってなんか、俺とあんたでデートとかするんじゃ、きもくねえ？　つうか、きも！」

口にしてみると、本当におかしくて吹《ふ》きだした。いちど笑い出すと止まらなくて、腹筋が痙攣《けいれん》するほどにひいひいと笑う城山を、風見はうろんな目で見る。

「自分の発言でそこまでウケるのか。お手軽だな」

「だっ……だって、ちょーおかし……おかしいよ」

げらげらと笑った城山は、これで目尻《めじり》に滲《にじ》んだなにかをごまかせるとほっとした。そうしてしまいにはブロックからひっくり返り、風見に「ばか」と呆《あき》れられる。

「ばかですよ俺は」

「だから自分で言うな」

「あんたも言うな」

ごろんと転がると、澄《す》みきった青い空が見えた。くつくつとまだ笑う城山を、テツとヒバナは揃《そろ》って覗《のぞ》きこんでくる。

(ああ、おまえらには、ばれてんのかな)

顔を舐《な》めもせず、はしゃぎもせず、前足を身体《からだ》にちょんとかけて心配そうに見つめてくる動物たちは、こんなに聡《さと》くてやさしいのに、平然と肉を食う飼い主は城山を見てもいない。

「そんでもって、やっぱりあんたのこと、大きらいだ」

目を閉じて口にした言葉は、思った以上に含《ふく》みのある響《ひび》きになった。けれど風見はそれに対して、くっと笑っただけだった。

本当にどこまでも、ひどい男だ。いままで何度も思い知らされてきたが、あらためて思う。

ただ、とにかく風見は最初からひどい男であったもので――幾度《いくど》傷つけられたところで、それが少しも胸のなかの熱を冷ましてくれないから、最悪なのだ。

（でも、もうやだ）

これ以上は耐《た》えきれないと口に出さないまま呟《つぶや》いて、目の回りそうな青空を城山は睨み続けていた。

＊　＊　＊

工房《こうぼう》に連れていかれたあとから、城山は今度こそ風見の呼び出しに応じなくなった。とはいえまたいきなり音信不通になれば拉致《らち》されかねないので、今度は周到《しゅうとう》に根回しをした。

まずはあの日の帰り。できるだけいつものように振《ふ》る舞《ま》って都内まで戻《もど》ったあとに、城山はこう宣言したのだ。

――これからしばらくは、さすがにバイトは無理。ぼちぼち、試験準備しないとやばいから。

学業を理由にすると、さすがに風見もしかたがないかとうなずいた。本当は試験まではあと一ヶ月くらいの猶予《ゆうよ》はあるのだが、大学自体通っていなかったという風見にはわかるわけもないだろうと踏《ふ》んでの嘘《うそ》だった。

――じゃあ、その間は誰《だれ》か代打頼《たの》むしかねえな。

あっさりとそう言われたことに、落胆《らくたん》を覚えなかったと言えば嘘になる。だが、もうこれしかないのだと城山は思いつめていた。

(これでいいんだ。あんな男に本気で惚《ほ》れたら、俺、壊《こわ》される)

よしんば、上村あたりから嘘がばれても、それはそれだ。家まで押しかけてくることはないだろうし、電話も無視していたらそのうち連絡《れんらく》もなくなるだろうと、着信拒否《きょひ》の設定をした。

思えば、最初に逃げ回っていたとき、どうしてここまでの強行《きょうこう》手段を採らなかったのかと自分でも笑えてくる。

時間稼《かせ》ぎをしておくための期間だと自分に言い訳し、工場から帰って数日間は通話が可能になっていた。だがその間、風見から連絡が入ることは一度もなかった。試験だというのを鵜呑《うの》みにしているのか、それとも本当に、ただ単に都合の悪い相手など、もう面倒《めんどう》になったのかわからないが、あんなにも長いことひとを拘束《こうそく》しておいて、そのあとはばったりというのがあまりにも風見らしくて笑えた。

(前はあんな強引《ごういん》に、呼びつけたくせに)

逃げたいくせに、実際にほったらかされると恨《うら》みたくなるから、もうどうしようもない。

結局は、最初から惹《ひ》かれていたということなのだろう。縛《しば》られて犯《おか》されても、拒《こば》みきれないと――求めていたのだと、心のどこかでわかっていた。

「ため息、五回目」

「……ん?」

ぼんやりと淀《よど》んでいた意識を引き戻したのは、ミハルの呆れたような声だ。ふと目を開けると、すっきり小ぎれいに整ったきれいな部屋が映る。

「いいかげん、ウダウダしてるだけなら起きなさい」

「あー、ごめん……」

もそもそと起きあがったのは、ここ数日借りているソファベッドだ。

風見と別れ、連絡の来ない日々が続いたあと、どうしようもなくつらくなった城山は、携帯《けいたい》の着信拒否をして一週間目から、ここに逃げこんでいる。

ひとりでいたくはなく、さりとて以前のように遊び歩く気力もない。上村では風見に直結してしまう可能性があるので近寄れないし、大学の薄《うす》っぺらい友人に複雑な心境を抱《かか》えたまま接する気にもなれない城山が選んだのは、甘やかしてあげると言ってくれたかつてのセックスフレンドのところだった。

「起きたら少し、食べなさい。晃司、顔色悪いよ」

――疲《つか》れちゃったんだけど、ママになってもらっていい？

そんな言いざまでいきなり電話をした城山を、ミハルはかつての言葉のとおり、やさしく受けとめてくれた。てっきりどこかのホテルで落ち合うかと思えば、連れてこられたのが自宅でむしろ城山は驚《おどろ》いていたが、以来数日、だらだらとこの部屋ですごさせてもらっている。

「まったく、ぼくの家をセックスもしないで宿代わりにするなんて、晃司くらいのものだよ」

デリで買ってきたというリゾットをあたためながら、あきれ顔を隠《かく》さないミハルはそうこぼす。力なく笑って、城山はぼんやりとした声で問いかけた。

「……俺、なんかしたほうがいい？」

「そんな顔してる子と、なにしてもおもしろくないよ」

本当は、最初にこの部屋に連れてこられた夜、抱《だ》いてくれてもいいよと言った。実際、途中《とちゅう》まではいったけれど、ミハルは舌打ちしてやめたのだ。

「言ったでしょ、ぼくは思いっきりめちゃくちゃにされたあとじゃないと、そういう気になんないの。なにしてあげても、晃司、だらーっと寝《ね》てるだけなんだもん。萎《な》えるよ」

いささか特殊《とくしゅ》な性癖《せいへき》をけろんと口にして、いいから食べろとミハルは皿を突《つ》きつけてくる。

あっさりした台詞《せりふ》だったが、そういえば彼も風見に抱かれたのだったな、と思ったとたんに胸が痛くなった。もそもそとリゾットを口に運びつつ、落ちこみを隠せない城山に、ミハルは呆れたような声を出す。

「まったく……あのね晃司、あのえらそうな彼となにがあったか知らないけど、あの手のタイプは深入りすると大変だよ？」

「うん」

「ついでに言うと、いままで彼が抱いてきた相手のことまでいちいち気にしてたら、たぶん、神経もたなくて死にたくなると思うけど？」

なにもかもお見通しで首をかしげるミハルに、わかってると言いかけてやめた。

この家に泊《と》まりにきた最初の夜、彼と寝ようとして失敗した際に、なにがあったのかと問われて、すでにすべて打ち明けてしまっている。いまさら取り繕《つくろ》ってもしかたがなかった。

「ああもう悔《くや》しいなあ、晃司はぼくが、バージンからかわいがってあげようと思ってたのに」

苦笑《くしょう》しながら髪《かみ》を撫《な》でてくるミハルに、そういえばと城山は問いかけた。

「なんで、しなかったんだ？　ミハル、ほんとはそっちが好きなんだろ？」

「まあ、晃司の抱きかたってやさしすぎちゃうから、それもあったんだけどね」

ひどいくらいにされないとスイッチが入らない、そういう性癖を持つミハルはあっけらかんと言ったあとに、人差し指の背で城山の頬《ほお》をゆっくりと撫でた。

「もうちょっと、大事にしてあげようかなと思ったんだよ。ガラにもなく。なびいてくれたら、いっそ『ふつうに』抱いてあげてもいいかなあとは思ってた」

「ミハル……」

甘くうるわしい、女性的な顔立ちのミハルがその瞬間《しゅんかん》、ひどく男っぽく見えた。どきりとして顔をあげると、そのまま頭を抱きしめられる。その腕《うで》の長さに、きゃしゃに思えたこの麗人《れいじん》が、身長も体格も自分とさほど変わらないのだといまさら気づかされ、また彼が城山よりも年上だったのだと、思い知らされた。

「でも晃司って、気持ちがかたくなだから、無理したら可哀想《かわいそう》でしょう？　入ってこないで、って訴《うった》えてるのなんかすぐわかった。だからぼくは入れなかったのに……風見は強引だねえ」

そんなことはない、などと意地を張ってもしかたがない。うなだれたまま、ミハルの甘い手が髪を梳《す》くのにまかせ、城山は唇《くちびる》を噛《か》んだ。

「知らないうちに、こんなにかわいくされちゃって、なんだかつまらないな」

「……ごめん」

「いいよ、こういうのは先手必勝だろ。ぐずぐずしてたぼくが甘かった。ガードのかたいきみが恋《こい》をしちゃうことを計算に入れてなかった」

風見のことが、慕《した》わしいのと怖《こわ》いのと憎《にく》いのと、どの感情がいちばん強いのかすら、城山にはもはや判断がつかない。けれどミハルに恋だと決めつけられてしまうと、もうそれ以外にないのだとしか思えない。

「俺だって、あんなのに惚れるなんて思ってなかった」

「まあしょうがない。落ちるもんなんだよ、こういうのは。頭で考えても無意味だからね」

甘いにおいのする身体《からだ》に抱きしめられたまま、ゆらゆらとあやすように揺《ゆ》らされる。好意につけこんで甘えていることも申し訳なく情けないのに、いまこの腕を離《はな》されたらどこまでも落ちそうで怖かった。

ごめん、と呟《つぶや》くと、ミハルはふふっと笑う。

「まあ、こんな素直《すなお》にかわいい晃司は、風見でも知らないでしょ。これはこれで楽しいから、いいんだよ。……でもまあ、ちょっと外に出ようか」

「え？」

「食事は外でしよう。もう冷めちゃったしね」

おいでと腕を取られ、起きあがらされる。着替《きが》えるようにと告げて服を押しつけてくるミハルにめんくらっていると、彼はあでやかな顔のまま、にこやかに言った。

「きれいごと言って甘やかしていてあげたいけどね、ふたりきりはやっぱりちょっとまずい」

「な、なんで？」

「晃司はぼくに抱いてほしそうだから。いくら趣味《しゅみ》と違《ちが》うパターンだからって言ってもね、なんでもしてあげたいくらいには、ぼくはきみが好きだし。でもそうしたら、もっと晃司は傷つくでしょう」

ぐうの音も出ない言葉にうなだれると「それにね」とミハルは少し怖いことを言った。

「きみが来てからもう何日も、ぼくは禁欲生活を強《し》いられていてね。いいかげん、誰かいたぶらないと気がすまないんだよ」

「そ……そう、か」

「このままじゃ、いくらやさしく抱いてあげたくてもね。途中でキレたら、晃司にだってなにするかわからない。それじゃあ、本末転倒《ほんまつてんとう》だからね」

だから出かけましょうねとにっこり笑うミハルの目は、鋭《するど》く光っている。こくこくとうなずいて、自分はどうしてこんな怖い男を抱いていられたのか、と城山は青ざめた。

そのまま連れてこられたさきが、ワン・アイド・マリアの本店だというあたりは、完全にミハルの意趣返《いしゅがえ》しだったのだろう。

「よりによってここかよ……」

「なにか文句ある？」

甘やかしてあげると言ったくせにと恨《うら》みがましく睨《にら》むと、車を出して有無《うむ》を言わさず城山をここに運んだ男は、にっこりと微笑《ほほえ》んだ。

入店前にインフォメーションでDJの名前をチェックすると、上村の名はない。それだけはほっとして、イベント日らしくいつもより若年層《じゃくねんそう》の姿が目立つフロアに足を踏《ふ》み入れると、ミハルはあっさりと城山から離れていく。

「ちょっと、どこ行くの」

「言っただろ。男あさり。今日は軽そうなのいっぱいいるからね」

にやっと微笑む顔は、ミハルがいくら天使のようなやさしい顔をしていたところでごまかせない、捕食者《ほしょくしゃ》のそれだ。結局ずっと城山の前では猫《ねこ》をかぶっていたと知らしめるそれには顎《あご》を引き、「いってらっしゃい……」と小さく手を振《ふ》るのが関の山だった。

（お相手さんも、がんばって）

今夜ミハルの餌食《えじき》となる、見知らぬ相手にエールを送りつつ、ざわついた店に埋没《まいぼつ》した城山はこうなれば飲むかとカウンターでジントニックを注文する。顔見知りのバーテンダーは、ビールサーバーを扱《あつか》いながらにっこりと笑った。

「お、ひさしぶりじゃん」

「どーも。今日、お子様多いね」

「久々のIDフリーだからな。……ああ、そういえば百合《ゆり》ちゃん来てたっぽいよ」

なつかしい名前を耳にして、城山は「へえ」と目をまるくする。

高校の後輩《こうはい》であり、一時期はそういう仲にもなった美少女は、聡《さと》くてきつくてかわいかった。グラスを受けとり周囲を見まわすと、目立つ彼女はフロアの隅《すみ》に陣取《じんど》っていた。

（あれ、髪切ったのか）

てっきりアップにしているのかと思ったが、よく見るとトレードマークだったロングヘアをばっさりいっている。思いきったものだと背後から近寄っていくと、そこで彼女と一緒《いっしょ》にいたのは、これもまた城山がかわいがっていた宇佐見葉《よう》だった。

ミハルにかつて告げたことのある、はじめてを奪《うば》ってしまった後輩とは、幾度《いくど》か肌《はだ》を重ねた。けれどお互《たが》いに楽しい遊びの延長でしかないまま、いまだに気楽な関係だ。

「かっわいい取り合わせだなあ」

男にしては甘ったるい印象の宇佐見と美少女の秋月《あきづき》百合のふたり連れは、傍目《はため》に見ればひどくお似合いだ。いずれも容姿の点では群を抜《ぬ》いていて、周囲もそのお似合いぶりに声もかけられないらしい。

なにやら真剣《しんけん》な顔で話しこんでいる様子のふたりは、城山がすぐ近くに来ても気づく様子もなかった。声をかけたものかどうか迷っていると、大音量のＢＧＭにまぎれ、城山の耳にはこんな言葉が届いた。

「ここ城山さんに教えてもらった店だから――」

（おや）

自分の話か、と横目に彼らを眺《なが》めつつジントニックを啜《すす》っていると、話はなんだか複雑なほうに転んでいく。

「ねえ。ウサは、城山が最初だったんだよね？」

「あー、まあ、うん。勢いでね」

げほ、と小さく城山は咳《せ》きこんだ。まあたしかに勢いだったかもしれないが、そんなに不本意そうな顔をして言うこともなかろうと、ほんの少し宇佐見を恨みがましく思う。だが切れ切れに聞こえる言葉から判断するに、城山ごときがふてくされていいことではないのだと知れた。

「勢いか。……勢いついたら、そういうのもありだったのかな」

溌剌《はつらつ》とした百合らしからぬ重たい声を、少なくとも城山は耳にしたことがなかった。おまけに、暗い店のなかでもそれとわかるほど、ふたりは泣いたあとの顔をしている。

「でも、きっとあたし……ちゃんとは寝《ね》られなかったよ」

「ん。そっか」

「大事だもん。大事だから、そういう変な感じとか、見せたくないし、見たくない。……ああ、やだな。あたしなに処女みたいなこと言ってんのかな」

茶化すように笑う百合が、痛々しい。このまま聞いていてもいいのだろうかと迷いつつ、いまさら場を離れるタイミングを逸《いっ》した城山の耳に「わかるよ」とうなずく宇佐見の声が届いてしまう。

「カレシとエッチするとね、いつもは嬉《うれ》しいんだけど。ときどき……なんか意味もなく、怖い」

そのひとことで、長いこと胸の奥に引っかかっていた感情を城山は嚙みしめる。

(あれは、ちょっと可哀想だったよな)

はじめて抱《だ》いた夜に、宇佐見がもうろうとするまま口にした誰《だれ》かの名前。声の響《ひび》きはいじらしくて、それだけにせつなく響いた。

——トモ、トモ、好き、だいすき。

あんなふうに誰かを恋《こい》しいと訴《うった》える声を、城山ははじめて聞いた。けれど、やめてやるにももう、引き返せないところまで身体《からだ》は高ぶっていて、ごめんよと囁《ささや》きながら細い身体のなかで射精した。

——おまえ、誰か好きなやつでもいんの？

軽い調子でそのことを指摘《してき》すると、宇佐見は真っ青になってうろたえた。わからないふりをしたほうがよさそうだと思ったので、気のないふりをしてそのまま狸寝入《たぬきねい》りをすると、宇佐見はひとりで泣いていた。

哀《かな》しそうなすすり泣きを耳にして、城山は彼を慰《なぐさ》めてやればいいのかどうか、ひどく迷った。けれどきっと、無自覚だった恋心を無遠慮《ぶえんりょ》に暴《あば》きたてた自分は、そのまま気づかないふりをしてやるほうがいいのだと、そのときは判断したのだが。

（……って、いままでの所行考えると、俺、傷ついてる資格ないじゃない）

あーあ、とため息をついて城山は自分に呆《あき》れた。結局、宇佐見について深入りしなかったのも、面倒《めんどう》なことに関《かか》わるのがいやだったのが本音だった。だが、そうしてほったらかしたツケを、どうやら宇佐見はひとりで払《はら》う羽目になっているらしい。

どうやら、例のトモくんとやらと宇佐見はつきあっているのだろう。だがきまじめな相手を自分が引きずりこんだんじゃないかと、そう悩《なや》んでいるらしい宇佐見の声は、あの晩と同じでせつなかった。

「ほんとに、よかったのかなって、考えちゃうから、怖《こわ》い」

「……そっか。そうなのかもね。むずかしいね」

相づちを打つ百合もまた、誰かを想《おも》って苦しんでいるようだった。愛くるしいふたりに、さきほどからナンパの声がかからないのは、彼らの真剣さを周囲が感じとっているからだろう。

(かわいいね、おまえら)

聞くでもなしに耳にしたそれは、純粋《じゅんすい》でかわいかった。一生懸命恋《いっしょうけんめいこい》をしているのだなと、城山はかつて抱きしめたことのあるふたりを羨《うらや》ましく、またいとおしくも思った。

年下の彼らがこんなにまっすぐに向きあっているものに、城山は少しも誠実に向きあえない。それが情けなくてため息をつくと、かすかに鼻にかかった声で宇佐見が笑った。

「あーあ。なんかおれら、ばかみたいだね」

「うん、ばかみたい」

そんなふうに言わなくてもいい。ぜんぜんばかみたいじゃないし、一生懸命だ。なんだかガラにもなく励《はげ》ましてやりたくなって、つい城山は口を挟《はさ》んでいた。

「――そうかあ?」

「城山先輩《せんぱい》……っ」

「ぎゃ、出た!」

ひょいと顔を突《つ》き出すと、ふたり揃《そろ》ってぎょっとした。その顔があまりにおかしく、ひさしぶりに城山は、自分を取り戻《もど》した気がした。

ひとを食ったように笑う、ただ軽くて明るい、考えなしな自分を。

「あんた、いつからそこにいたの⁉」

「んん？　宇佐見のお初は俺が食っちゃったのよねーん、のあたりから？」

百合が「最低」と目をつりあげ、立ち聞きはよくないと宇佐見が怒《おこ》る。まあまあ、ととりなして、自分より小さなふたりの肩《かた》に、城山はそれぞれ手をかけた。

「いやはや、おまえら、まじめだよねそういうとこ。すげえ、青春の甘酸っぱい悩みって感じで、俺感動しちゃった」

茶化すような言いざまに、「城山にはわかんないよっ」と百合が怒鳴《どな》った。頭を撫《な》でた手ははたき落とされ、大げさにそれを振りながら、城山はなおも言ってやる。

「なによー。そんな思いつめなくてもいいじゃんよ。俺がまとめて抱いてやるよ？」

「最低！　いらないっ」

きらわれたなと苦笑《くしょう》し、けれどさっきの泣きそうな顔より、そっちのほうがよほどいいと思う。なにより、こうして余裕《よゆう》に振る舞《ま》える自分がひどくなつかしくて、城山は楽しかった。

(ずっと、こんなだったなあ)

ばかだ、軽いと白い目で見ながらも、けっして見限ったりしないかわいい遊び相手。どんなにつれなくされても、城山は傷つくこともない。嚙《か》みついてくる声も表情も、ただかわいくて、おかしいばかりだ。

百合も宇佐見も、本当にお気に入りで、いつでも遊んであげたかった。

彼らは風見のように城山の胸を苦しくしたりしない。楽しいところだけ共有して、それ以外は見ないふり、それでずっと、よかったのに——気づかないうちにそれぞれが、真剣に誰かのことで悩んでいる。

もうちょっと、楽なままでいさせてくれと思いながら、変わらないようで変わってしまった後輩《こうはい》たちに、城山はけろりと言ってやった。

「えー。宇佐見と秋月で3Pやったら超《ちょう》よさげなのに」

「やるんならウサとふたりで仲良くやるわよ！　あんたなんかいらない！」

「つめてえなあ」

品のないその言いざまが、どこの誰に影響《えいきょう》されたのかは考えないことにした。冗談《じょうだん》めかして言うと、いよいよ百合は頭から湯気を噴《ふ》く。毛虫でも見たように顔を歪《ゆが》め、きいきいと怒る彼女に笑っていられたのは、しかし次の言葉を叩《たた》きつけられるまでだった。

「だいたい、んなこと言って本気から逃げてるやつに、なに《に》も言われたくないっ」

そのとたん、城山は自分の表情が凍《こお》りついたのに気づいた。むろん、めざとい百合はそれを見逃《みのが》すわけもない。

「なに、あんた。ほんとに本命とかから逃げでもしてんの？」

「べつに、そんなんじゃ、ねえよ」

突っこまれて、思わず目が泳いだ。動揺《どうよう》してしまったことにもうろたえ、城山は自分の顔が歪んでいくのを知る。だが許してくれる彼女ではなく『最近そういえば、顔を見なかった』とどこまでも鋭《するど》く追及《ついきゅう》してくる。

「ここんとこ、なにしてたの」

「なに、って……べつに」

意味もなく薄笑《うすわら》いを浮《う》かべ、誰か助けてくれと目をさまよわせる。そこで視界の端《はし》に、フロアの隅《すみ》で男にしなだれかかるミハルの姿を見つけてほっとする。

「あ、俺、ちょっと……」

知りあいを見つけたとでも言って、この場を離《はな》れればいい。そう思って思わずあとじさった城山は、背後から強烈《きょうれつ》な気配がすることに、遅《おそ》まきながら気づいた。

（うそ）

ふわりと強く香《かお》る、煙草《たばこ》のにおいにはいやというほど覚えがある。また、視線を感じるだけで肌《はだ》を炙《あぶ》るほどに強い、こんな目をする男はひとりしか知らない。

「晃司。いつまでそのかわいこちゃんらばっか、かまってるわけだ」

耳を犯《おか》すような低くざらりとした声が聞こえて、城山は完全に動けなくなる。指先が震《ふる》えだし、手にしていたジントニックのグラスを落とさないようにするのが精一杯《せいいっぱい》で、近寄る風見から逃げられもしない。

「――どこの、誰《だれ》が、誰と3Pだって？」

「え、いや、それは冗談……」

唇《くちびる》だけは笑《え》みの形に歪んでいる。けれど風見は心底怒ってもいる。びりびりと肌が痺《しび》れそうな怒気《どき》に、完全にすくみあがった城山は、逃げるということさえ思いつかずに硬直《こうちょく》する。

「ていうか、あんた、なんでいるの」

「なんで？　なんでだろうな。おまえがちょろちょろ逃げ回るから、かな」

連絡《れんらく》をよこさなかったのはそっちだと、恨《うら》み言を口にしそうになってやめた。そしてまた、追いかけてくるなんて思わなかったと驚《おどろ》く胸の裡《うち》が、熱に焦《こ》げそうで苦しくなる。

「いいかげん、世話しに来いっつってんだろ。バイト、途中《とちゅう》で投げ出しやがって」

「いや、だってあの、あれは……っ、風見さん！」

じろりと睨《にら》んで、尻《しり》をいきなり鷲掴《わしづか》みにされた。ぎくりと硬《かた》くなっていると、これ見よがしに耳を舐《な》められ、嘘《うそ》だろうと城山は凍りつく。

「うちのコーギー、おまえになついてんだよ。おかげでメシも食いやしない」

「だっ、そりゃ、風見さんがほっとく、からっ……」

笑っていなそうと思うのに、声が震える。風見の体温を感じるだけで、もうこの身体《からだ》は反射的にすくみあがってしまうのだと、思い知らされた。あげくに、風見はやはり風見で、城山がもっともいやだと思う言葉でもって脅《おど》しをかけてくるのだ。

「あんまり餓《う》えさすと、なにすっかわかんねえぞ。なんだかんだ、あいつらもケモノだからな。

……あんまり言うことききかねえなら、ここにバター塗《ぬ》って舐めさせてやろうか？」

「なっ、やっ……しゃ、洒落《しゃれ》になんねえこと、言うなよ！」

テツとヒバナになんてことをさせる気だ。身体を這《は》う手にも、その言葉にも血相を変え、城山は往生際《おうじょうぎわ》悪くもがいた。

(無理無理、もうキャパいっぱい)

なにが無理って、この状態を宇佐見と百合に見られていることだ。さきほどまでの先輩風《せんぱいかぜ》を吹《ふ》かせた余裕顔など吹っ飛んでしまい、城山は震えるしかできなくなる。

「犬に舐められんのがいやなら、さっさと来い」

「あ、あんたがそんなだから、もういやなんだろ……っ！」

「いやだあ？　なにがいやだよ」

振《ふ》り払《はら》おうとしたらぐいと顎《あご》を摑《つか》まれて、指の強さに肌が痺れた、それがまずかった。

(あ、やばい)

目があって、あの強い眼光に捕《と》らわれた自分を知る。小刻みに唇が震えだし、くらくらと視界が狭《せま》くなる。風見以外のすべてが遠くなって、そんな怖《こわ》いことはいやなのに、目が離せない。

「このうえなく大事にしてやってんだろうが。おまえにイラマチオさせたこともねえし、スペルマ飲ませたこともねえし、うしろは処女だって言うからさんざんよくしてやったろう」

「言うなーっ！　あんたなんでそう下品なんだ！」

「下品？ 下品なんてのはこんなもんじゃねえだろうが。……本気、出されたいか、おい」

脳が煮《に》えるような言葉の羅列《られつ》に、どこまで自分をいたぶる気なんだと泣きたくなった。いらない、とかぶりを振っても風見のたたみかけるような言葉は止まらない。

「頭とおんなじに、この小さいケツ、ゆるくしてやろうか……？ はめっぱなしで、朝まで」

「や、やだよ……！ あんたほんとに朝までやるからっ」

「おまえがくわえこんで離《はな》さねえんだろうが。ほんとにこっちは初物だったのかって、信じられたもんじゃねえよ」

音を立てて尻を叩かれ、もういやだとかぶりを振る。頼《たの》むから見ないでくれと願うけれども、呆気《あっけ》にとられたままの宇佐見と百合は、風見に飲まれたかのように立ちすくみ、こちらを凝視《ぎょうし》している。

このひといったい誰。そんな顔でいるふたりが完全に引いているのが伝わってきて、城山は本当にいたたまれない。

（もう、いやだ。死にたい）

不思議そうな後輩たちの視線が痛い。彼らの前で、暴《あば》かれたくない。まだ、余裕《よゆう》のある遊び人だったころの自分をせめて、保っていられる場くらい欲しいのに、風見は徹底的《てっていてき》に、城山の逃げ場を壊《こわ》すつもりだ。いつも以上にひどい言葉でなぶって、見せつけるような真似《まね》をする、これもおそらく、逃げ回った自分への罰《ばつ》だというのだろう。

「いいかげん素直《すなお》になっとけ。俺は面倒《めんどう》な相手は好きじゃねえんだ。あんまり、いらっとさせんな」

「あ！」

ついには服のなかに手を突《つ》っこまれて、胸を触《さわ》られた。長い指が触《ふ》れる前から尖《とが》っていたそこをたしかめ、風見はふっと笑う。ぐりっと強い指に突起《とっき》を押しつぶされ、城山はもう許してくれと小さくあえいだ。

「風見さん、やめ……やめて、ください」

「じゃあ今日はうちに来い。……いいな、晃司？　ん？　いつまでもウダウダ言ってると、ここにいる三人まとめて犯すぞ」

「や……っん、あ、ん！」

物騒《ぶっそう》な台詞《せりふ》にも、ねじるようにつままれた乳首《ちくび》から伝わる快感にも負けて、発した声は甘く濁《にご》る。唖然《あぜん》とした宇佐見と百合を見ることもできずうつむくと、風見は凶悪《きょうあく》な声で言い放つ。

「そこのちびっこ、もう帰りな。おまえらがいると、こいつがよけい素直じゃねえ」

さもなきゃ本当に、さきほどの言葉を実践《じっせん》すると言わんばかりの迫力《はくりょく》に、手に手を取った高校生たちは「はいっ」とよい子の返事をすると、脱兎《だっと》のごとく駆《か》けだした。

「あ、こ、こらっ、百合！　宇佐見、待て、まって！　助けろ！」

もはや恥《はじ》もなにもなく、すがるように叫《さけ》んだ言葉は百合に叩《たた》き落とされる。

「ごめんねっ。あたし、そのお兄さんといたら間違《まちが》いなく明日には妊娠《にんしん》するから、逃げる！

あんたがんばって孕《はら》んでちょうだい！」

ふざけるなと怒鳴《どな》っても遅く、風見の拘束《こうそく》はほどけそうにない。騒《さわ》ぎに、なにごとだと注目してくる周囲の視線も痛くて思わず顔を逸《そ》らすと、そこにはにやにやと笑うミハルがいた。

（ちくったな……っ）

なにもかも計算どおりというその表情に、すべてを悟《さと》った。あまりにタイミングよく現れた風見も、おそらく彼が呼びつけたのだろう。

「おまえには、いろいろと聞きたいことがあるんだが」

「……なにをだよ」

苛立《いらだ》ちもあらわにしたまま、地の底から響《ひび》くような声で告げる風見に力なく返すと、強引《ごういん》に腰《こし》を抱《だ》かれた。

「ここじゃ話にもなんねえだろ。さっさと来い」

そのまま連行するように歩き出され、いよいよこの店には顔を出せなくなったかもしれないと城山はうなだれる。ちらりと振り返ったさき『がんばってね』と手を振るミハルを睨みつけるのが、城山にそのときできる精一杯の抵抗《ていこう》だった。

店を出たとたん、風見の車に抵抗むなしく押しこまれ、ここしばらくの逃避《とうひ》行動がすべて無に帰したことを城山は悟らされた。

シートベルトはまるで拘束具のようだ。息苦しさに息をつくと、運転をする風見は前を向いたまま、平坦《へいたん》な声で言う。

「ミハルに勃《た》たなかったんだってな」

この車に乗ってはじめて口を開いたと思えばのっけでそれか。うんざりだと顔を歪《ゆが》め、城山は吐息《といき》まじりに言った。

「なんであんたたち、そう明け透《す》けなんだよ……もうやだよ」

「3Pがどうたら言ったやつの台詞かよ」

おかしそうに笑われ、あんな冗談《じょうだん》を本当に実行するわけがなかろうとふてくされる。

「複数プレイが好きなら、ミハルとふたりでかわいがってやってもいいけどな。あいつもノって来るだろうし」

「しつけえよ！　そういうのは好きじゃねえってば！」

「どうだかな。おまえは尻が軽すぎるし、信用ならねえよ」

風見の言葉に、脳が真っ赤に煮えた気がした。言うに事欠いて、それか。不実となじる資格も関係性もない相手に、いったいなにがしたいんだと城山は頭が痛くなってくる。

「ひとを、色情狂《しきじょうきょう》みたいに……ばかにすんのもたいがいにしろよ」

怒鳴る気力さえなく、呻《うめ》くようにそれだけを告げる。しかし風見は不愉快《ふゆかい》になったように鼻を鳴らした。

「そんなこた言ってねえよ。ただ、そうやってダラダラに色気まき散らして、無事でいられると思うなって忠告してんだ」

「なんだよそれ。俺はどこの子猫《こねこ》ちゃんだよ」


城山はけっして小柄《こがら》ではない。さすがに一八〇センチには満たないけれどもそれなりの身長があるし、たとえば後輩《こうはい》の宇佐見のように、見るからにかわいらしいふわんとしたルックスでもないのだ。

男の色気があると言われるならともかく、そうまで言われるのは承伏《しょうふく》しかねる。そんな気分で風見を睨《にら》むと、それこそ『男の色気』が垂れ流されているような相手はほくろのある唇《くちびる》をにっと笑わせた。

「ああ、おまえその辺の感覚はかなりヘテロに近いんだな。まあ、あんなかわいこちゃんらばっか相手にしてりゃそんなもんだろうが」

「え……？」

ミハルのことを忘れたのかと、おかしそうに笑った風見は、運転中だというのに手を伸《の》ばしてくる。車の中、シートベルトに阻《はば》まれては逃げるにも限界で、いきなり脚《あし》の間を摑《つか》まれた。

「おまえのルックスじゃあ、その手の店にいきゃ一発で喰《く》われる。おまけにそのツラにくわえて、このすらっときれいな身体《からだ》にちっさい尻《しり》だ、みんな涎垂《よだれ》らして舐《な》めまわすだろうな」

「や、やっ」

もともと城山は骨格が現代っ子らしく細身で、そう幅《はば》のあるほうではない。それなりに鍛《きた》えたつもりだった身体も、大人の男の手で撫《な》でまわされると、薄《うす》くたよりない筋肉でしかないのだと思い知らされる。

「いっぱし遊んだつもりだろうけどな。てんでお子様だ」

「や……」

「服の上からちょっと触っただけでそんな声出すから、ガキだって言うんだよ」

縫《ぬ》い目の部分をしつこくなぞり、股間《こかん》をそんなに卑猥《ひわい》に揉《も》んだら、声だって出る。おまけにとんでもない手管を持つ男は、風見の弱みなど知り抜《ぬ》いているのだ。

（どこが、ちょっとだよ……っ）

思わず浮《う》きあがった尻の奥に当たるほど指を押し入れて、ぐりぐりと刺激《しげき》する手つきのいやらしさだけで顔が茹《ゆ》だる。おまけに、布のこすれる感触《かんしょく》が急に変化したことで、風見にもそれがばれてしまった。

「もう濡《ぬ》れたのか」

「やめ……」

ぬるりとすべる下着の感触を、ボトムのうえからたしかめるようにこねられた。あげく性器の根本にあるそれを指先でつつくようにして確かめ、手に包んで「張ってる」と笑う。

顔立ちは優美で、低い声もけっして下卑《げび》た印象はないだけに、荒《あら》っぽい言葉遣《ことばづか》いが妙《みょう》に男臭《くさ》い。そのギャップが城山にはおそろしく淫猥《いんわい》に思えてしまう。

「ぱんぱんにしてんじゃねえかよ。どうしたいんだおまえ、いやだいやだ言うくせに」

「やなんだよ、ほんとに、いやなんだ！」

もてあそばれるのがつらすぎて、やめてくれと男の手首を摑むと、いきなり握《にぎ》りつぶすように力を入れられ、城山は悲鳴をあげた。

「いっ！　いた、痛いっ」

「上村から聞いた。試験は来月からだってな。で？　嘘《うそ》をついた理由はなんだ。着拒《ちゃっきょ》までかますってのは、どういう了見《りょうけん》だ」

涙《なみだ》が出るほど強く握られ、きざしていたそれはすぐに縮こまる。怖《こわ》い、と精一杯《せいいっぱい》に身をまるめ、どうしてこんなに抗《あらが》えないのだと城山は涙ぐんだ。

「いやだ、痛いっ、潰《つぶ》れる！　やめてくれよ！」

「そもそも本気で逃げる気なら、なんであの店に来るんだ」

「だって……ミハルが……っ」

「追いかけさせて楽しいか？　たいした性の悪さだな」

痛みにすくんだそこを、笑いながらゆっくり撫でる風見が怖くて、城山はもう息すらままならない。許して、と小さくすすり泣いて告げると、やっと手が離された。

「おとなしくしてりゃ、いじめねえよ」

「う……」

もうなにもかもが面倒《めんどう》くさくなって目を閉じた城山は、なんとなくこのまま家に連れていかれるんだろうなと思った。

「……ミハルに、荷物送ってって言わなきゃ……」

ぽつりと無意識のまま呟《つぶや》くと、乱暴に車が停車する。もういたのかとうつろな目を開けば、そこには暗い車中で光る風見の目があった。

「おまえは、どうでも俺を怒《おこ》らせたいのか？」

そんなつもりはない、と言いかけた言葉は強引なキスにふさがれる。抵抗するのも面倒で、忍《しの》んでくる舌を吸うと煙草《たばこ》の味がからかった。

そのくせにやはり、風見の口づけは甘すぎて、涙が出そうだった。


テツとヒバナに挨拶《あいさつ》をすることも許されず、ほとんど抱《かか》えあげるような勢いで寝室《しんしつ》に連れこまれた。もう少しゆったりとした感じではじめられないものかと思いつつ、服を脱《ぬ》がされ、唇を奪《うば》われ、脚を開かされる。

抵抗する気もないが、積極的に感じる気もなかった。ただぼうっと転がったまま、できるだけ感覚を遮断《しゃだん》するようにつとめていたけれども、風見がそんなことを許してくれるわけもない。

「……晃司」

いままで、そんな目で見たことなどないくせに、頬《ほお》を両手に包んで何度もキスをした。前戯《ぜんぎ》からこう丁寧《ていねい》なのもめずらしい、などと思うけれど、名前を呼んで耳をいじられて、抱《だ》きしめられるとやはり弱い。

（くそ……）

広い胸に腕《うで》を突《つ》っ張って押し返す。いやだ、とかぶりを振《ふ》ってみせても、むろん聞き入れられるわけがない。食いしばった唇に風見が嚙《か》みついてくる。唇全部を覆《おお》って食べ尽《つ》くすように口づけられ、本当に泣きたくなった。

「やだ、つってん、じゃん……」

「怒《おこ》ってんのは俺だ。おまえに拒否権《きよひけん》はねえんだよ」

「どうして！」

つきあっているのだろうかと確認《かくにん》したら、頭にもないと否定したくせに、セックスを拒むとひどく怒る。つれないしそっけないくせに本気で逃《に》げたら追ってきて、まるで執着《しゆうちゃく》しているかのような行動を取る男が、さっぱりわからない。

「なんで、ここまで怒るんだよ。あんた俺のこと、どうしたいの」

「とりあえずは、やる」

「そうじゃなくっ……ひあ、冷てえっ！」

話を聞けと言うのに。押さえこまれてじたばたと暴れる。いきなりローションを股間にぶちまけられ、城山はすくみあがった。ここまで荒っぽい風見というのも久々で、冷たさと怖さにまた性器が縮こまる。

「小さくしてんじゃねえよ。……この間、ミハルにこれ、しゃぶらせたんだってな」

「あ……あ……」

「で、いったのか」

「い、ってな……あっ、痛い、爪《つめ》、やだ！」

よけいなことを、しかも中途半端《ちゅうとはんぱ》に暴露《ばくろ》してくれたミハルを恨《うら》んでもしかたなく、ぬるついたそれをいじる男から必死で顔を背《そむ》ける。だが許されず、ぐいと顎《あご》を掴んで睨みつけてくる風見に、しゃくりあげるような声で城山は訴《うった》えた。

「し、しようとしたけど、む、無理だったたっ……」

「突っこまれては？」

「ないよ、ミハルはただ、可哀想《かわいそう》だからって、ずっと抱っこしてくれてただけっ……」

言い訳じみたことを口にしながら、また腹が立ってくる。どうしてこの男は、こうなのだ。

「あんただってさっき、3Pするかとか言ったじゃん！　どうせ俺は尻が軽いってんだろ、ミハルに突っこまれてたって、どうってことねえだろっ」

そっちが言ったことだろうとなじると、風見はしかし鼻で笑う。

「話がぜんぜん違《ちが》うだろう。俺がミハルにおまえをやらせてやんのと、おまえがミハルと自主的にやるんじゃあ、意味がまったく変わってくんだろうが」

「なんだよそれ。理屈《りくつ》がぜんっぜん！　理解できねえ！」

頭がおかしいのかと城山がわめくと、風見はうんざりしたようにため息をついて言った。

「んなもん、バイブが生になったかどうかの差じゃねえか」

「あほか！　あんたの基準、ほんとにわかんねえよ！　ひとをなんだと思っ……」

殴《なぐ》りつけてやると身を起こす前に、またキスだ。もうどうしてこんなことで力が抜けるのかわからないまま、ひさびさに舌をきつくしつこく吸われて、城山はぐだぐだになる。

「あふ……」

考えてみると、あの工場に連れていかれてからずっと、こうしてキスしてほしかったのだ。ミハルのやさしいそれでは少し物足りなくて、長いこと飢《う》えていたものを与《あた》えられ、今度こそ全身から力が抜ける。

「まあ、さっきのあれはあくまで話だ。気分悪いから実行する気はねえよ」

「も……らに……？」

もうろうとするまま、風見の言うことがよくわからないのは、濡れきったそこに指を入れられ、ぐちゃぐちゃにかき回されていたからだろうか。それとも、さっさと入れさせろと、風見のそれを摑《つか》まされたせいだろうか。

(も、なにが、なんだか……)

わからないまま、気づけば大きく開いた脚《あし》の間に、風見を侵入《しんにゅう》させてしまっていた。

「そこ……あ、そこ……」

痛いくらいになった乳首《ちくび》を転がされながら肉のぶつかる音がするほど腰《こし》を使われ、的確に感じるところを刺激《しげき》されると、もうどうでもよくなってしまう。

「乳首感じるなんて、いやらしいな?」

「あ、あんたがっ……あんたがっ、そうした、くせに……!」

胸はくすぐったい、痛いと逃げた城山を、射精させないように延々性器を縛めたままにして、いやらしいことを言いながらそこをいじって、快楽と直結するように教えこんだ。いまでは《いま》すっかり、城山の小さな胸は、人前で出すのもはばかられるほど恥《は》ずかしい性感帯だ。

「仕込んだって、素質がなきゃどうにもなんねえよ。ほら晃司、もっと締《し》めてみろ」

「んう!」

「舌吸われるの好きだろうが。……キスしねえともっと奥までいじめるぞ」

「やああっ、あ、んんっ」

悲鳴をあげて身をよじり、城山は歯を食いしばって拒《こば》む。けれど内側から侵食《しんしょく》する、強い酸のような風見自身の与える快楽に、そんな意地もいつしか溶《と》けていく。食《は》むように何度も唇《くちびる》を吸われ、喉《のど》をくすぐって耳朶《みみたぶ》をやわらかく揉《も》まれると、自然に唇が開いた。

「んっ、んんむ、んぅ……」

自分が、きゅっと舌先を吸われるのに弱いと、この男に抱かれてから知った。おまけに逃げようにもそこに吸いついたままの男は吸引を弱めないので、舌だけが突き出されたままの淫猥《いんわい》な口づけは続いてしまう。

そしてようやく許されるころには、城山のプライドなどもう粉々で、ただ気持ちよくしてほしいと願う、あさましい身体《からだ》しか残らない。

「ほら、あとはなに言うんだ？」

「あああっ、ああっ、お……お尻《しり》にっ」

「ケツに？」

「か……風見さん、が、入ってる……のが、す、き……ですっ」

唆《そその》かされるまま、卑猥《ひわい》な言葉を口にする。褒美《ほうび》のようにいいところをかき混ぜられ、背筋を何度も震《ふる》わせて、ねっとりした快楽を享受《きょうじゅ》する。

「で？　入れるだけでいいのかよ」

「それ、で……てください」

「聞こえない」

「その、すごいの、で、おか、して、くださ……っあ、うあ！」

ずん、といきなり突き入れられたそれに、声が途中《とちゅう》で裏返る。痙攣《けいれん》して突き出された舌が、風見の指につままれていじられ、甘い呻《うめ》きがこぼれていく。

「どうすごいか言ってみな……？」

いやだと拒むことはできなかった。それから、風見の形や、それそのものの感触《かんしょく》や快楽が、どんな感じがするのかを全部、言葉にして確認させられた。そうすることで頭が冷えるどころか、イマジネーションが刺激されて、もっと卑猥な気分になるのだと思い知らされた。

「ほら、ちゃんと言え」

「あ、入れて、俺のそこ、突いて、ください、は、入ってるの好きっ、……いい、い！」

何度も何度も、そこを抉《えぐ》られながら卑猥なねだりの言葉を言わされる。声が途切《とぎ》れるとやり直しで、口にするうちにだんだん抵抗《ていこう》がなくなっていくのがわかる、それが怖《こわ》い。

だが、強要されるのがこういう調教じみた台詞《せりふ》なら、まだマシだった。

「……最後だけもう一回言え」

「え……入ってるの、好き……？」

「そこじゃねえよ。ほんとの最後だけ、言え」

末尾《まつび》の二文字、それだけでいいと頬《ほお》を撫《な》で、唇をゆっくりなぞった親指がぞくりとした疼《うず》きを生み出す。それが腰の奥ではなく、胸に落ちてくるのが怖くて、城山は顔を逸《そ》らす。

「晃司……？」

「い、や……だ」

耳を甘噛《あまが》みしながら、言え、と唆す声が怖い。いやだ、いやだと抵抗するけれども追いつめられ、次第《しだい》に朦朧《もうろう》となってきたところでまた、命令がくだされた。

「ほら。言え。たいがい素直にしねえとまたしつけ直すぞ」

「いやだ、ああっ……」

好き、などという甘ったるい言葉は、お互《たが》いのなかに不似合いだと思う。

そもそも感情を通わせてこうなったわけでもないくせに、どうして言わせるのかわからない。辱《はずかし》めたいのだろうか。城山がこの手の言葉をこそ苦手としているのがわかっているから、追いつめてくるのか。

「かわいくしてりゃ、やさしくしてやるよ」

そんな言葉にだまされるわけも、ないのに。これだけ手ひどく追いつめて、なにがやさしいだと悪態をつくにも、もう心も身体も引きずられて、どうしようもない。

「か、風見さん、がっ……」

「俺が、なんだ」

「すきっ、あ、あ、……好き……い」

突《つ》かれるたび、言えと唆された言葉が口を出ていく。これもしつけなのだろうか。好きだ好きだと言わせて、好きにさせるつもりなんだろうか。

(なんなんだよ、なにしてえの)

なにがいやだと言われれば、この言葉遊びほどいやなものはない。だんだんその気にさせられている自分もまた、よくわからない。

「あんた、ほんとに、最低……だっ」

ひとの気持ちをもてあそんで、壊《こわ》れそうな胸の裡《うら》も知らないで、なんてことをしてくれるのだと思う。

睨《にら》みつけると、風見は口の端《はし》を歪《ゆが》めて笑う。ほくろの位置が変わって、ひどくなまめかしいその笑みにもずきりと心臓が痛くなる。

長い髪《かみ》が乱れて目元にかかっている。汗《あせ》の滲《にじ》む頬に落ちたひと房《ふさ》までが絵になる男に見惚《みと》れそうになるのも業腹《ごうはら》だ。

「ん、ん――」

そしてまたあの甘い、とろけそうなキスが、城山のなにもかもをおかしくする。

言いなりになる悔《くや》しさから、印象的なほくろに噛みついてやると、風見はひっそり笑うだけだった。

＊　＊　＊

テツとヒバナは、よく歩く。ふんふんと鼻を鳴らしては地面のにおいを嗅《か》ぎ、気になる草花やすれ違《ちが》うよその犬に挨拶《あいさつ》をしつつ、気が向けば走って、そうでなければうろうろと。

しかし、ご機嫌《きげん》な犬たちとは相反して、城山はずっと仏頂面《ぶっちょうづら》だ。機嫌が悪いのではなく、腰の調子がすこぶる悪いからであるけれど。

(腰いてえ)

午後まで起きることもできなかった城山を置いて、今朝、風見はすっきりした顔で工場へと向かって出ていった。今回は詰《つ》めの作業があるとかで、戻《もど》りは一週間後なのだそうだが、正直いって助かった。あの調子でやられていたら、ほんとにそのうちどこかおかしくなると思う。

(なんで俺よか十三もオッサンのくせに、あんなにセックス強いんだよ。ついてけねえよ)

好き放題歩かせつつも、もうだるくてしかたがない。とはいえ、ここ数日は風見にベッドに沈《しず》められ、散歩にも連れていってやれなかったから、城山としてはちゃんとしたいのだ。

なにより、飼い主の不在時に犬の世話を履行《りこう》できないのでは、なんのために城山がいるのかという話になる。

おそらくそれでも、風見は時間拘束料《こうそくりょう》としてアルバイト代をよこすだろう。家に帰る気力もなくなるほど抱《だ》き潰《つぶ》したのはあの男のほうだし、責めたりもしない。だが、それでサボって金を受けとるなんてことになったら、本当に援助交際《えんじょこうさい》のようになってしまう。

いや、風見としては事実そんな程度のつもりなのかもしれないが——と、惨《みじ》めな考えに陥《おちい》って、城山は魂《たましい》の抜《ぬ》けそうなため息をついた。

大学にだけは、まじめに通っている。というよりも、城山の自由になるのはその時間だけで、あとは寄り道もしないで風見の家に戻らないと、あとがひどいことになる。

(オモチャじゃやんねえっつったくせに、嘘《うそ》つき)

先日、一度だけ、高校の同期の誘《さそ》いで飲み会に顔を出したときのことだ。その日はひさしぶりに安いチェーン飲み屋で気楽な飲みを堪能《たんのう》して、ああそういえば色気も素っ気もない集まりはひさしぶりだとしみじみしていたら、電話一本で呼び出しを食《く》らわされた。

城山としては楽しい時間を満喫《まんきつ》しているところに邪魔《じゃま》をされたようなものだ。かちんと来て、酔《よ》いも手伝いしばらくは抵抗したのだが、『いいから来い』のひとことに、結局は負けた。

——言ったよな? 今度いい子にしてなかったら、使うって。

血の凍《こお》るような笑《え》みとともに突き出されたそれは、宇佐見と百合の前でセクハラされた日の翌日、城山の目の前でネット通販《つうはん》で買った代物《しろもの》だ。

あとのことについては、正直あまり、思い出したくない。ついでに言えば、そのとき使われたものに関しては、風見が目を離《はな》した隙《すき》に分解して不燃物に捨ててやった。

ここしばらくはもう、腰もがくがくでつらい。それもこれも、つきあうなどということを、考えもしなかったというあの、デリカシー皆無《かいむ》の男のせいだ。

いったいあの男は自分をどうしたいのだ。彼氏でもないのにこんなに縛《しば》りつけて、そのくせいやならいいと突き放す。身体《からだ》も心も、もてあそばれてくたくただ。

「キャラじゃねえんだよ。なのになんでこんな、悩《なや》まなきゃなんねえの？」

つぶやいて、ここしばらく晴れたことのない胸が重たいなあとまたため息が出た。

ため息をつくなと言ったミハルとは、あのあと電話で少し話した。なんでばらしたんだとなじると、MなのかSなのかよくわからない中性的な美形は『だっておもしろくないんだもん』とのたまった。

『ぼくのところに逃《に》げこんできて、ほかの男のこと延々考えてるくらいなら、玉砕《ぎょくさい》して壊れちゃえば？』

そうしてなんにもなくなったら、やさしくしてあげる。うっとりするような甘い声で囁《ささや》かれ、こいつはこいつで怖すぎると城山は涙目《なみだめ》になった。

「ふつーのひとに会いたい……」

このところの怒濤《どとう》のような濃《こ》い日々に、心底疲《つか》れ果てている。ふんかふんかと鼻を鳴らして歩く犬たちの気楽さが羨《うらや》ましい。もういっそ、なにも考えない生き物になってしまいたいと脱《だつ》力《りょく》していると、うなだれた城山のうしろから「あっ」と声が聞こえた。

なにごとか、と振《ふ》り返るとそこには、制服姿の宇佐見が、困った顔をしてたたずんでいる。

「……あー、よお」

「あ、ど、ども。おひさしぶりです」

そういえば以前にも一度、同じようなシチュエーションがあったなと思いつつ、気のない声で城山は会釈《えしやく》する。この間の今日で、気まずいのはお互いだ。なんとも言えない沈黙《ちんもく》が落ちたけれども、宇佐見は城山以上にそわそわしている。

「なんだよ？」

「え、いやあの」

正統派アイドル顔の後輩《こうはい》が、ちらちらとさきほどから城山の足下《あしもと》を見ていた。なにがあるの

か、とつい視線のさきを追えば、そこにはおとなしく待っているテツとヒバナの姿がある。宇

佐見がなにを想像したのか理解できたとたん、城山は声を裏返していた。

「ばかっ、なんもされてねえよ！　させるかあんなこと！」

「あ、いやおれなにも言ってませんよっ？」

あわあわ、と手を振ってみせる宇佐見を睨んで、城山は唇《くちびる》を嚙みしめる。必死の形相になっ

てでもいたのだろう、宇佐見のこちらを見る目は微妙《びみよう》に笑いを含《ふく》んでいて、この野郎《やろう》、と城山

は恨《うら》みがましく思った。

「ちくしょ……ちょっとはおまえに罪悪感あったけど、もう悪いとか思ってやんねえ」

「え？　悪いってどうして」

「しらねえよ！」

「あ、先輩《せんぱい》、どうしたんですかっ」

わめいて背を向けると、宇佐見はあわてたふうに追ってくる。待って待って、と細い指に腕《うで》

を摑《つか》まれ、思いきり不機嫌な顔で睨みつけてもこたえた様子はない。

「この間のことなら、おれ、気にしてないし」

「俺が気にするよ！」

「いや、そんな照れなくてもいいんじゃん？」

ね、と首をかしげる姿は甘ったるく愛くるしい。こいつは絶対かわいさだけで世の中を渡《わた》っていけるに違いないと思うと、なんだか脱力感が襲《おそ》ってきた。

「照れてねーよ。もう最悪」

呻《うめ》いて肩《かた》を落とすと、心配そうな視線を横顔に感じた。そっと背中に手を当てられ、どんな顔をしていいものかわからないままちらりと宇佐見を眺《なが》めると、以前よりも少し大人びた表情で笑いかけられる。

「あのさ。おれ、心配してたんだ。あれから、だいじょうぶだったかなあって」

「宇佐見……？」

「なんか、すごそうなひとだったじゃん？　まあでも、先輩がいいなら、いいのかなって思ってたんだけど……なんか、泣きそうな顔してない？」

宇佐見にそう指摘《してき》されて、城山はもう消え入りたいような気分になった。ほよんとかわいらしいこの後輩にまで気遣《きづか》われるほど、参っているのが見え見えなのだろうか。

「先輩さあ、お散歩、すぐ終わらせないと怒《おこ》られる？」

「や。今日は、あのひと、いねえし」

「じゃ、ちょっと話そうよ。道っぱたじゃなんだし、こっちおいでよ」

ぽんぽんと肩を叩《たた》かれ、なんだかなあ、と城山は思った。けれど先日のできごとのおかげで、風見と城山の関係はばれている。いまさらごまかすのもばからしいと、細い腕に引っぱられるまま、近くの児童公園まで足を進めた。

「コーヒーでいいっすか？」

「あ、あんがと」

ベンチに座らされ、缶《かん》コーヒーを差し出される。覇気《はき》のない声で礼を告げると、隣《となり》に座った宇佐見が問いかけてくる。

「さっきさあ、悪いと思ってたってゆったじゃん。あれ、なんですか？」

「えー、いや……」

じっと見つめてくる大きな目は淡《あわ》い茶色で、清潔そうな夏服の肩が薄《うす》い。それでも、二年前よりは確実に大人っぽくなったのだなとしみじみしつつ、城山は気まずいのをこらえてぼそぼそと言った。

「おまえは、あれからトモってのと、どうしたんかなと思って」

「え？」

「いや、ほら。好きでもねえやつと、やっちゃって、それでよかったのかなってさあ。はじめてってやっぱ、いろいろなあ。怖《こわ》いじゃん。なのに覚悟《かくご》もつかねえまんま、あれじゃ悪かったかなって」

蒸《む》し返すにもいまさらすぎたそれは、宇佐見にも意外だったのだろう。きょとんと目を丸くして、そのあとふっと小さく噴《ふ》きだした。

「あは、なんだ。気にしてたんだ」

「まあ、一応」

やさしいね、と笑われて、よけい居心地《いごこち》が悪い。けれど続いた宇佐見の言葉に、城山のほうが驚《おどろ》いてしまった。

「うん、まあ、ばれてけんかしたけど平気だよ。いまつきあってるし」

なんだかすごいことをあっさりと言う宇佐見に、なにを言っていいのかわからず、フリーズしたまま凝視《ぎょうし》すると、彼はわざと怒った顔を作ってみせた。

「つうか先輩のせいだろ。ゆりちゃんにばらしたのがそのまま流れちゃったよ、もう」

「あー……あ、そうか。ごめん」

本当にあの時期の自分は、どれだけ考えなしだったことか。すぎたことだと言いきれる宇佐見のほうが、よっぽど大人になってしまったのだなと感慨《かんがい》深く、また反省していると、うなだれた肩をぽんぽんと叩かれる。

「まあ、あのことあったおかげでおれも自覚できたんだし、ほんとに気にしてないよ」

「だっておまえの彼氏って、矢野《やの》だろ？　怒られなかった？」

「知ってたの？」

今度は宇佐見が驚く番だった。いくらなんでもそこまで鈍《にぶ》くはないと城山は苦笑《くしょう》する。

「去年の冬かな？　散歩してたとき、おまえら一緒《いっしょ》だったじゃん。まあ気づかれたくねえだろうな、と思ったからとぼけてやったけど、矢野のフルネームくらい俺だって知ってるよ」

矢野智彦《ともひこ》というのは、宇佐見と城山の出身校である陶栄《とうえい》高校きっての有名人だ。剣道《けんどう》ではインターハイに常連出場、学業では特進クラスのトップを張り、全国模試でも五位以下に落ちたことがないという傑物《けつぶつ》は、一年のときから騒《さわ》ぎ立てられ、当時三年だった城山の耳にも噂《うわさ》はかなり聞こえていた。

「なんだ。ごまかせたと思ってたのに」

「ごまかしたそうにしてたからな。あとまあ、俺がちょっとおまえのこと触《さわ》ったら、あいつものすごい形相で睨《にら》んできたもん。あれじゃばれるっつうの」

「そ、そっか。うん。ごめんね、ゆっとくね」

じゃれるようなスキンシップを仕掛《しか》けた程度でも、矢野はこちらを殺しかねない勢いで怒気《どき》を放っていた。本人たちは気をつけているつもりだろうが、少しめざとい連中にはすぐに知れることだろう。

「まあでも、うまくいってんなら、いいんじゃね？」

「んー、まあ、しょっちゅうけんかするけどねー。でもまあ、うまくいってんの……かな」

へへ、と照れた宇佐見は幸せそうで、よかったなと頭を撫《な》でてやる。この間はいろいろ深刻そうに百合と話しあっていたが、おそらくこの様子では、それも解決したのだろう。

だが、あまりに幸せオーラを出されると、少しばかりおもしろくないのがひとの性だ。

「うまくいってんじゃない？　でも開襟《かいきん》シャツ着るんだから、キスマークには気をつければ？」

「えっ、うそっ！　もう絶対つけるなって言って——」

がばっと両手で首筋を押さえた宇佐見は、一瞬《いっしゅん》あとにはっとなって城山を睨みつけてくる。

わかりやすすぎる反応に、城山は思わず噴きだした。

「はは！　うっそでーす。ついてねえよ。見えないところは知らないけど」

「うわあ、むかつく、このひと」

「いていいて、叩くな。悪かったって」

真っ赤になった宇佐見に肩を小突《こづ》かれ、痛いと大げさに言いながらも笑った。リードを握《にぎ》ったままのテツとヒバナが、きょとんとしたままふたりを交互《こうご》に見比べている。

「まあね、いいけどさ。少しは気晴らしになったなら」

「んあ？」

「さっき、歩いてる先輩見たとき、なんかいまにも地面にめりこみそうな顔してたもん」

心配しちゃったよと笑う宇佐見に、城山はなんともつかない顔をしてしまった。笑いはすぐに消え失《う》せ、またうつむく城山のことを、宇佐見は見ないようにしてくれる。

「あのひと、彼氏？」

テツとヒバナに「おいで」と手を差し出しながらの宇佐見がぽつんと問いかけたそれに、城山は皮肉な笑いを浮《う》かべた。

「そんなんじゃねえよ。つか、そうなのかなって思ったことあったけど、違《ちが》うらしい」

口に出すと、ずきりと胸が痛む。息が苦しくて、宇佐見にもらったコーヒーに口をつけると、城山は吐《は》き捨てるように言った。

「あのひとが俺のなんなんだか、俺があのひとのなんなんだか、さっぱりわかんねえの。もうどうしていいのかも、ぜんっぜんわかんんね」

気づけば後輩《こうはい》相手に悩《なや》み相談をしてしまっている状態がおかしくて、小さく噴きだす。笑いでもしなければ、とてもやっていられないからだ。

「ただまあ、あっちにしてみりゃ、都合のいいヤリ友かなんか、じゃねえのかなあ」

城山の自嘲《じちょう》気味の声に、手のひらを舐《な》めるテツの舌がくすぐったいと笑いながら後輩は「うーん」と小さく唸《うな》った。

「ヤリ友ってそれも違うくない？　嫉妬《しっと》まるだしって感じだったよ、こないだ」

「誰《だれ》が？」

「あのひと。えーと風見さん？　この間、それこそトモじゃないけど、睨まれたよ、おれら」

「ああ、そりゃ違うよ。怖いのデフォだから。年中あんな顔つきだよ」

そうかなあ、と宇佐見は首をかしげている。前足を膝《ひざ》にかけ、抱《だ》っこをねだるヒバナを持ちあげて、城山は疲《つか》れた顔を隠《かく》しきれない。

「だっておまえ。つきあってんのかって訊《き》いたら、そんなん考えたこともないってさ」

「はえー？　ナニソレ」

「彼氏って発想がおもしれえな。俺の頭にはなかったわ、だってよ。もうそこまで言われちゃあね、いっそすがすがしいっていうか」

風見の発した衝撃的《しょうげきてき》な言葉を口にして、自分で打ちのめされる。一言一句違《ちが》えず覚えているあたり、相当根に持っているのだなと思うとよけいにいやな気分だった。

「えと、訊いていい？　アルバイトって言ってたよね、あのひとの犬だよね」

「うん」

「そういうことになっちゃったきっかけって、なに？」

暢気《のんき》にくつろいでいるテツとヒバナを見下ろしつつの宇佐見の言葉に、一瞬だけどうしようかなと思った。けれどきっかけはと問われると、なんともつかない気分になる。

「あー、まあ、きっかけって言えば、誤解で強姦《ごうかん》されたつうか」

「はあ!?」

「酒に睡眠薬《すいみんやく》しこまれて、縛《しば》られて、やられちった」

もはやいまさらすぎて忘れかけていたが、あらためて考えればとんでもないはじまりだった。宇佐見が驚くのも当然だなあと、城山は他人事のように思う。

「なんでそんなひと、許しちゃってるんすか」

「なんでって……なんでかな。俺が知りたいくらいだ。才能あるひとだし、かっこいいとこもあるよ。でもそれぶち壊《こわ》しにするくらい、ひでえ男なんだけどな」

考えてもわかんねえのよ、と苦笑いがこぼれる。あきらめの交じったそれをしげしげと眺《なが》め、宇佐見は心配そうに問いかけてくる。

「DVじゃん、それ。まさか、脅《おど》されたりとか、暴力とか、そういうんじゃないよね？」

「ああ、うん。そういうんじゃない……と、思う。俺が殴《なぐ》ろうとして躱《かわ》されてっけど」

そういえば、風見に殴られたことはないかもしれない。尻《しり》はたまに叩《たた》かれるが、あれはちょっと意味が違うだろう。目を泳がせつつ城山が答えると、宇佐見は深々と息をついた。

「殴るって……バイオレンスだなあ。なんか、やっぱおれにはわかんない世界かも。すごいひと相手にしちゃってんだね、城山さん」

「すげえよもう。振《ふ》り回されるだけ振り回されて、もう疲れ果てた」

呻《うめ》く城山に、宇佐見は相変わらずのほわんとした雰囲気《ふんいき》ながら、いきなり直球を投げてくる。

「先輩《せんぱい》はさあ、恋《こい》してるんだね」

「は？」

「うんまあ、惚《ほ》れたらなんでもありだよね」

くすくすと笑う宇佐見に、城山は目を瞠《みは》ったまま硬直《こうちょく》した。およそ自分に似つかわしくない、甘ったるいにもほどがある単語に眩暈《めまい》がした。

「おれのはじめて食っちゃって悪かったなあって、それ、食われちゃったから考えたんだろ？　で、それ、風見さんのせいなんだろうなあ。なんかしおらしくなっちゃって、かわいいねえ」

「ばっ、てめ、からかうなよ！」

「わー、赤くなるともっとかわいい」

わざとらしく覗《のぞ》きこまれ、やめろと小さい顔を押し返す。

(恋って……勘弁《かんべん》してくれよ)

同じ言葉でミハルにも指摘《してき》されていたけれど、夏服も眩《まぶ》しい宇佐見に言われてしまうと、なんだかひどく恥《は》ずかしい。それはおそらく宇佐見が、自分たちよりずっときれいな恋をしているせいではないかと思った。

「おまえらのとはちょっと違うの、もっといろいろごちゃついてるし、そういうきれいなもんじゃねえの！」

「……きれいって、城山さん。なんかほんとにキャラ変わってない？」

「うるさいよ！　知ってるよちくしょう！」

いったいどっちが年上なんだと悶絶《もんぜつ》しながら頭を抱《かか》えて、城山はわめくしかできなくなる。おまけにうろたえまくる城山を、宇佐見はやさしく眺めて笑うので、もう身の置き所がないったらない。

「笑うな。もう勘弁しろ」

「笑ってないよ。ねえ先輩、さっきのさ、風見さんの言ったこと。違うんじゃない？」

「違うって、なにが」

背を屈《かが》めてまるくなり、じゃれついてくるヒバナの短い毛並みに赤くなった顔を埋《う》めた。見るなという意思表示に宇佐見はくすくすと笑いながら言う。

「彼氏とか考えたこともないって言われただけで、否定されたんじゃ、ないんじゃない？」

「おまえは、あのひと知らないから」

そして城山に同情しているから、そういうやさしいものの見方ができるだけだ。いじけたふうに響《ひび》くそれをせめてもの意地で口にはしなかった。けれど宇佐見には、心の声まで聞こえていたらしい。

「彼氏だとか考えたことないなら、考えろって言いなよ」

「言ってどうすんだよ。いっぺん、ふられてるようなもんなんだぞ」

「でも、やってんでしょ？　つうかさっきから微妙《びみょう》に腰《こし》かばってるじゃん。風見さん、相当激しいの？　って、激しいか、そりゃ」

かわいい顔でえげつないことをけろんと指摘され、城山は言葉につまった。事実そのとおりで、邪気《じゃき》がないだけに宇佐見の追及《ついきゅう》は容赦《ようしゃ》もない。

「犬はプレイに参加してないからな」

「うん、さすがにこの子らにそれやらせてたら、ひとでなしすぎるよね。よくないね」

念押しすると、笑いをこらえながら宇佐見はうなずく。もう完全に宇佐見のほうが上に立ってしまったと、城山は脱力《だつりょく》しながら敗北感を覚える。

「あのね、好きなら甘えちゃっていいと思うよ。てか、ちゃんと腹のなかにあるもん、ぶつけないと、こじれるよ」

ひとつアドバイスだと言って、宇佐見は声をあらためる。なんだか実感のこもった言葉に、そういえば彼も先日まで相手と揉《も》めていたのだったと思い出した。

「ぶつけるって、どうやってだよ」

「たまには、ダダこねてみるとけっこうOKかも。ああいうひとって、怖《こわ》そうだけど案外、そういう甘えられるのとか、弱いかもしんないよ」

ほんとかよ、と思いつつ、実際城山も宇佐見に甘えられるのは弱かった。かわいいというのは武器だなと感心するのだが、さりとてそれを自分が——と考えると寒くてしょうがない。

「ダダってどうやってこねるんだよ」

えらくむずかしい、と唸りながら問うと、宇佐見もまた「うーん」と首をかしげた。

「や、どうやってって……もっとかまえとか、好きって言えとか？」

「そっか、おまえ言ってんだ」

「おれのことはいいだろ」

やっと一矢《いっし》報《むく》いることができたと城山がにやつけば、むくれた顔で脇腹《わきばら》をどつかれた。

「なんだよ、こういうのって素直《すなお》がいちばんなんだからな。言葉にしなきゃわかんないじゃん」

「言葉、かあ。まあねえ……」

宇佐見の『トモ』くんもなかなか難物ではあったが、しょせんは高校生だ。風見のようなひとくせもふたくせもある男とはわけが違《ちが》うし、なにより宇佐見の方法論が城山に適用されるとはとても思えない。

（ダダかあ。そういう意味じゃ、あっちのほうがこねてるよな）

宇佐見の言葉にぐらつくのは、近ごろ行為《こうい》の最中に、風見がやたらと『素直になれ』だとか、『好きだと言え』と強要してくることだ。自分は甘い言葉どころか、最悪だといういたぶりをするくせに、そう言わせると盛りあがるとでもいうのか、ひどくしつこい。

――かわいくしてりゃ、やさしくしてやるよ。

あれではまるで、自分だけが無意味に意地を張っているかのようではないか。気持ちを無視して、笑い飛ばしたのは自分のくせに、いまさら言葉を引き出すなんて最低だ。

──か、風見さん、がっ……すきっ、あ、あ、……好き……い。

めちゃくちゃにされながら吐《は》き出す告白は、甘ったるくて自分でもいやになるほどだった。そうして言わせるだけ言わせておいて、風見はただ満足げに笑うばかりで、むろん同じ言葉を返すことなど一度としてない。

(遊ばれてんだろな)

惨《みじ》めでせつないその時間のことをさすがに後輩相手には口にできず黙《だま》りこんでいると、宇佐見が「心配いらないよ」となぜか太鼓判《たいこばん》を押した。

「なにが心配いらねんだよ」

「だいじょぶだよ、なんか先輩、かわいくなったよ？」

おまえにだけは言われたくないと思いながらも、ふと訊《き》きたくなった。

「なあ、矢野って、好きって言ってくれんの？」

「うえっ？　え、あ、まあ。たまに……って、おれのことはいいだろっ」

自分のこととなると、とたんにもじもじしはじめる。めいっぱい誰《だれ》かにかわいがられている様子の宇佐見が、少し羨《うらや》ましいと感じるのは、これもやっぱり疲《つか》れているからだろうか。

かといって、風見に思うさま甘やかされる自分というのも、なんだか想像がつかない。というより、なんだか寒々しいものさえ覚えて、不毛だ、と城山はため息をついた。

(俺は、どうされたいのかな。どうしたいんだろ)

あまり使うことのなかった頭を、風見のおかげでさんざん使わされているせいで、なんだか頭が痛いくらいだ。それでも、怠惰《たいだ》に場当たり的に生きてきた城山も、いまのままでいいわけがないことくらいわかっている。

山奥のあの工場で、不意に気持ちをたしかめたくなったのは、純粋《じゅんすい》に恋愛感情《れんあいかんじょう》ばかりではなかった。しっかりと自分を持っている男に比べ、あまりになにもないことが情けなくて怖くて、その不安を埋め合わせるように、風見との関係を形にしたかったのだ。

(それもあのひとは、見透《みす》かしてたのかな)

風見のように、打ち込めるなにかが欲しいと思う。それがなんなのかはまだわからないけれど、それが見つかったならもう少しは自分を好きになれるのかもしれない。

長いこと、心の底では、怠惰な自身を少しも好きでいてやれなかったことに気づいた。風見のせいで、無理やり気づかされたのだとも思う。

——俺はばかなんだとか、頭悪いからとか自分で言えば免罪符《めんざいふ》になると思うなよ。

そんな自分を、あの男はいったいどう思っているのだろう。いやだいやだと暴れるばかりの身体《からだ》を押さえこんで、いったいなにが楽しいんだろう。

(ほんとに甘えてみたら、どうなるんだろ?)

怖いような甘美なような想像に、城山はどうしようもなく惹《ひ》かれる。そしてそんなことを思う自分に、同時に打ちのめされる。

げんなりと頭を垂れ、物思いにふける城山をじっと見つめていた宇佐見は、ふとなにかに気づいたかのように目を瞠《みは》ったあと、こう言った。

「ねえ先輩。おれはさあ、そんなに暗く考えること、ないと思うよ」

「根拠《こんきょ》はなんだよ」

「だってこれ」

ぐいと、カットソーの襟首《えりくび》が引っぱられ、『これ』がどうしたと眉《まゆ》をひそめる城山に、宇佐見は顔を寄せて耳打ちした。

「あのね、髪の毛とシャツで隠《かく》れてるけどね、首の骨のしたから肩胛骨《けんこうこつ》のとこまで、キスマークべったべたについてる」

さきほど宇佐見がそうしたように、城山はあわてて該当箇所《がいとうかしょ》を手のひらで押さえる。しかし自分で確認《かくにん》しようにも無理な位置と、宇佐見のにやにやした笑いに、これは意趣返《いしゅがえ》しかと睨《にら》みつけた。

「んだよ、仕返しかよ」

「マジだって。これちょっとすごいよ。ちょっと待ってたしか……」

ごそごそと宇佐見は鞄《かばん》を探《さぐ》り、「あった」と言ってポーチから手鏡を取りだした。さすがに城山も引いてしまう。

「おまえ、なんぼギャル男上等つったって、それはやばいっしょ」

「違うよ、ゆりちゃんの忘れもんだっつの！　いくらおれでも化粧《けしょう》道具持って歩かないよ！」

コンパクトの鏡と手鏡を利用し、これで見えるかな、と首筋を映してみせられ、言葉どおりの赤黒い斑点《はんてん》に城山は呆然《ぼうぜん》とした。

「なんだこれ」

「こんだけされて気づかないって、相当なんじゃないの？　これとか、歯形ついてるよ」

どんだけぶっ飛んでんの、と呆《あき》れたように言う宇佐見に返す言葉もない。キスマークとは要するに鬱血《うっけつ》による痣《あざ》なのだ。かなり強い力で吸いあげでもしない限りつかないし、それにはかなりの痛みを伴《ともな》うというのに、城山はいまのいままでまるで気づきもしなかった。

「あのさあ、しばらく髪の毛あげたり、タンクトップとか着ないようにしないとまずいよ」

「そうするよ……」

深く息をついてうなずくと、「やっぱりしおらしいなあ」と宇佐見が笑うので、お返しに軽いげんこつだけお見舞《みま》いしてやる。

「おれは見こみあると思うけどな？」

だがそのあとで、殴《なぐ》られた頭を押さえつつ笑って慰《なぐさ》めてくれたので、いやがる宇佐見を押さえつけ、思いっきり頰《ほお》に吸いついて、少しだけ気晴らしをしてやった。

＊　＊　＊

風見が帰宅するまでの一週間は、なにごともなく平穏《へいおん》にすぎた。風見の家から大学に通い、戻《もど》ってきてからは犬をかまって暮らす。ここしばらくでいろいろ懲《こ》りたので、もしこのアルバイトが終わっても夜遊びはしないだろう。

たまに気になって鏡を覗《のぞ》くと、宇佐見に指摘《してき》された強烈《きょうれつ》な痕《あと》はだいぶ薄《うす》れてきていたが、二十歳でまだ新陳代謝《しんちんたいしゃ》も衰《おとろ》えていないはずの城山の肌《はだ》にこれだけ執拗《しつよう》に残っているキスマークは、いったいどれくらい強く吸えばつくものなのだとうんざりした。

「つうか、口でけーよ」

肩胛骨のうえにがっつり残された嚙《か》み痕を見て、口径はいくつだとつい考えた。風見のように目測できるような特技もなく、合わせ鏡のなかで残る赤っぽい歯形にため息をつくだけだ。眺《なが》めるたび、これを残した男のことを考える。見ていなくても、ずっと考えている。

(あんた俺のこと、どうしたいの。どう思ってんの)

風見に問いたいのは、もうそれだけだ。行動だけ見るなら、宇佐見の言うように見こみはあるのだろうと思う。第一、こうまで縛《しば》りつけておいて『なんとも思っていません』は、いくらなんでもないと思うのだ。

ただとにかく、風見の思考回路は特殊《とくしゅ》すぎるため、常識では計り知れない部分もある。あの調子でいじめられ続けるのも、正直いってきつい。

「ダダこねて、甘えろ、かあ」

たとえば、涙目《なみだめ》になってすがりついて『かわいがって』とか言えというのだろうか。

(あ、いや、無理)

羞恥《しゅうち》をこらえてがんばったとしても、間違《まちが》いなく冷笑《れいしょう》が降ってくるに違《ちが》いない。

宇佐見の提案はものすごくハードルが高い気がして、城山はげんなりしてしまう。眉間《みけん》に刻まれた皺《しわ》は深くなり、臓腑《ぞうふ》まで吐きそうな息をついた。

ミハル相手にはいくらでも甘ったれることができたのに、それが風見となると想像すら不可能というのはいったいなんなのだろうか。

答えは——相手にそれを受け入れてもらいたがっているからだ。そしてそれがひどくむずかしいことであると、知っているからだ。

「……ん、なに?」

ごろりと、主《あるじ》不在のままだだっ広いベッドに横たわっていると、テツとヒバナがやってくる。しつけのいい犬たちは、城山がこうして抱《だ》きあげない限り自分でこのベッドに飛びあがったりよじのぼることはしない。

ヒバナは肩《かた》と脇《わき》の狭間《はざま》あたりに鼻面《はなづら》を突《つ》っこんだり、腕枕《うでまくら》状態で寝《ね》るのが好きで、テツは腹のあたりに顎《あご》を乗せて寝るのが好きだ。もこもこした犬たちに囲まれ、ふ、と城山は息をつく。

「なあ。おまえら、俺が来なくなったらどうする？」

呟《つぶや》いた言葉の意味がわかるとも思えないのに、二匹《ひき》同時に顔をあげるから少し驚《おどろ》く。りん、と涼《すず》しく響《ひび》くのは、あの日風見が作った銀のベルだ。

ねじれたラインが色っぽいそれは、形のいびつさのわりにとても澄《す》んだ音がする。首輪から下がるそれをちりちりと鳴らし、城山はぽつりと呟いた。

「俺も欲しいなあ、こういうの……」

「首輪か？」

「え……うわっ！」

ひとりごとに対して返ってきた言葉に驚き、跳《は》ね起きると腹のうえからテツが転げた。ベッドが広いために床《ゆか》に落ちることはなかったが、焦《あせ》りながらひっくり返った犬を抱き起こす。

「な、なんで？　車の音しなかった」

「今日は打ち合わせがあったんだ。飲まされたから電車で戻ったんだ。代行頼《たの》んでおいたけど、まだみたいだな」

妙《みょう》な具合に心臓が跳ねているのは、突然《とつぜん》の帰宅に驚いたからだけではない。

「スーツとか、持ってんだ」

「一応な。たまにはかたっくるしい場に出なきゃなんねえし」

詳《くわ》しくは語らないが、どうやらえらいひとと一緒《いっしょ》の席であったのだろう。飲んだというわりには酔《よ》いの気配もなく、億劫《おっくう》そうにネクタイをほどく仕種《しぐさ》にも疲労《ひろう》が見えた。なにより、ベッドのうえでごろごろしている城山に、卑猥《ひわい》なちょっかいを出してこないのもめずらしい。

(あ、いまなら)

いつもいつもなし崩《くず》しに押し倒《たお》されているが、話をするならいまのタイミングではないだろうか。スーツの上着を脱《ぬ》ぐ広い背中を眺めつつ、城山は居住まいを正してごくりと息を呑《の》んだ。

「なあ、あの。話が、あんだけど」

「あ? 首輪プレイしてえんなら、今度調達してやるから待ってろ」

「ちげーっつの! ふつうに会話させろよ、あんたいっつもそんなんばっかじゃんか」

まじめに切りだしたそれに、笑いを含《ふく》んだ言葉で返され、城山は目をつりあげる。だが、めずらしくも本当に疲《つか》れているのだろう風見は、本気で機嫌《きげん》の悪そうな声を発した。

「冗談《じょうだん》だろ。帰ってきていきなりけんか売るなよ、ヒスった女じゃあるまいし」

「……っ」

そのひとことは、思ったよりも衝撃《しょうげき》が大きかった。そもそも怒《おこ》らせたのはどっちだと言いたかったけれども、怒《いか》りよりむなしさのほうがさきにたって、城山は黙《だま》りこむ。

「わかった、もういい」

「あ？　よくねえだろ、言いかけてやめんなよ」

「けっこうです。風見さん帰ってきたし、アルバイトは終了《しゆうりよう》なんで俺帰ります」

かぶりを振《ふ》って立ちあがり、硬《かた》い声を発した城山は部屋を出て行こうとする。だがその口調に風見の苛立《いらだ》ちは募《つの》ったらしかった。

「なんなんだ、いきなり絡《から》みやがって。わかるように話せよ」

「いいよもう。どうせ俺の言うこととか、あんたに理解できるわけねえもん」

皮肉ではなく、ただそうとしか思えなかった。なんだか全身に力も入らず、腕《うで》を掴《つか》まれて引き寄せられるのも鬱陶《うつとう》しい。

「なに拗《す》ねてんだ、おまえ」

「拗ねてるとかじゃないんだけどなあ……」

くっと嗤《わら》いを漏《も》らすと、うなだれていた顎を掴んで顔をあげさせられる。色のない顔で風見を見あげると、険悪に眉《まゆ》が寄せられた。怒っているというより戸惑《とまど》うような表情にも見えたが、もうどうでもいいかと投げやりに思う。

だが、唇《くちびる》を寄せられたときに、それだけはいやだとそっぽを向いた。ふだんの拒絶《きよぜつ》とは違うなにかを感じたのだろう、風見はいらいらと言い放つ。

「いつもやらせてたくせに、なんだよ」

「あんたが勝手にやってただけだろ。俺はいやだって毎回言ってる」

ここまで冷え冷えとした声を出す自分を知らず、城山は自分でも驚いた。風見もまた目を瞠《みは》り、小さく舌打ちをする。

「ああもうわかった、なに怒ってるかわかんねえけど、謝りゃいいんだろ」

「……んなこた言ってねえよ！」

あげく言った台詞《せりふ》は最悪で、一気に怒りを爆発《ばくはつ》させた城山は、血管が切れるのではないかと思った。この男は初手からそうだ、意味も理解しようとせずに心のない謝罪だけは口にする。

「もうほんとに勘弁《かんべん》してくれよ、俺だって感情があんだよ、遊びならいいかげん、終わりにしてくれ！」

「なんだそれは？」

とぼけているのではなく、本当に意味がわからない、と風見は困惑《こんわく》している。ああまったく、この男にまともな感情を理解しろというのが無理な話だったのだと絶望的な気分になりながら、城山は腕を振り払《はら》った。

「もうアルバイトやめる、ここにも来ない、あんたとも寝ない」

「聞けた話か。ふざけんな」

「ふざけてんのはあんただよ！　いいだろ、どうせ適当な誰《だれ》か引っかけりゃあ、あんた相手に脚《あし》開くやつなんか、いくらだっているじゃんかよ。なんでわざわざ、いやがる俺……っ」

言葉の途中《とちゅう》で襟首《えりくび》を掴まれ、殴《なぐ》られるのかと目を閉じたら唇に嚙《か》みつかれた。どうしてここでキスなんだと、肩や胸を叩《たた》いて抗議《こうぎ》したところで、風見のそれは終わらない。

「んんっ……うやっ、やだっつうの！」

歯列をこじ開けられ、舌を入れられたら負けてしまう。必死に奥歯を噛みしめ、どうにか目の前の男を突き飛ばすと、乱れた髪《かみ》をかきあげながら風見は面倒極《めんどうきわ》まりないという顔をした。

「わざわざ、いやがる相手とっつかまえてやってる意味もわかんねえほど、ばかだったか？」

「また、そういう……っ、あんた、もうわけわかんねえよ」

「わけわかんねえのはおまえだろ、キレる前に言えよ」

それはそっちがキレる前ということか、それとも城山自身のことか。判別のつかない言葉に惑《まど》いながら、こうなればもうぶちまけてやると城山は口を開いた。

「だから、遊びなら、俺にこだわることねえだろっつってんのっ」

「いやだね。俺はおまえで遊びたい」

言いきられ、だからどうしてだと地団駄《じだんだ》を踏《ふ》みたくなった。そんなに痛めつけるのが楽しいのかと思えばじわりと涙《なみだ》まで滲《にじ》んできて、それを見られたくないとうつむく。

「おまえこそ、なんでそこまでいやがるんだ？　おとなしくしてりゃ、かわいがってやるっつってんだろ」

「だって……」

「だってなんだよ、言うだけ言え、聞いてやっから」

呆《あき》れたように言う言葉の遠さに、眩暈《めまい》がしてきた。やっぱり風見は宇宙人なのだろうか。どれだけ言葉をつくしたところで、この男とわかりあえる気がしない。

それでももう、終わりにするなら言うだけは言おうと城山はうつむいたまま、恥《は》ずかしくてたまらない言葉を口にした。

「お、れのこと、あんた、好きなわけでもなんでもねえだろ」

てっきりそれでまた、くだらないと切って捨てられるのだと思っていた。震《ふる》えた声が情けなくて、自分のシャツの裾《すそ》をぎゅっと握《にぎ》りしめていると、ふう、と大きなため息が聞こえる。

(呆れたんだ。絶対またひどいこと言われる)

身がまえて肩を縮めていると、風見が一歩踏み出した。ぬっと伸《の》びてきた手に反射的にびくりとすると、「なんだその顔は」といやそうに頭をぐしゃぐしゃ撫《な》でられた。

「俺が、おまえを殴りでもすると思ったのか。だいたい、好きでもなんでもねえって、どこの誰がそんなことを言った？　ミハルか？」

「え……ち、違《ちが》う、けど」

意外なそれに顔をあげると、不愉快《ふゆかい》そうに睨《にら》んでいる風見がいる。目があって、また心臓がどかんと音を立てるから、城山はあわてて目を逸《そ》らした。

「誰も言ってねえなら、根拠《こんきょ》はなんだ。言ってみろ」

「だ、だって好きならあんな、あんな……ひど、ひどいこと言わないだろ……っ」

尻《しり》が軽いだの好き者だの、さんざんなことをいままで言われてきた。けれどさきほどの、ヒステリーを起こした女のようだという台詞はなかでも最悪だった。なんだかものすごく大事なところを、踏みにじられた気がしたのだ。

「上村とかには、すげえふつうだし、かわいがってる感じだし。最初のときとか、もっとふつうにやさしかったじゃん。でもアサミさんのことのあとから、俺、なんなのって扱《あつか》いじゃんか」

最初のあれは誤解だったにしても、きっと腹の底では城山を軽く見ているから、ああしていじめることができるのだろう。

「やるっつったらセックスばっかで、やだっつってんのに変なことばっかして。もう俺、キャパオーバーだよ、無理だ」

もう、あんな扱いはいやだとかぶりを振ると、風見はなんだか呆れたような声を出した。

「悪いが俺は、どっちかって言うまでもなくSだ」

「知ってるよそんなんっ」

いまさら宣言されなくても、我が身で思い知っている。噛みつくようにして言葉を返すと、風見は城山の長い前髪《まえがみ》をかきあげ、強い視線で顔を覗《のぞ》きこんできた。

「知ってねえだろ。惚《ほ》れたら俺は、相手を追いつめないと気がすまないんだ」

「……え」

「どうでもいいやつだの気のない相手にはそりゃ、やさしくもするだろ。三十三にもなって人間関係を円滑《えんかつ》にする方法、知らなきゃアホだ」

しゃあしゃあと言ってくれる。けれど、それは嘘《うそ》だと城山は強く否定した。

「だってあんたは、言わないじゃないかっ。俺にばっか、好きって言えとか強制して」

「俺？」

「ほ、惚れたとか言ったたって、嘘くさい！」

いままでのあの態度のどこに、愛情があるというのか。おもしろがられているだけじゃないかと睨みつけると、風見は片方の眉だけを器用にあげてみせた。

「ほー……じゃあ、愛してるとか言われたいわけか」

「誰がそんなこと言ってんだよ。ベッドに連れこむ気があるなら、最低限の手順くらい踏めって言ってるんだろうがっ」

「なるほど。俺に口説けって言ってくるやつは、はじめてだ。でもたしかおまえ、いらねえって断ったんじゃなかったのか？」

やったこともないけどな、と傲慢《ごうまん》に言い放つ男に呆れた。おもしろそうににやにや笑う、その余裕《よゆう》が腹が立つ。城山は伸びてくる腕《うで》をはたき落として怒鳴《どな》った。

「口ばっかの嘘くさい台詞なんかいんねえよ！」

「じゃあ本気が欲しいわけだな。なるほど」

「ちがっ……！」

また言葉遊びで煙《けむ》に巻《ま》くのか。やっぱり真剣《しんけん》に話なんかできないじゃないかと声を荒《あら》らげようとしたときに、風見はいままで浮《う》かべていたにやついた笑いをおさめ、いきなり真顔になる。そして、城山の顎《あご》を摑《つか》んだまま、ひといきにこう言ってのけた。

「おまえなんかただの遊びだよ。やれりゃいいんだから、ぐだぐだ言うな」

「そ……っ」

冷たい声で告げられ、びくっと息を呑《の》む。だがその青ざめた顔を見たとたん、風見はひどくいとおしげに目を細めた。

「……って言ったらそんな泣きそうな顔するくせに。なにが信じないだ」

「ひ……で……」

ぷっと噴《ふ》きだして、きつく摑んだ顎のあたりを指で撫でる。これも結局、彼の冗談だったのだと知れたけれど、もう城山は限界だった。

「もういいかげん、認めろ。あんまり意地張ると……って、おい？」

「もう……やだ……っ」

嘘だとしても、ひどすぎた。ぼろっとこぼれた涙がもう止まらずに、城山はひいひいとかすかな声をあげて泣きだしてしまう。

「もう、俺、やだ。あんた疲《つか》れるもん……っ」

「……おい、晃司」

風見は、いきなりぼろぼろ泣きだした城山を前に、啞然《あぜん》としていた。城山自身、こんな見苦しい真似《まね》、したくもないし耐《た》えられない。だからもう、やめてしまいたいと涙声《なみだごえ》で訴《うった》えた。

「やさしくされたいよ。それでなんか悪いのかよ。もっと最初のころみたいに、俺のこと、ふつうに扱ってくれたっていいだろ……っ」

ぷちんと切れてしまったなにかのせいで、もう立ってもいられなくなった。

こうしてぐずるのがいやなら捨てていけばいい。もう風見のことなど知りたくないと、しゃがみこんだまま城山はすすり泣いた。

そして風見は無言のままだ。呆れたか、うんざりしているのかと思えば胸が押しつぶされそうになる。

――たまには、ダダこねてみるとけっこうOKかも。

（やっぱりだめじゃんかよ。宇佐見のアホ）

男でもあんなふうにほよほよかわいいなら、泣き落としも有効だろう。じっさい宇佐見はとてもかわいいし、真っ向から泣きわめかれてもつい言うことを聞きたくもなろう。自分だって、あのふんわりした後輩《こうはい》には、かなり甘かった自覚はある。

だが、城山はどうやわらかく表現しても、かわいいなんて言葉とはほど遠い。ルックスは小ぎれいな方だとしても、全体の雰囲気《ふんいき》がどちらかというまでもなくシャープだし、背も高いし瘦《や》せ型で、印象もきつい。

（引いたじゃん……）

ずず、と洟《はな》をすすって自分の情けなさに呆れ、城山はゆっくり立ちあがった。子どものようにごしごしと目元をこすり、息をついて風見に背を向ける。

「ちょっと、おい」

「……なに？」

肩《かた》を摑んで振《ふ》り向かされると、驚《おどろ》いたことに、風見はなにかうろたえた顔をしていた。泣いたせいで腫《は》れぼったい、うつろな目で見ると、彼は困ったように顔を歪《ゆが》める。

「おまえ、あんなの、真に受けることたないだろうが」

「なにが……？」

「そんなめいっぱい傷つきましたみたいな顔、するか？　おまえそういうんじゃねえだろ」

「面倒《めんどう》なら、いいよ。もう俺、疲れた」

「ちが……くそ。ああもう、このばか」

舌打ちをされて、びくっと肩がすくんだ。もうなにを言われても城山の神経にはひどく障《さわ》るようで、怯《おび》えて顎を引く姿に、風見は深々と息をつき、長い髪《かみ》を搔《か》きむしった。

そしておもむろに城山を引き寄せると、慣れない手つきで顔を胸に押しつけてくる。

「このアホ。悪かったよ。悪かった。泣くな。遊びのわけがないだろうが」

「慰め、いらない……」

「慰《なぐさ》めてねえよばか、いつもみたいに怒るかと思ったんだ、やりすぎた、悪かった！」

果てしなく不本意そうに、怒鳴るように言われた。しかしいままではじめて、風見が本気で謝ってきたのだと、それだけはわかった。

背中を撫《な》でられ、ひぐ、と変なふうに喉《のど》が鳴る。ひっひっとしゃくりあげると、まいったと呻《うめ》きながらも風見は赤ん坊《ぼう》でもあやすように身体《からだ》を揺《ゆ》らしてくれたから、ずっと押しこめていた本音がほろほろと漏《も》れてしまう。

「お、俺ら、つきあってんのかって訊《き》いたら、考えてもねえっつった……」

「しょうがねえだろ。いまさらいちいち考えるほど、純情じゃねえんだよ」

「彼氏なんて発想自体ないって言った。俺、すげえショックで」

「彼氏っつう言語が俺のなかにねえんだよ。そこまでへこむことたねえだろうが」

「うえっ……」

なじったら、言い訳までしてくれる。どうやら甘やかされているらしい。ものすごく信じられないけれど、ものすごく、気持ちよかった。

だが、うっとりしていられたのは、そう長い時間ではなく。

「ああくそ……泣くなっつうんだ、かわいすぎる。犯《おか》すぞ」

「へ」

気づけば、背中を撫でていた手はそのままましたのほうへと移動し、なにかいかがわしい動きになっている。

「疲れてっから、今日はやるつもりなかったんだけどなあ」

もうちょっとここは。なんか甘いこと言ってもいいんじゃないですか。言うにことかいて犯すですか。しかもあんた勃起《ぼっき》してますか。

城山はさきほどの甘ったるい気分も吹っ飛び、わなわなと震《ふる》えながら眉根《まゆね》を寄せた。絶対にそのうち、ここに縦の皺《しわ》が入って消えなくなるに違《ちが》いない。

「こ、この、真性サド……っ」

「だから言ってんだろうが。あげくにしゃくりあげやがって、出るかと思った」

どうしてこの男は、このきれいで品のいい顔でこんな下品なことを言えるのだろう。もう罵《ののし》る言葉のバリエーションも尽《つ》きて、ぱくぱくと口を開閉させていると、不意打ちで唇《くちびる》が奪《うば》われる。

「つきあうだなんだ、言葉の問題だろうが。しかし、そこまで気にしてるとは思わなかった。ほんっとに、そういうところがウブでいいよな」

「う、ウブ!?　誰《だれ》がっ」

「おまえの後輩のちびっこちゃんらのほうが、よっぽどそこら辺は強いし賢《かしこ》いんじゃねえのか。百合っつったか？　孕《はら》んだら困るから逃《に》げるって叫《さけ》んだの」

あのとんでもない台詞《せりふ》を思い出したらしく、楽しそうに風見は笑い出す。それでも城山の身体を抱《だ》いた腕を離《はな》す気配はまったくない。

「だいたい、本命作るのがいやなのは、おまえのほうだったろ」

「なんで、知って……」

突然《とつぜん》の言葉にはっとして問うよりも早く、それもミハルかと気づいて城山は顔を歪めた。

「あのな、そもそも3Pでどうだって最初に言い出したのはあいつのほうだぞ」

「……まじすか」

「それも、初手の初手でな。やらせろっつうからいやだって採《と》めて、妥協案《だきようあん》でミハルが言い出したのが『だったら晃司を一緒《いつしよ》にやらないか』だ」

ぞっと背筋が総毛立ち、言葉もなくかぶりを振ると、「やんねえよ」と風見は言う。

「おまえはじっさいのとこ、遊び慣れてるわけでもなんでもねえだろ。ただ恐《こわ》がりで恥《は》ずかしがってるだけだからな」

「な、なに……」

すべてを見透かしたようなことをいきなり告げられ、それが風見だというのも驚いて面食らっていると、まるわかりだと男は笑う。

「本気で惚《ほ》れた腫れただの、愛してるだの好きだの言うのが、恥ずかしいんだろう。斜《はす》にかまえて遊んでるほうが、そりゃ楽だ。しらけたふりしてりゃあ、本気にならなくてすむし、ふられたって傷つかないでいいからな」

「あ、あんただって、ひとのこと言えないだろ」

城山を責めるように言う風見こそが、誰にも本気にならないのだろう。そう思って反論すると、風見は妖《あや》しく光る目を細めた。

「おまえ、本気でそう思ってるか」

「どういう意味だよ」

「俺が本気になんねえんじゃねえよ。なっちゃまずいから、しないようにしてた。意味は、わかるか？」

わからない、とかぶりを振るけれど、なぜか鳩尾《みぞおち》のあたりがぞくぞくした。その真意を理解してしまうのはひどく危険な気がするけれど、見つめられる視線から逃《のが》れられない。

「なんで、俺に、そんなこと言うんだ」

「わかんねえのか？　こんだけ泣かされて。心身共にタフじゃねえと、俺の相手はつとまんねえのは、もう知ってんだろ」

囁《ささや》いて、頬《ほお》を舐《な》められた。獣《けもの》じみた仕種《しぐさ》に首筋の産毛《うぶげ》が逆立った。怖《こわ》くて、そのくせ押しつけられた脚《あし》の間には熱がたまっていく。

「晃司。もうめんどくせえから意地張るな。理屈《りくつ》はどうだっていいだろ。おまえは俺のもんになっとけ」

「どうでもいいって、あんたなっ」

意地を張らせるのは誰だとわめくより早く、耳を噛《か》んだ風見の声が滑《すべ》りこんでくる。

「それで性根《しょうね》さらして、甘ったれのかわいい子猫《こねこ》ちゃんになっちまえ」

誰がだ、どこがだ。身長一七九センチの子猫ちゃんってなんだ。そう突《つ》っこみたいのに頭のなかは真っ赤に煮《に》えて、羞恥《しゅうち》で身体中が震えてしまう。

「おまえは、誰かに抱っこされてるほうが向いてるよ」

おまけに腹が立つことに、風見のほうがすべてにおいて勝っているのだ。

年齢《ねんれい》も体つきも――心の強さも。

「俺にずっといじめられて、べそかいてろ」

「や、や、や……っ」

「その代わり、おまえが俺以外に傷つけられたら、相手殺してやってもいい」

ぞあっと背筋が粟立《あわだ》ったのは、どういう感情からなのか正直、城山にもよくわからない。

けれど嫌悪《けんお》でないことだけは、灯《あか》りをともしたように熱い胸の奥が知っている。

「もう、もうちょっとまともな言いかた、してくれよ」

「まともって?」

「あんたがっ、いっつもベッドで、俺に言わせるやつっ……!」

涙声《なみだごえ》でせがむ自分もかなり恥ずかしかったが、思いもよらなかったという顔をする風見のほうがひどすぎる。だいたい、モテすぎた弊害《へいがい》で口説くことすら思いつかなかったというその思考回路自体、同じ男として許しがたいと思う。けれど、風見ならそれもありかと心のどこかで思う自分もいるから、本当にもう、どうしようもない。

「まあいい。たまにはサービスしてやるよ」

泣かせたからな、と頬にキスをして、風見はゆっくりと、めずらしいことに大変丁寧《ていねい》な甘い口づけのあと、言った。

「大事に愛してやるから、好きだって言いな」

「あ……」

「素直《すなお》に、俺に惚れられてろ。そうしたら、腰抜《こしぬ》けるまでかわいがってやる。……ベッドのなかだけじゃなく、ちゃんと、ぜんぶ」

大変彼らしくも傲慢《ごうまん》なそれに、ふざけるなと言うよりさきに腰《こし》が痺《しび》れた城山は、やはり風見の言うとおり、自分は本当は子猫ちゃんなのかもしれないとぼんやり思ってしまったのだ。

ゆっくりシャワーを浴びて準備をして抱かれるのは、じつのところはじめてだった。

テツとヒバナを部屋から閉め出し、風見がシャワーを浴びるのをベッドのうえで待つ間、緊《きん》張《ちょう》のあまりに手のひらに汗《あせ》をかいてしまった。

（やばい。震えてきた）

ついでに期待で身体《からだ》はすっかり準備が調《ととの》っている。こんな状態を見られたらまたからかわれるんじゃないかと、手持ちぶさたなまま手のひらをシーツにごしごしこすりつけていると、部屋のドアが開いた。

「あ、お、おかえりっ」

「……なに言ってんだおまえ」

自分でも妙《みょう》なことを口走ってしまったと自覚するだけに、城山は赤くなる。濡《ぬ》れた髪《かみ》を拭《ぬぐ》いながら、部屋着のボトムだけを身につけた風見が近づいてくるのにも身体が硬《かた》くなってしまう。

「なにそんな、ガチガチになってんだよ」

「や、だって、なんか」

風見がベッドに片膝《かたひざ》を乗せ、近づいてくるのが直視できない。うろたえきって目を泳がせていると、そのまま腕《うで》を引いて押し倒《たお》された。

「……っ」

こんなゆっくりしたキスからはじまるのも、はじめてだ。いったいどうすればいいのかわからず、本当に硬直《こうちょく》しきっていると、唇をあわせたままの男がぶふっと噴《ふ》きだした。

「な、なんだよ、しょうがねえだろっ。あんたやさしいと変なんだよ！」

「ああ、やっと調子でてきたか」

楽しそうに笑ってのしかかってくる風見の髪から落ちた雫《しずく》が、城山の頬を濡らす。泣いたせいでまだ少し火照《ほて》ったそこを唇で拭われ、城山は内心で悲鳴をあげた。

(まじで、どうしていいかわかんねえ)

こんなに震《ふる》えて心臓が激しく高鳴っていて、どこかおかしくなるんじゃなかろうか。混乱する間にも、寝間着《ねまき》代わりのTシャツをめくりあげられ、痙攣《けいれん》するように震えている胸をさすられて、短い息がこぼれていく。

「いやがんねえ晃司ってのも新鮮《しんせん》だな」

「ふ、ふつうにしてくれりゃ、そりゃ……」

紅潮しすぎて痛みすら感じる顔を枕《まくら》に押しつけ、城山ははたと思いつく。

「つか、あんた抵抗《ていこう》されないと燃えないとか言う？」

真顔で問うと、また風見は噴きだした。今度はかなりツボにはまったらしく、城山のうえに突っ伏《ぷ》したままかなり長い時間肩《かた》を震わせて笑い続ける。

「なんだよ、だってずっとそうだったじゃんかよ！」

「あー、ああ、まあな。やだやだ言ってるのもかわいいもんだ」

濡れた髪を掴《つか》んで顔をあげさせると、目尻《めじり》がうっすら湿《しめ》っている。涙目《なみだめ》の風見というのも見慣れず、それがまた変に色っぽいからどぎまぎして、城山はぷいとそっぽを向いた。

「じゃっ、じゃあ……っ、俺が、ノリノリであんたのうえで、腰振《こしふ》ったら、どうすんだよ」

いいかげん見透かされて言うなりなのが癪《しゃく》で、こちらが積極的に振《ふ》る舞《ま》ったらどうなのだと言うと、風見はおもしろそうに笑った。

「やれるもんなら、やってみろ」

「な……」

「どうせできやしないだろうが、それはそれで見てみたいからな。どうでもいいぞ」

「ああそうかよ、だったらやってやるよっ」

むっときて押し倒し、本当に腰に乗りあげてやる。目を細めて笑う男に覆《おお》い被《かぶ》さり、唇を押しつける。ほくろのうえをゆったり舐めると、やわらかにそこが開いた。

「んむ……」

舌を押しこむと、ぬるりとしたそこで吸われた。思わず腰が揺《ゆ》れると、風見の長い手が尻を包んで撫《な》でまわしてくる。腰の両脇《りょうわき》に親指を引っかけられ、ゴムウエストのそれは下着ごと引き下ろされたが、風見はそれ以上をする気は本当にないらしい。

(見てろ、くそ)

膝《ひざ》までおろされたそれを蹴《け》り脱《ぬ》いで、半端《はんぱ》にめくれたTシャツも脱ぎ捨てる。余裕《よゆう》の顔で城山を眺《なが》める風見の衣服は脱がさずに、まずは隆起《りゅうき》をみせるそこに手を添《そ》えた。

(やだなあもう、でけえ……)

　いささか複雑になりながらも撫でまわし、形をたしかめるように手のひらで包む。押し返す力が強くなったあたりで下肢《かし》の衣服をずり下ろすと、あらわれたそれには一瞬《いっしゅん》、息を呑《の》んでしまった。

「……終わりか？」

「まだこれからだよっ」

　怯《ひる》んだことを見透かされるように揶揄《やゆ》され、むきになったままそれに口をつける。かつて冗談めかした会話のなか、こんなものが口に入るかと言ったことがあったが、それはまったく事実だった。くわえようにも顎《あご》が痛くて、口の端《はし》が切れそうだと思う。

（つうか、俺の尻、こんなもん入れてんのか）

　それはつらくもなるはずだ。複雑になりつつ先端《せんたん》をくわえるのが精一杯《せいいっぱい》の口を使っていると、風見はこともあろうか、「くあぁ」と大口を開けてあくびをした。

「ちょっと、がんばってんだからまじめに感じろ！」

「まじめにったって、おまえ、ぬりぃよ……ちょっとこっちにケツ向けろ」

「うひっ」

　ぐいと腰を引っぱられ、あっさりと身体のうえで反転させられる。焦《あせ》る暇《ひま》もなく、中途半端《ちゅうとはんぱ》な状態だったものをくわえられ、尻を揉《も》まれた。

「ちょ、や、待てってっ」

「うるせえよ」

腿《もも》に嚙《か》みついた風見は、鼻で笑ってローションのボトルを手に取った。ソフトパッケージのそれの中身を手のひらに押しだし、ぬらりとしたものを狭間《はざま》に塗《ぬ》りつけてくる。

「お……俺が、する、って」

「おまえに任せてちゃ、いつまで経《た》っても終わりゃしねえ。拡《ひろ》げてやっから勝手に遊んでろ」

「んむう！」

ぐいと頭を押さえつけられ、凶悪《きょうあく》なそれを含《ふく》まされる。

（ぜんっぜん、やさしくないっ、大事にされてないっ！）

結局はこれかと涙目になりつつも、うながすようにそっと髪を撫でる手にだまされるから城山もきっと悪いのだ。それに、ゆっくりと奥を拡げる指の動きだけは、たぶんやさしいと言ってもいいのだろう。

「んあっ……」

「ここ？」

「ん、ん」

感じる部分を探《さぐ》り当てた指が、ぬるついたそれを伴《ともな》って何度も滑《すべ》る。無意識に腰が上下して、ふるふると揺れた性器のさきを偶然《ぐうぜん》のように風見の唇がかすめ、音を立ててキスしたり、舌を出して弾《はじ》くように舐《な》めたりと、好き放題遊ばれた。

「晃司とやるより、前にな」

「ミハルが、ここの形がいいってえらい誉《ほ》めてて。顔はよく覚えてなかったから、そっちばっか気になってたんだけどな。上村に紹介《しょうかい》されるまで」

「あんたほんっとにエロだな……」

振り返り、うろんな目で睨《にら》みつけると、風見はゆっくりと尻を撫で揉みながら言った。

「しょうがねえだろ、あの店は照明も暗いし。で、まあ、上村から『城山晃司』紹介するって話になって、それでやっと顔見たら、そっちもよかった」

睨むような目つきで、なにか粗相《そそう》でもしたかと怯《おび》えていたのだが、あの日は上村の言うとおり、風見は上機嫌《じょうきげん》だったらしい。なんだか少し照れくさくなり「ふうん」と気のない声で彼のものに舌を這《は》わせると、音を立てて指を入れたところに口づけられた。

「うんっ……で、顔、で、採用したわけかよ」

「いや。言葉遣《づか》いがな、いままで紹介された連中のなかで、いちばんまともだった」

意外にもまじめな声で言われ、それは素直《すなお》に嬉《うれ》しかった。だがくすぐったく笑ってしまったのもつかの間、うしろをいじりながら胸までローションに濡《ぬ》れた手で探られて、すぐに息があがってしまう。

「あ、あう、も……もう、いいっ」

まとめた指を出し入れされると、じんじんと内腿《うちもも》が痺《しび》れて腰《こし》が砕《くだ》けそうになった。このままでは結局いつもと同じだと、余力の残るうちに起きあがり、もう一度体勢を入れ替《か》える。

「ゴムは？」

「ん、もう、めんどくさい……いらない……」

風呂《ふろ》にも入ったし、問題のないようにしてある。逞《たくま》しい腰にまたがり、慣れない手つきで後ろ手に風見のそれをまさぐると、城山は幾度《いくど》か腰の位置をあわせるために身じろいだ。

「ふ……う、んん！」

自分で入れるときには少しためらったが、勢いをつけて飲みこんでしまえばどうということも——いや本当はけっこうきつかったが——なかった。ずん、と腹の奥が重くなり、やはり少し痛みを覚えるが、絶対に今日は弱音を吐《は》かないでやると唇を噛む。

「こ、れで、ど……だよ」

誰《だれ》がシャイなかわいこちゃんだ。いったいどこがだと思いきりそれを締《し》めつけて上下に動くと、風見はくっと息をつめた。

感じたのか、と喜んだのは一瞬、くっくっと喉奥《のどおく》で笑い出すから城山はめんくらう。

「な、なんだよ……」

「おまえ、ほんとに単純だな。……なあ晃司？」

「ひっ⁉」

　ぐっと脚《あし》を摑まれて、両サイドに開かされる。いきなりのそれに戸惑《とまど》っていると、身体《からだ》の中心を眺めた風見が「ふうん」と笑う。

「ちょっと工夫《くふう》すりゃ、このまま舐めれっかな」

「な、なに……」

「うまそうに勃起《ぼっき》させて。そんなにいいかよ」

「んあ！」

　ぴんと指で先端をはじかれ、城山は身悶《みもだ》えながら腰を落とす。

「エロエロなおまえを、俺がなんで歓迎《かんげい》しないと思うわけだ」

「あ、もう、や……っ」

「だから頭がゆるいっつうんだよ。……どうやったってかわいがるしきらってやらねえから、いいかげん観念しろ」

「し、したくない……！」

「嘘《うそ》つけ。……舐められてえと思っただろ」

　あとでじっくりしゃぶってやる、と笑う風見は唇《くちびる》を思わせぶりに舐めた。淫《みだ》らなモーションと卑猥《ひわい》な言葉に、頭がぼんやり霞《かす》んだ。

（されたい……）

　ぞくぞく震《ふる》えるのは、風見のそれがどれだけいいか知っているせいだ。

薄《うす》く形のいい唇でついばんで、焦《じ》らすだけ焦らしたあとにつるりとした舌で全体を舐める。そのあといやらしくほくろを蠢《うごめ》かせながら口腔《こうこう》に吸いこみ、舌をちろちろと動かしながら吸いあげてくる。

「んン……っ」

思い出しただけで、そこがひくついてたまらなくなった。無意識に腰を前後すると、風見は舐めて湿《しめ》らせた指先で、愛撫《あいぶ》を欲《ほっ》する先端を撫でる。

「してほしかったら、もっと腰振れ」

「あ……っ、あ……っ」

「もっとだよ」

言われるまま、彼の長い脚に手をついて、背中を反らすように風見は腰を動かした。どうしてこう、すぐに言いなりになってしまうのかわからないと思いながら、必死に硬《かた》いそれを飲みこみ、引き上げる。

「乳首《ちくび》も自分で触れ」

「やだ……っ」

「やれよ。抜《ぬ》くぞ？」

そんな脅《おど》し文句《もんく》に誰が乗るかと思った。けれど腰を大きな手に摑《つか》まれ、ぐいっと上に引きあげられて本当に抜かれると「ああっ」と未練がましい声が漏《も》れる。

「入れてほしけりゃ、そこでエロく悶《もだ》えて俺をあおりな」

「最低っ、あっ？　あ、あ、あ……！」

強靭《きょうじん》な腰で突《つ》きあげられるだけではなく、摑まれた腰を上下に動かされた。こんなにあっさり自分の身体を操る膂力《りょりょく》にあらためて驚《おどろ》かされ、虚《きょ》を突かれた城山は身も世もなくよがり泣く。

そして気づけば命じられるまま、風見の言うとおりに腰を振《ふ》っていた。

「う……く、か、ざみ、さん、風見さん、風見さんっ」

「あぁ？　なんだ、どうよ？」

激しく揺《ゆ》さぶられ、どんな気分だと揶揄《やゆ》するように問われた。

もうなにがなんだかわからないまま、プライドも意地も粉みじんになった城山は、最終的にあの後輩《こうはい》のアドバイスに素直に従うことにした。

「す、すき……だから、やさしく、して」

「……あ？」

「俺のこと、好きに、なって。好きって、……たまには、言えよ」

消え入りそうな、小さな声だった。荒《あ》れた呼気にまぎれて聞こえないと、そんなふうにはぐらかされてかまわないと思ったのに、なぜか風見はぴたりと動きを止める。

「やっべ……っ」

「え？　あ、あ、うあっ!?」

ぶるり、と震えた風見のそれが、さらに膨《ふく》らんだ気がした。なにがどうして、と目をまわしていると、うめき声をあげた男が痛いくらい身体を拘束《こうそく》してくる。

（嘘……）

なかで、男のそれが放たれるのを感じたのははじめてだった。この事態を想定してはいたものの、まさか風見がさきに終わるなどとは思わず、城山はしばし呆《ほう》けてしまう。

なにより、風見のいく顔をはじめて見てしまった。きつく眉《まゆ》をひそめ、くっと食いしばった口元のほくろが歪《ゆが》んで――さらされた首筋にまとわりつく長い髪《かみ》に、すさまじいまでの艶《つや》が滲《にじ》んでいた。

「は……やられた」

嚙《か》みしめていた唇をほどいた風見は、片目を眇《すが》めて笑う。視界に焼きつけたそれがあまりに強烈《きょうれつ》で、腹のうえに乗ったまま硬直《こうちょく》していた城山は、不意打ちで突きあげられて悲鳴をあげる。

「ひいぅ、んんっ！　あ、なに、いきなりっ……」

「いきなり、じゃねえだろ。とりあえず今度はおまえの番だ」

がくがくと身体が揺れるまで揺さぶられ、バランスが崩《くず》れて倒《たお》れかかったところで両脚《りょうあし》を摑まれる。

「んあう！」

腹筋を使い、ばねのように起きあがった風見の動きに城山は叫《さけ》んだ。挿入《そうにゅう》したままの場所が

よじれ、衝撃《しょうげき》に全身を痙攣《けいれん》させても、風見の腰は止まらない。

「まっ……待って、も、だめっ、ああ、あああ！」

「待てって言われて、俺が待ったことがあったか？」

「や、ひど、なんで」

座りこんだ状態のまま抜き差しされ、腹の奥を突き破《やぶ》るようなそれに涙《なみだ》が止まらない。一度射精されたせいか、ぬめるそこがひどく卑猥な音を立てているのもいたたまれず、城山はしゃくりあげながら貪《むさぼ》られる身体を揺らす。

「こわ、壊《こわ》れる、も、壊れちゃ……っ」

「壊さねえよ。言ったろ、大事にするって」

息も絶え絶えになって、許してくれとしがみつくと、背中をシーツに倒される。身体の両脇に腕をついた風見が、ひくひくと震える喉から胸までを舌でたどり、尖《とが》った乳首を軽く嚙んだ。甘い刺激《しげき》に腰が跳《は》ねあがり、そのとたん身体のなかが激しく収縮を繰《く》り返す。

「うあ、やだ、なか……っ」

びくりびくりと男のそれを啜《すす》るような粘膜《ねんまく》の動きに、城山は自分の反応が信じられずに目を丸くした。満足げに笑った風見は、涙に濡《ぬ》れた目尻《めじり》に口づけ、つながったところを撫でてくる。

「……な、覚えただろ。やっぱりおまえは飲み込みがいい」

「い……やだ、やだ、覚えたく、ね……っ」

「もう遅《おそ》い。もっとうまくなって、俺を楽しませろ」

うねりにあわせて突き入れられ、もうなにを口走っているのかよくわからなかった。ろれつのまわらなくなった舌を何度も吸われて、最後には絶叫《ぜっきょう》しながら風見の背中に爪《つめ》を立て、やれと言われたとおりに必死で腰を振った。

「いかせて……も、いく、いっちゃうから」

「どこでいく？　ちゃんと言えたらいかせてやる」

「う……お、おしり、で、か、風見さんの、あれ、あれで……っ」

どろどろに溶《と》けたまま、キスをしてくれとすすり泣いた唇を、何度もやわらかく舐《な》められる。

もう言いなりでいい、どうせ勝てないと思いながら、そのあきらめはどこか安堵《あんど》に似ていた。

「も、だめ……だめだから、もう……っ」

「だったらほら、言いな、晃司」

「あっ、……好き、好きです、んああ……！」

きつく性器の根本を握《にぎ》られたまま、泣きながら口にしたそれをキスで吸い取った男は、城山にだけ聞こえる小さな声で、欲した甘い言葉をくれた。

だがその夜はじめて、射精しないままの絶頂に導かれた城山には、それが夢か現実かの区別も、もはやつけられないままだった。

＊　＊　＊

季節はすっかり夏に変わり、街を行くひとびとも薄着《うすぎ》の装いになった。

年々亜熱帯化《あねったいか》の進む日本の夏は、湿度《しつど》だけをそのままに温度をあげていくから手に負えない。うんざりとしたまま、やっとクーラーの利いた教室にたどり着き、城山はぐったりと机になついた。

「あーもう死ぬ、あーもう溶ける」

「朝っぱらからだるそうだな、城山。つうか、その髪くくったらどうよ」

苦笑《くしよう》した上村は、金髪《きんぱつ》を坊主《ぼうず》に近いほどに刈《か》りあげている。涼《すず》しいぞ、と笑う友人を睨《にら》んで、城山は「ほっとけ」と呻《うめ》いた。

汗《あせ》ばんだ首に絡《から》む長髪《ちようはつ》は、去年の冬以来切っていない。おかげで首筋のほとんどを覆《おお》い、肩《かた》に届くほどになっているのだが、城山はわずかに首を振ったのみだ。湿《しめ》って束になったそれがうなじを滑《すべ》り、そこに現れたものに上村は目を瞠《みは》る。

「てか、なに？　おまえこの時期に革《かわ》のベルトチョーカーって。傷《いた》むぞ、汗で」

「……いいの、これは」

「つうかこれ、金具プラチナ……って、あ？」

　まじまじと、城山の首に巻かれたそれを眺《なが》めていた上村は、声をうわずらせて友人の肩を引き起こし、しげしげとグリーンの革でできた装飾具《そうしょくぐ》を検分する。センターの部分には小さな鈴《すず》がついており、アシンメトリーの特徴的《とくちょうてき》なそれに、上村は気づいたようだった。

「おまえこれもしかして、風見さんの造ったやつ？」

「あー、うん。なんか、誕生日のプレゼントつって、くれた」

「まじかよっ。いくらになるんだよこれ、すげえ、いいなあ！　なんだよ、だったら大事にしろよ」

　悔《くや》しそうに、自分はいくらせがんでもなにも造ってもらえない、と地団駄《じだんだ》を踏《ふ》む友人に、城山は億劫《おっくう》な気配を滲ませたまま、ぼそりと呟《つぶや》いた。

「本人が、つけとけって言うんだよ……鍵《かぎ》ついてるし」

「え、なに？」

　聞こえなかったと言いつつ、上村の目はチョーカーに釘付《くぎづ》けだ。だがこれが装飾具などではなく、首輪なのだと言ったら、友人はどんな顔をするだろうか。

（あの、変態……っ）

　上村に聞き流された言葉は、ただの事実だった。センターについているベルはちょっとした細工がなされており、風見の手がないと絶対にはずれない。こんなものじゃなくて、まともなペンダントとかピアスとかにしてくれと頼《たの》んだのに、風見はあの楽しそうな——城山にとっては凶悪《きようあく》な笑《え》みを浮《う》かべたまま、言ったのだ。これがいやなら、革じゃなくて鉄で首輪造ってやる。どれがいい？　選べよ。

このうえなく本気の顔をした男は、そう言って城山の首に長い指をまわした。締《し》めあげられるのかと無意識に肩をすくめると、やわらかく包んだまま口づけられ、首まわりの長さを測ったのだと知らされる。

（かっこいいんだけどさあ）

あんな物騒《ぶつそう》な言葉を添《そ》えられていなければ、単純に喜んだだろう。見た目も本当に、ただのチョーカーにしか見えないし、実際には風見の言葉遊びとわかってもいる。

それでもぐずって抵抗《ていこう》したいのは、ついでにこんな言葉までつけくわえられたからだ。

──これで、どこにいたっておまえは、俺のもんだろう。

「……あーっ、ちくしょう！」

どん、と机を叩《たた》いてわめくと、上村がびくっと震《ふる》えた。暑さで壊れたかと、怯《おび》えた目をする友人になんでもないとかぶりを振《ふ》り、城山はまた机に突《つ》っ伏《ぷ》した。

その顔は夏の熱気のせいだけではなく火照《ほて》っている。汗に湿った革がきゅっと首筋を締めつけ、冷房《れいぼう》に冷やされていくそれはまるで、風見の唇《くちびる》のように肌《はだ》をくすぐる。

かぶれないように気をつけると言ってはいたが、こうも汗をかいたらさすがに蒸《む》れる。赤く輪のように残った痕《あと》に、あの男はきっと悦《よろこ》んで、そのあと舌を這《は》わせるはずだ。

いささか淫《みだ》らなほうに流れた連想に、城山はますます赤くなる。

（もうほんとにこれじゃ、四六時中、忘れる暇《ひま》がねえじゃん）

それが嬉《うれ》しいと思っている自分がたぶん、本当に、風見の言うとおりばかなのだろう。

けれどそれでも、たしかにこの胸は満ちている。

空調の風がふわりと城山の髪《かみ》を撫でた。乾《かわ》きかけたそれがさらさらと崩れると、チョーカーの巻かれた首のつけねぎりぎりにある、赤い痕があらわになる。

ちりりと涼しい音を立てる、ベルの形をした鍵は、風見以外誰《だれ》も開けない城山の心をしっかりと、ロックしていた。

END

あとがき

崎谷《さきや》です、こんにちは。

この本はルビー文庫『ハチミツ浸透圧』のスピンオフ作品となります。『カラメル屈折率』に出てきた風見《かざみ》と城山《しろやま》の話ですが、単発としても読めるのでご安心を。

今回、なんだか新しい扉《とびら》を開けた気がするわけですが、ここまで鬼《おに》な攻《せ》め、そしてここまで受けが「いやじゃー！」と逃《に》げ回る話を書いたのも、はじめての気がします。

タイトルは同じ流れで甘いモノ＋化学用語。いろいろ考えましたがチョコレートでこってり。そしてタイトルどおりかつてなく濃《こ》い話になりました。いやプレイも濃いんですがそこだけじゃなく。全体に、なんつうか、濃い感じ。濃いってこの字面《じづら》かまた濃いですね（しつこい）。

今作の風見、書いたことあるようで書いたことのない系統のキャラクターです、ほんとに。担当さんには「ここまでのキチク書いたの初じゃないですか」と言われ、毎度の友人Rさんには「風見って、裏表がなくて基本は素直で健全なキチクなんだね」という、じつにナイスな言葉をもらいました。うん、そのとおり……。

べつに腹に一物あるわけじゃないし（欲求に忠実すぎるけど）、自分が悪いと思えばすぐ謝るし（心こもってなく感じるけど）、性格暗くもないし（いや少しは悩《なや》めよ）、でもいきなり調教プレイなの。しょっぱなのお仕置きプレイは間違《まちが》いなく、女がどうこうじゃなくて風見がやりたかっただけだと思う。たぶん城山がおいたしてなくても、やったと思う……。風見のタチの悪さは、あれでちっとも鬱屈《うっくつ》したり壊《こわ》れてないところかと。いやある意味壊れたひとなんですけど。本能だけだから。

一部『カラメル～』と重なっているシーンがあるのですが（そちらが気になる方は是非《ぜひ》に前作もお願いします）、じつはあの話で彼を出したときには、あんまり深いところまで考えていなかったのですが、思ったよりものすごいキャラクターになりました。

で、読者さんからの感想も、たった7ページしか出てきてない風見に集中しておりました。なんかけっこう、期待いただいていたようなので、期待に応《こた》えるべくがんばらなきゃ！　と思ったらがんばりすぎた感もなきにしもあらず……でももうトゥーマッチにはみ出したくらいできっといいのだ、と信じて書きましたが、いかがだったでしょうか。

しかし、他人に理解できない俺《おれ》さま理論を展開する男を、文章破綻《はたん》しないように描《えが》くのはほんとに大変でした。でもじつは、風見があんまりひどくて書きながらだんだん面白くなってしまいました。おかげで城山がどんどん不憫《ふびん》な子になりました。もともと攻めだったのにね。まあタフな子なので踏《ふ》ん張《ば》りとおしてますが。

あんな男にうっかり『きゅん』なんてしたくないと、もがいたままの城山はこれからも、おのれのなかのオトメ心と戦い続けることでしょう。

あと、ちょい役のつもりがものすごいパイプレイヤーになってしまったミハル、けっこう気に入っています。天使の笑顔で風見以上の鬼っぷり。このひとにはなんかびくびくした乙女度《おとめど》数の高い、地味なめがねっ子でもあてがってみたいところです。ついでにドジっ子希望。そしてうっかり純愛したりするとステキ。と妄想《もうそう》はとどまりません。

そんな濃い面子《めんつ》をステキに描いてくださったねこ田さん、今回は本当に大迷惑《めいわく》をおかけして、なんとお詫《わ》び申してよいやらわかりません。昨年秋の怪我《けが》からこっち狂《くる》ったスケジュールのしわ寄せが来てしまい、本当に申し訳ありません。

しかし風見も城山もミハルもわんこ（笑）もすばらしかったです。手元のラフ見て感涙《かんるい》にむせび泣いています。前作の登場以来、風見を気に入ってくださっていたようで、ご期待にお応えしなきゃ！　と気合い……入れすぎですか。でも放置プレイとか城山のピン留めに関してはねこ田さんからリクエストをいただいたりして、楽しかったです。次のお仕事のときには、ご迷惑かけないように精進いたしますので、よろしくおつきあいくださいませ！

でもって風見の鬼の所行を「どわははは！」と笑いながら煽《あお》ってくれた友人連、Rさん坂井《さかい》さん冬乃《ふゆの》、毎度チェックやネタ振《ふ》りどうもありがとう。いやほんと宇宙人だったよ風見。

そしてなにより、むちゃくちゃな状態に陥《おちい》っている私を辛抱強《しんぼうづよ》く待ってくれた担当さん、久方ぶりのひどい進行遅《おく》れで青ざめさせちゃって、ほんとすみません……。もっと精進します。

さて紙面あまったので、新作ドラマCDインフォメーションなど。キャスト敬称《けいしょう》略順不同。

◆角川書店／RUBY Premium Selection『キスは大事にさりげなく』〇七年春発売。
一之宮藍《いちのみやあい》＝岸尾大輔《きしおだいすけ》／志澤知靖《しざわともやす》＝大川透《おおかわとおる》／弥刀紀章《みときしょう》＝三木眞一郎《みきしんいちろう》／福田功児《ふくだこうじ》＝黒田崇矢《くろだたかや》、他
WEB通販《つうはん》はhttp://www.korder.com/　携帯《けいたい》からも受け付け。通販オンリーです。

◆マリン・エンタテインメント『耳をすませばかすかな海』〇七年初夏ごろ発売。
宮上和輝《みやがみかずき》＝鳥海浩輔《とりうみこうすけ》／大澤笙惟《おおさわしょうい》＝神谷浩史《かみやひろし》／宮上瀬里《みやがみせり》＝野島健児《のじまけんじ》／中河原大智《なかがわらだいち》＝小西克幸《こにしかつゆき》／藤木聖司《ふじきせいじ》＝鈴木千尋《すずきちひろ》／林田真雪《はやしだまゆき》＝松岡由貴《まつおかゆき》、他。シリーズ前二作もリリース中。
WEB通販はhttp://www.marine-e.co.jp/　ほか、各種ショップ、店頭でも販売《はんばい》されます。

いずれも〇七年三月現在の情報です。どちらもCDジャケットならびにショートストーリー書き下ろしとなります。ご予約、ご注文など、よろしくおねがいします。

五ヶ月連続刊行も残すところあと一冊、ここまで来たなという感じです。でも気を抜《ぬ》かずにラストまで全力疾走《しっそう》、そしてそのあともむろん、充実《じゅうじつ》した仕事にしていければいいなと思っています。

なにより、読んでいただいた皆様《みなさま》に楽しんでもらえますようにと願いつつ、来月もルビーさんでお目見えです。どうぞそれまで、お健《すこ》やかにおすごしください。

KADOKAWA
RUBY BUNKO

チョコレート密度《みつど》

崎谷《さきや》はるひ

角川ルビー文庫　R83-19　14596

平成19年3月1日　初版発行

発行者――井上伸一郎
発行所――株式会社角川書店
東京都千代田区富士見2-13-3
電話/編集(03)3238-8697
〒102-8078
発売元――株式会社角川グループパブリッシング
東京都千代田区富士見2-13-3
電話/営業(03)3238-8521
〒102-8177
http://www.kadokawa.co.jp
印刷所――暁印刷　製本所――BBC
装幀者――鈴木洋介

ISBN978-4-04-446819-4　C0193　定価はカバーに明記してあります。

くちびるから愛をもぜてもう
崎谷はるひ
イラスト／神葉理世
――していいって言ったの、そっちだろ
覚えのないトラブルを相談した途端、激高した親友にむりやり抱かれてしまった貧乏学生の京也だが――。

ルビー文庫